Alek Popov
Für Fortgeschrittene

Alek Popov

Für Fortgeschrittene

Aus dem Bulgarischen von Alexander Sitzmann

Residenz Verlag

Die Herausgabe dieses Werks wurde gefördert durch TRADUKI, ein literarisches Netzwerk, das das Bundesministerium für europäische und internationale Angelegenheiten der Republik Österreich, das Auswärtige Amt der Bundesrepublik Deutschland, die Schweizer Kulturstiftung Pro Helvetia, KulturKontakt Austria, das Goethe-Institut und die S. Fischer Stiftung gemeinsam initiiert haben.

traduki

traduki

Bibliografische Information der Deutschen Bibliothek
Die Deutsche Bibliothek verzeichnet diese Publikation in der Deutschen Nationalbibliografie; detaillierte bibliografische Daten sind im Internet über http://dnb.ddb.de abrufbar.

www.residenzverlag.at

Umschlaggestaltung: Ramona Scheiblauer
Umschlagbild: Arnd Ötting, aus der Serie „Cold Warriors“, www.arndoetting.com
Typografische Gestaltung, Satz: Ekke Wolf, typic.at
unter Verwendung der Schrift Kingfisher
Gesamtherstellung: CPI Moravia

ISBN 978 3 7017 1525 1

INHALT

RUSSISCHES E-MAIL

Viktorija und ich schreiben uns seit einem halben Jahr. Sie ist einundzwanzig und lebt in Moskau, behauptet sie zumindest. Sie arbeitet in der Werbeabteilung eines großen Unternehmens, und in ihrer Freizeit widmet sie sich ihrer Website. Sie führt dort ein Tagebuch, in dem sie über verschiedene Details ihres Privatlebens Auskunft gibt. Für mein Gefühl ist das, was sie schreibt, irgendwie zu scharfsinnig und zu witzig, um wahr zu sein. Aber wie dem auch sei, von der Wahrheit allein kann man wohl nicht leben. Das Layout der Seite ist einfach, der Inhalt erneuert sich fast jede Woche. Am unteren Ende gibt es ein Icon in Form eines Briefkastens für Feedback.

Wie und warum ich auf diese Seite gestoßen bin, tut nichts zur Sache. Wichtiger ist, dass ich immer wieder dorthin zurückgekehrt bin, bis es mich schließlich in den Fingern zu jucken begann und ich beschloss, ihr eine Nachricht zu schicken – es war ein linguistischer Cocktail aus russischen und englischen Wörtern, der Sprache Anthony Burgess' in »A Clockwork Orange« nicht unähnlich. Ich habe ihr das Gleiche gesagt, was ich auch hier sage: Dass das, was sie schreibt, zu scharfsinnig und zu witzig ist, um wirklich wahr zu sein. Und sie hat geantwortet: Von der Wahrheit allein kann man nicht leben. So hat alles begonnen.

Während dieses halben Jahres haben wir uns mehr als hundert E-Mails geschrieben: manche davon ganz kurz, andere – sehr ausschweifend. Es gelang uns, einander alles zu sagen, ohne dass wir einander überdrüssig wurden. Sie schickte mir ein Bild von sich, ein jpg. Es war mir bewusst, dass das nicht ganz den Regeln des Spiels entsprach, aber ich bedauerte es nicht. Nach dem Foto zu urteilen, war Viktorija ein bemerkenswertes Geschöpf. Ich erschrak richtiggehend! Bestimmt hatte sie das Bild von der Seite einer Modelagentur heruntergeladen. Aber dieser Gedanke beruhigte mich nicht, dafür war es schon zu spät. Echt oder nicht, das Bild schob sich über die Vorstellung, die ich von ihr hatte, und es gab nichts, was die Vorstellung von dem Bild wieder hätte trennen können. Viktorija bestand darauf, dass ich ihr ein Bild von mir schicke. Ich zögerte. Sollte ich mir nicht auch ein attraktiveres Äußeres geben? Aber es schien mir nicht richtig, ich hatte doch keine Komplexe, also zeigte ich ihr mein wahres Gesicht. Sie schrieb mir, dass ich schön sei, *očeń krasivyj* – sehr schön sogar. Mir fiel ein Stein vom Herzen.

Unser Kontakt wurde intensiver. Die intellektuelle Beziehung gewann schnell an Intimität. Immer glühendere Post, immer pikantere Details. Wir hatten keine Geheimnisse mehr voreinander. Was folgte, folgte logisch und unausweichlich: Cybersex. Wider jede Vernunft, ich weiß. Aber so ist das eben mit Russinnen.

Bis sie dann eines Tages in Sofia landen. Ha-ha!

Als ich begriff, dass Viktorija vorhatte, hierher zu kommen, war ich nicht gerade erfreut, nicht ein bisschen! Sich *face to face* gegenüberzustehen, ist so eine Sache (man denke nur an den gleichnamigen Roman von Phillip Finch). Sie schien mein Zögern zu spüren und fragte mich, ob ich mich denn nicht freute, dass wir unsere Phantasien nun wahr werden lassen könnten. Über diesen Aspekt des Problems hatte ich gar nicht nachgedacht. Und wenn das

Bild echt war? Es gab keine andere Möglichkeit, es herauszufinden. Also gut, schrieb ich ihr, komm nur. Ich rannte also los, mietete eine kleine Wohnung – nicht besonders gemütlich, aber geräumig, mit einem stabilen und breiten Bett. Zu mir nach Hause konnte ich sie wegen meiner Frau und unserem Kind nicht einladen. Ich verheimlichte das nicht vor ihr, aber es hatte nicht den Anschein, als ob es ihr besonders viel ausmachte. Viktorija hatte selbst einen Freund, der ihren Worten nach zu nichts zu gebrauchen war. Sie würde nur eine Woche bleiben, informierte sie mich, so lange dauere ihr Urlaub. Das war immerhin beruhigend.

Und da stand ich dann auf dem Flughafen, mit einem dämlichen Grinsen im Gesicht und mit einem Blumenstrauß in der Hand. Ich schaute auf die Anzeige: Das Flugzeug aus Moskau war vor fünf Minuten gelandet. Gnade dir Gott, wenn du nicht so aussiehst wie auf dem Bild! dachte ich, während ich im Warteraum auf und ab ging. Ich trank Kaffee, ich rauchte. Als die Reisenden aus Moskau irgendwann begannen, in der Ankunftshalle zu erscheinen, mischte ich mich unter die Begrüßenden – an exponierter Stelle! Ich starrte in die Menge und suchte die Geliebte mit scharfem Blick. Sie hatte mein Bild, es bestand keine Gefahr, dass wir uns nicht erkennen würden. Aber sie war nicht dabei. Nur eine endlose Reihe von Tanten, die überfüllte Wägelchen mit Gepäck vor sich her schoben. Und wenn sie gar nicht kommt?, schoss es mir durch den Kopf. Vielleicht hat sie kalte Füße bekommen, weil sie mich mit dem Bild getäuscht hatte. Na und? Sie begann mir Leid zu tun, und ich war bereit, ihr alles zu verzeihen. In diesem Moment spürte ich eine Hand auf meiner Schulter.

– *Eto vy, Saša.* Sind Sie es, Sascha?, fragte mich die weiche Stimme eines Mannes.

Ich drehte mich um, als hätte hinter mir ein Blitz eingeschlagen. Vor mir stand ein stattlicher Blonder, knapp über vierzig, mit langem Gesicht und durchdringenden blauen Augen. Er hatte kein Gepäck außer einer leichten Reisetasche, die er über der Schulter trug, und einer Schachtel, in der offenbar einmal eine Kaffeemaschine verpackt gewesen war. Er faltete einen Zettel auseinander, den er in der Hand hielt, und nickte.

– *Da, eto vy.* Ja, Sie sind es!

Er hatte sich mein Foto ausgedruckt.

Der Blumenstrauß in meinen Händen verwelkte von einer Sekunde auf die andere. Er spürte meine riesenhafte Verwirrung und sagte:

– Machen Sie sich keine Sorgen, ich werde Ihnen alles erklären.

Wir entflohen dem Gedränge und ließen uns auf den Sitzen an der Wand nieder. Er stellte die Schachtel vorsichtig auf dem Boden ab, musterte mich und sagte:

– Ich heiße Šlisť. Ich bin Viktorijas Vater und freue mich, Ihre Bekanntschaft zu machen.

Das konnte ich von mir nicht behaupten, deshalb schwieg ich. Er wühlte in seinen Taschen und zog ein kleines Bild hervor.

– Und das ist meine Tochter, seufzte Šlisť.

Von dem Bild lachte mir ein Mädchen mit Sommersprossen und Zöpfen ausgelassen entgegen.

– Da ist sie zwölf, fügte er hinzu. – Und jetzt ist sie dreizehn.

Ich klammerte mich immer noch dümmlich an den Blumenstrauß. Šlisť öffnete den Reißverschluss seiner Tasche und zog einen Packen Papier hervor. Er gab ihn mir: Es war ein Ausdruck unserer gesamten Korrespondenz.

– Sie trifft natürlich keine Schuld, fuhr er ruhig fort. – Sie hat Sie an der Nase herumgeführt. Unsere Viktorija kommt jetzt in die Pubertät, ihre Fantasie ist sehr lebhaft. Leider ist uns das außer Kontrolle geraten, Sie wissen ja, moderne Eltern, die wir sind. Sie haben auch Kinder, nicht?

– Eines, sagte ich fast ohne Stimme.

– Ich nehme an, dass Sie sich schrecklich fühlen, bemerkte er mit einem Anflug von Mitleid. – Aber das konnte so nicht weitergehen. Ich habe beschlossen, dass es das Beste ist, wenn wir uns treffen, *face to face*, wie man so sagt, um die Situation zu klären. Außerdem habe ich in Bulgarien zu tun, fügte er unbestimmt hinzu.

Ich wusste einfach nicht, wohin mit mir vor Scham. Meine Ohren glühten wie eine Heizspirale.

– Hören Sie, Sascha, fuhr Šlisť unbeirrt fort, kann ich so lange in der Wohnung bleiben, von der Sie geschrieben haben? Sie steht doch jetzt ohnehin leer. Ich will mich nicht in ein Hotel einquartieren, wenn es nicht sein muss. Nur für vier Tage! Ich werde es Ihnen auch bezahlen, wenn Sie darauf bestehen.

Der Vorschlag kam unerwartet, und eigentlich gefiel er mir gar nicht. Aber ich war momentan viel zu verwirrt, um vernünftig zu reagieren.

Wir gingen zu der Wohnung.

Er inspizierte den halbleeren Raum skeptisch. Er ging zum Fenster und zog den Vorhang ein wenig zur Seite. Dann setzte er sich aufs Bett.

– Hier wollten Sie meine Viktorija also herbringen?, flüsterte er, während er die Matratze gedankenverloren prüfte. – Wie romantisch!

– Es ist wirklich nicht sehr wohnlich, stammelte ich.

Insgeheim hoffte ich, er würde verschwinden. Seine Kleidung und die *Samsonite*-Tasche legten nicht unbedingt nahe, dass er sich kein Hotel leisten konnte. Aber Šlisť dachte nicht daran zu gehen.

– Gibt es hier einen Kühlschrank?, fragte er sachlich.

Ich zeigte ihm den Kühlschrank. Zu meiner großen Überraschung stellte er die Schachtel mit der Kaffeemaschine hinein. Darauf klopfte er vielsagend gegen die Champagnerflasche, die ich vor Tagen eingekühlt hatte. Meine Ohren wurden von neuem rot.

– Wenn Sie keine Einwände haben, werde ich mich ein bisschen ausruhen, sagte er. – Ich will Ihnen wirklich keine Umstände machen. Wenn ich abreise, werde ich den Schlüssel einfach beim Nachbarn abgeben. Einverstanden?

Ich nickte. Sein blasses Gesicht erstrahlte in einem kühlen Leuchten, ich wollte nichts wie weg.

Die nächsten Tage waren ein einziger Alptraum. Ich fühlte mich wie erschlagen und ekelte mich vor mir selbst. Ich hätte Lust gehabt, mich mit der kleinen Hexe in Verbindung zu setzen und ihr zu sagen, was ich von ihrem schmutzigen Spielchen hielt, konnte mich aber nicht dazu aufraffen. Ich las unsere ganze Korrespondenz von neuem. Die Täuschung war perfekt.

Am vierten Tag ging ich, den Schlüssel von den Nachbarn holen, wie wir es ausgemacht hatten. Sie sagten mir, dass der Russe noch am nächsten Morgen abgereist sei. Er war nur einen Tag geblieben! Das kam mir seltsam vor, und so beschloss ich, einen Blick in die Wohnung zu werfen.

Die Champagnerflasche stand gut sichtbar auf dem Tisch. Sie war leer. Daneben lag ein Brief, die Buchstaben waren aus einer Zeitung ausgeschnitten und sorgsam aufgeklebt.

Dorogoj Saša, lieber Sascha, stand da, *ich habe Sie ein klein wenig zum Narren gehalten. Zuerst habe ich Sie erschreckt, dass Viktorija ein Mann sei, und dann habe ich Sie glauben gemacht, sie sei ein Kind. Aber die Wahrheit ist weitaus banaler. Viktorija ist nicht dreizehn Jahre alt, sondern einundzwanzig. Und sie ist nicht meine Tochter, sondern meine Ehefrau. Sie hatte tatsächlich eine lebhafte Phantasie, aber das habe ich leider zu spät begriffen. Sie hatte vor, mit meinem ganzen Geld durchzubrennen, und das ist, glauben Sie mir, nicht eben wenig. So war ich also gezwungen, gewisse Maßnahmen zu treffen. Ich nehme an, dass Sie der Gedanke quält, ob sie wirklich die Frau von dem Foto ist, das sie Ihnen geschickt hat. Ich schlage vor, dass Sie die Schachtel im Kühlschrank öffnen. Überzeugen Sie sich selbst.*

Ihr Šlisť

WIE MAN SICH BETTET

Als ich letztes Jahr in London war, landete ich aus Gründen, die nicht allein mit mir zu tun haben, auf der Straße ... Ich hatte keine große Wahl, also beschloss ich, unter einer der Themsebrücken zu übernachten. Es war ungewöhnlich warm für die Jahreszeit, und in meinem Rucksack hatte ich einen ganzen Liter Wodka, den ich in weiser Voraussicht im Duty-free-Shop am Flughafen in Bulgarien gekauft hatte.

Ich hatte außerdem zur Vorsicht einen dicken Wintermantel mitgenommen, der mir jetzt, wie ich dankbar feststellte, als Decke dienen konnte. Es gab keinen Grund, Trübsal zu blasen.

Um die Wahrheit zu sagen, ich halte mich nicht oft bei Einbruch der Dunkelheit an solchen Orten auf, deshalb war ich auf der Hut. Das kulturelle Umfeld, in dem ich gelandet war, hat seine Besonderheiten. Überall lagen Bierdosen herum, die Wände und Metallträger waren mit Graffiti übersät. Es roch ein wenig nach Fäkalien. Bald entdeckte ich, dass ich nicht alleine war ... Der Mann hatte sein Biwak in einer der Nischen zwischen den Metallrippen aufgeschlagen. Er trug einen dichten, gescheckten Bart und war mächtig von Gestalt. Er war nicht alt, aber die Furchen auf seiner Stirn zeugten von einer ständigen gedanklichen Anstrengung, die ihn schneller hatte altern lassen. Er saß auf einer durchgescheuerten Matratze, das eine Bein untergeschlagen, die Schultern entspannt, und ließ seinen Blick über den Fluss streifen.

– Hier wird nicht gepinkelt, hörte ich ihn mit deutlich schottischem Akzent sagen.

– Ich habe auch nicht die Absicht, hier zu pinkeln, entgegnete ich leicht gekränkt mit deutlich slawischem Akzent.

Ich machte es mir in der Nische nebenan bequem. Ich streckte mich auf meinem Wintermantel aus und holte den Wodka hervor. Ich hatte einen Plastikbecher aus dem Flugzeug mitgenommen, sodass ich mich gepflegt bedienen konnte. Und so trank ich Wodka Gorbatschow – weich und glatt im Geschmack, die Wellen plätscherten gegen die Brückenpfeiler, und weit entfernt über meinem Kopf zischten die Reifen der Autos über den regennassen Asphalt. Sowie ich eingeschlummert war, empfing ich einen undeutlichen Reiz an den Rändern meiner Wahrnehmung. Ich ignorierte ihn, aber er drängte sich erneut in mein Bewusstsein ... Es vergingen einige Sekunden, bis ich begriff, dass der Typ die Flasche mit sengenden, gierigen Blicken anstarrte. Solche Begehrlichkeiten sind gefährlich und ich bin nicht knauserig, also sagte ich zu ihm:

– Gib mir deinen Becher, Alter!

Ich hatte überhaupt keine Lust, dass er mir den Flaschenhals einspeichelte – wer weiß, was alles in seinem Mund gedieh. Ich konnte nicht einmal blinzeln, schon hielt mir der Drecksack ein Colaglas unter die Nase, large size. Ich goss ihm ein paar Finger hoch ein, damit er Ruhe gab, aber er ließ sich neben mir nieder. Jetzt will er auch noch Gesellschaft, dachte ich mit wachsender Feindseligkeit, als mir sein Geruch in die Nase stach ...

Ich erwartete, dass er zu schwatzen anfangen, mich mit der faden Prosa seines Lebens unterhalten würde, aber er schaute mich nicht weiter an. Er saß schweigsam da und trank aus seinem riesigen Glas. Mir ging ebenfalls mehr als genug im Kopf herum und ich brannte nicht darauf, meine Zunge zu wetzen. So verging beinahe eine Stunde. Der Verkehr auf der Brücke ließ allmählich nach, zwei Drittel vom Wodka waren dahin, und ich gewöhnte mich langsam an den Gestank meines Nachbarn. Ich fand sogar etwas Tröstliches in seiner Nähe ... Ich machte Anstalten, ihm nachzuschenken, aber er zog sein Glas weg. Entschlossen erhob er sich und trat an den Rand der Plattform. Einige Sekunden stand er da und starrte ins schwarze Wasser hinunter. Dann sprang er.

Er sprang, verflucht!

Ein dumpfes Platsch, und das war's. Ich hatte Glück, dass ich betrunken war und so langsam reagierte, denn sonst hätte es mir einfallen können, ihn retten zu wollen ... Ich kroch an den Rand der Plattform und schaute hinunter. Der Fluss roch nach Schlamm. An den Brückenpfeilern bildeten sich Wasserstrudel, von dem Unglücklichen fehlte jede Spur. Was sollte ich jetzt machen? Ich wollte nichts mit der Polizei zu schaffen haben, ich sah keinen besonderen Vorteil darin. Sie würden mich lang und breit ausfragen, was ich um diese Zeit unter der Brücke verloren hatte ... sie würden es nicht verstehen ... und sie würden mir etwas anhängen. Nein, danke! Mein Verstand, soviel mir davon noch geblieben war, riet mir, meine Siebensachen einzusammeln und mich von den Socken zu machen. Aber wer vertraut schon auf seinen Verstand! Stattdessen begann ich, in den Abfällen des Unbekannten zu wühlen, in der Hoffnung, etwas über ihn in Erfahrung zu bringen. Einen Namen, irgendein Detail, eine Erklärung für seine verrückte Tat. Schließlich hatten wir fast einen ganzen Liter Wodka miteinander getrunken ... Seine Matratze war verklumpt und knisterte seltsam. Ich machte mit dem Feuerzeug etwas Licht. Der Bezug war an einer Ecke aufgetrennt, und aus dem Inneren hing ein Fetzchen Papier. Ich zog es heraus. Es war eine Banknote. Fünfzig Pfund. Wow! sagte ich zu mir. Ich fuhr fort, in dem Loch herumzustochern. Kurz darauf hatte ich ein ganzes Bündel davon in der Hand …

Die Matratze war vollgestopft mit Geld!

Plötzlich näherten sich heisere Stimmen. Aus der Dunkelheit tauchten zwei hagere Schatten auf, die wie Gespenster schwankten.

– Derek, schläfst du?

Ich wusste nicht, was tun, also schmiegte ich mich an die Matratze und harrte aus.

– Er ratzt, der Hurensohn …, stellte der andere fest. – Er hat sich ordentlich vollaufen lassen …

Der Wodka zog sofort ihre Aufmerksamkeit auf sich. Ich nutzte das zu meinem Vorteil und zog mir Dereks Lumpen über den Kopf. Ich war wie Rob Roy, der sich in dem verwesenden Kadaver einer Kuh vor den Engländern versteckte … Ich lag auf Unmengen von Geld und fragte mich, wie dieser arme Schlucker wohl an so viel Kohle gekommen war?! Und warum er sie nicht genutzt hatte, statt sich in die eisige Umarmung der Themse zu stürzen? … In meinem Kopf ging es rund. Von Zeit zu Zeit horchte ich auf, um zu belauschen, worüber sich die zwei unterhielten. Aber in dem Mix aus Cockney, Bier und Wodka konnte ich nichts verstehen … Ich tat, als schliefe ich, bis ich am Ende wirklich schlief.

Ich wachte auf, von einem Alptraum geplagt: Irgendjemand hatte die Matratze unter mir weggezogen, und ich lag starr vor Kälte auf dem nackten Boden … Ich sah sofort nach, Gott sei Dank, die Matratze war an Ort und Stelle, prall und hart. Von den beiden Herumtreibern keine Spur. Die Sonne stand hoch am Himmel, es ging auf halb elf zu. Ein Boot, randvoll mit Touristen, fuhr gerade unter der Brücke durch. Offenbar sorgte ich für einen malerischen Anblick, denn sofort richteten sich Dutzende Photoapparate und Kameras auf mich. Das machte mich nervös, ich war nicht scharf auf Öffentlichkeit. Ich wollte nur die verfluchte Matratze zusammenrollen und an einen sicheren Ort bringen, und das war nicht so einfach, wie es aussah. Der Stoff war ziemlich dünn, stellenweise sogar zerschlissen, und ich wollte nicht riskieren, dass die Matratze aufriss und das Geld sich überall verteilte. Deshalb schien es mir vernünftiger, es in einen Sack umzupacken. Nur dass ich keinen Sack hatte! Auch unter Dereks Hab und Gut fand sich nichts Passendes, und meine Reisetasche und mein Rucksack waren lächerlich klein. Erst jetzt, angesichts dieser Schwierigkeiten, wurde mir das Ausmaß der Summe bewusst. Es war unglaublich! In der Matratze steckten sicher zwei Millionen Pfund. Ich setzte mich, um sie unter mir zu spüren. Ich brauchte Säcke!

– He, Derek!

Ich erblickte eine Uniform und erstarrte.

– Wo ist Derek? fragte der Mann.

Es war kein Polizist, er sah eher aus wie ein Angestellter der Stadtverwaltung.

– Naja ... – Ich zuckte die Schultern.

– Klar, nickte er. – Er ist weg. Er hat sich ohnehin ziemlich lange gehalten ...

Er schien nicht überrascht zu sein. Im Gegensatz zu mir.

– Gab es denn einen anderen vor ihm?!, fragte ich verwirrt.

– O ja, nickte der Angestellte energisch. – Ich glaube, er hieß Bob, aber er ist nur zwei Wochen geblieben. Dann kam Derek. Dieser Platz bleibt nie leer … Hey, hat er dir verraten, dass du das eine oder andere Pfund verdienen kannst, wenn du hier sitzt? – Seine Stimme bekam einen geschäftlichen Unterton.

Ich schüttelte verneinend den Kopf. Der Mann zeigte auf die gegenüberliegende Seite der Brücke, die im morgendlichen Dunst über dem Fluss nur undeutlich zu sehen war. Trotz der vergleichsweise frühen Stunde wimmelte es dort vor Menschen.

– Also, die Sache ist die … Dort drüben sind gebührenpflichtige Fernrohre montiert, solche für Touristen, die für Kleingeld durchschauen wollen … Was es da zu glotzen gibt, wusste ich auch nicht, bis wir vor zwei Jahren eine Untersuchung durchgeführt haben. Das Ergebnis war verblüffend. Kannst du dir vorstellen, was sie so interessant finden?

– Naja, den MI5 …, murmelte ich mit einer unguten Vorahnung.

– Von wegen!, sagte er mit Nachdruck. – Die Obdachlosen! Bedauerlicherweise sind nicht viele von ihnen übriggeblieben. Wir haben sie wohl in letzter Zeit zu sehr verwöhnt, und niemand will mehr unter einer Brücke leben. Und die Touristen sind enttäuscht. Perverses Gesindel! Das wirkt sich natürlich drastisch auf unsere Einkünfte aus …

– Du meinst, dass … dass sie mich gerade beobachten? fragte ich entsetzt.

– Ganz genau!, nickte der Angestellte der Stadtverwaltung freudig. – Du kannst ihnen winken, wenn du willst … Ich gebe dir zehn Pfund am Tag, wenn du hier sitzen bleibst. Aber du rührst dich nicht von der Stelle! Wenn du etwas brauchst, werde ich es dir besorgen. Wenn du mal musst, gehst du dort die kleine Treppe runter ... Und pass auf, dass du nicht ins Wasser fällst, es ist rutschig! Im Sommer kannst du hier in der Sonne liegen und bekommst noch fünf Pfund dafür. Na, was sagst du?

Was sollte ich schon sagen? ... Ich nahm das Angebot ohne überschäumenden Enthusiasmus an und bat ihn, mir etwas zu essen zu holen – ich war ziemlich ausgehungert.

– Bei der Gelegenheit kannst du auch ein paar Plastiktüten mitbringen ..., fügte ich beiläufig hinzu.

– Plastiktüten? fragte er unruhig.

Ich schaute mich um und sagte:

– Naja, für den Müll ...

Hal (das war sein Name) sah mich tadelnd an.

– Es ist gut, wie es ist ... authentisch ...

Ich schwieg, und er ging weg, um einzukaufen.

Ich wusste ohnehin nicht, wie es gelingen sollte, unter den Augen von einem Dutzend Fernrohre zwei Millionen Pfund in Säcke zu stopfen ... Ich würde bis heute Abend warten müssen. Verfluchte Touristen! Ich streckte ihnen meinen Mittelfinger entgegen, als Hal gerade mit den Einkäufen zurückkam.

– Du machst dich, großartig! lobte er mich.

Er hatte ein gebratenes Huhn mitgebracht, in Folie gewickelt, ein Baguette und sechs Dosen Bier, die billigste Sorte. Er warnte mich, dass am Nachmittag ein Polizist namens Ed vorbeikommen würde, ich solle nicht erschrecken. Er ließ mich auf dem Kassenbeleg unterschreiben und wünschte mir einen schönen Tag. Überhaupt, Hal war ein kultivierter Mensch. Ich aß, trank zwei Dosen Bier und streckte mich auf der Matratze aus. Es war ein angenehmes Gefühl.

Ich war satt und zufrieden.

Ich dachte an all das Geld, das unter mir lag, auf dem ich lag, daran, wie ich es zu meinem eigenen Wohl verwenden würde. Was ich mir kaufen würde, was für Vergnügungen ich mir leisten würde! Ich wollte diesen neuen Gedanken in meinem Gehirn so viel Platz einräumen, wie sie verdienten. In meinem Gedächtnis klafften Lücken. Ich erinnerte mich schon überhaupt nicht mehr, warum ich nach London gekommen war und wie es kam, dass es mich an diesen seltsamen Ort verschlagen hatte. Und es interessierte mich auch nicht mehr ... Alle meine Pläne hatten sich verflüchtigt. Gott höchstselbst sagte zu mir: »Werde reich!« Und das war kein Angebot, sondern ein Befehl.

Gegen drei am Nachmittag kam Ed vorbei. Offensichtlich war er über meine Anwesenheit informiert, denn er legte nicht die für seinen Beruf typische Neugier an den Tag, sondern nickte nur und ging weiter. Ich trank noch ein Bier; dabei fiel mir ein, dass ich Zigaretten im Rucksack hatte, und ich rauchte, wobei ich sehr darauf achtete, dass ich die Matratze nicht in Brand steckte. Ich konnte nicht aufhören, an die Dinge zu denken, die ich mit ihrem Inhalt machen würde. Träume, Sehnsüchte, Wünsche, die herrenlos herumschwirrten, kamen jetzt in Schwärmen zu mir, landeten auf dem metallischen Skelett der Brücke und gurrten einladend. Die Stimmen meiner eigenen Wünsche wurden inmitten ihres Geschreis immer schwächer. Die Dinge, auf die ich wirklich Wert legte. Die Dinge, die ich zuerst erledigen musste. In meinem Kopf herrschte Chaos. Ich wusste nicht, wo ich beginnen sollte.

Allmählich wurde es dunkel. Auf der anderen Seite gingen die Lichter an, während mein Wohnort langsam im Schatten versank. Ich überlegte, ob ich zu irgendeinem Geschäft rennen sollte, um Säcke zu kaufen, aber nach kurzem Zögern verwarf ich die Idee. Es schien mir zu riskant, die Matratze unbeaufsichtigt zu lassen.

Ich fühlte mich schrecklich erschöpft, als hätte ich den ganzen Tag über Steine gewälzt. Mir war schwindlig und übel. Ich hatte zu nichts Lust. Meine ganze Energie war in diesem lärmenden Durcheinander der Wünsche verpufft ... Ich saß mit ausgestreckten Beinen da und ließ den Blick schweifen, während ich mit meinem Hintern wie ein Briefbeschwerer auf einem Haufen von Geld thronte. Der Fluss schleppte sich lautlos unter der Brücke dahin, stellenweise glatt wie Glanzpapier, an anderen wieder von Wirbeln und Strömungen aufgeworfen. Ich dachte an Derek und wo er jetzt wohl sein mochte. Und an den anderen, der vor ihm dagewesen war, Bob ... Ob nicht auch er ins trübe Wasser gesprungen war? Dieser Platz bleibt nie leer, hatte Hal gesagt. Gab es vielleicht noch andere? Zum ersten Mal erfasste mich etwas wie Angst ...

Vielleicht war mir deshalb ein wenig leichter, als sich ein Pärchen unter die Brücke verirrte und zu knutschen begann. Ich verhielt mich ruhig, aber sie bemerkten mich und erschraken für einen Augenblick. Ich hörte, wie sie tuschelten, dann lachten sie ... Sie würden mich wohl zum Zeugen eines klassischen Seitensprungs machen. Sie klammerten sich erneut aneinander, noch lauter und schamloser als zuvor. Es war irgendwie nicht der passende Zeitpunkt, um sie Säcke kaufen zu schicken. Ich fragte mich, ob sie es unter der Brücke taten, weil sie kein Geld für ein Hotel hatten, oder ob es ihnen gefiel, an einem öffentlichen Ort zu vögeln. (Wenn man dieses Drecksloch hier so nennen konnte ...) Eine Zeitlang beobachtete ich sie mit Interesse: Der weiße, dralle Hintern der Frau schaukelte in der Dunkelheit. Das ging eine ganze Ewigkeit so weiter, sodass ich gar nicht mitbekam, wann sie gegangen waren. Am Morgen fand ich eine leere Flasche Wein und ein zusammengeknotetes Präservativ ... Ich warf es in den Fluss.

Die Touristen hatten bereits ihre Positionen eingenommen. Hal kam kurz nach zehn vorbei, er war sichtlich zufrieden. Er gab mir ein wenig Kleingeld und ging Proviant holen. Ich wagte es nicht, ihn wegen der Säcke noch einmal zu fragen, um keinen Verdacht bei ihm zu erwecken. Am Nachmittag kam Ed vorbei, adrett gekleidet und sauber, nach Lavendel duftend wie eine Nonne. Ich hatte den Gestank Dereks aufgesogen, auch den von Bob und allen seinen Vorgängern im Amt, mein Bart war gewachsen, und ich sah vollkommen authentisch aus. Wir begrüßten uns wie alte Bekannte. Bisher hatte ich noch kaum über den Ursprung des Geldes nachgedacht, auf dem ich mich schon den zweiten Tag herumwälzte. Es war wohl schwerlich sauber. Ich dachte, dass ich vielleicht eine Belohnung bekäme, wenn ich es der Polizei übergab, aber ich verwarf diese Möglichkeit sofort wieder ...

Das Geld gehörte mir und Punkt!

Ich verbrachte den ganzen Tag damit, mir vorzustellen, wie ich es ausgeben würde. Es war aufregend, zwischen Traum und Wirklichkeit zu balancieren, die Süße meiner Träume zu schmecken, noch bevor sie mit allen daraus entstehenden Bitternissen und Enttäuschungen gereift. Ich fühlte mich so übersättigt, dass ich am Abend, als mich die länger werdenden Schatten vor den neugierigen Blicken der Menge verbargen, erneut keine Kraft hatte, etwas Entscheidendes zu unternehmen. Später kamen die zwei wieder vorbeigeschneit, die mich am ersten Abend für Derek gehalten hatten. Robin und Tom hießen sie. Jetzt gab es keinen Grund mehr, so zu tun, als sei ich er. Ich hatte inzwischen seinen Platz eingenommen, sozusagen offiziell. Ich schlug ihnen vor, zu diesem Anlass einen zu trinken, gab ihnen ein paar Pfund, um Bier zu kaufen, wobei ich ihnen auftrug, so beiläufig wie möglich, auch Säcke mitzubringen. Sie ließen sich nicht mehr blicken ... Es machte mir wenig aus, zumindest solange sich die Matratze noch unter meinem Hintern befand.

So vergingen einige Tage. Alle Versuche, mich mit Säcken zu versorgen, scheiterten kläglich, und mir wollte nichts Besseres einfallen. Ich wagte es nicht, mich mehr als zehn Schritte von der Matratze zu entfernen. Ich war panisch, ich schwitzte und taumelte zurück, als hinge ich an einer Leine. Selbst wenn ich aufs Klo ging, war ich unruhig. Oft unterbrach ich meine Beschäftigung und rannte die Stufen nach oben – nicht dass jemand die Matratze geschultert hatte. Besonders fürchtete ich mich vor der Müllabfuhr. Diese finsteren Männer mit ihren reflektierenden Westen, die aus dem Nebel kamen, noch bevor der Morgen graute, und alles, was ihnen unterkam, in riesige schwarze Säcke mit dem Stempel der Stadtverwaltung stopften ... Sie sahen für meine Zwecke ideal aus. Ich bat sie, mir zwei Säcke zu überlassen, war natürlich bereit, dafür zu bezahlen, aber sie lachten nur verächtlich. Einer von ihnen drohte mir sogar mit dem Finger:

– Pass auf, dass wir dich nicht im Sack mitnehmen!

Als er erfuhr, dass sie da gewesen waren, zog Hal ein finsteres Gesicht und riet mir, mich nicht mit diesen

Typen einzulassen. Zwischen ihm und den Müllmännern bestand offenbar eine seltsame Feindschaft, deren Grund ich nie erfuhr.

Hal war mein Mann. Wäre er nicht gewesen, wäre ich vor Hunger und Durst umgekommen. Manchmal war ich versucht, ihm mein Geheimnis anzuvertrauen. Ihm eine gewisse Summe vorzuschlagen, wenn er mir dabei half, die Matratze an einen sicheren Ort zu bringen. Aber ich wusste nicht, wie er beim Anblick von so viel Geld reagieren würde. Vielleicht würde er die Hälfte verlangen. Vielleicht würde er auch nichts verlangen, idealistisch wie er war ... Es hätte mich nicht gewundert, wenn er alles für die Instandhaltung der Brücke gespendet hätte. Das ist das Schlechte an den Idealisten: Sie machen keinen Unterschied zwischen Mein und Dein. Das Geld war meins, zum Teufel! Meins!

– Das kann nicht dein Ernst sein, Hal. Vergiss die Brücke, um Gottes Willen! Kauf dir von mir aus einen Jaguar und fertig!

Aber er wollte ums Verrecken nicht! Schüttelte den Kopf wie ein Metronom, und seine Wirbel knackten im Takt. Er sagte, wir würden eine Stiftung gründen und die ganze Brücke vergolden, damit sie aus der Ferne glänzt. Sie wäre so schön, dass alle Verliebten dieser Welt kommen würden, um sich auf ihr photographieren zu lassen.

– Häng dich doch an deiner verfluchten Brücke auf, du Trottel! schrie ich ihn an, völlig außer mir.

Und dann wachte ich auf. In letzter Zeit träumte ich nur noch solchen Unsinn.

Die Matratze trug mich weiter auf den Flügeln des Verlangens, über Schlösser und Parks, über Inseln und Yachten ... Die herrlichsten Schönheiten der Welt winkten mir von unten zu, aber ich landete nicht. Ich ging in den Sturzflug über, zischte im Tiefflug über die üppigen Speisen, die zu meinen Ehren zubereitet worden waren, sog ihren Duft ein und flog weiter zu den nächsten Verlockungen. Am Ende lud mich die Matratze wieder unter der Brücke ab. Ich blieb liegen, starrte auf die Metallpfeiler und Bögen, während der Fluss den Bodensatz der Wünsche wegspülte, der sich in meiner Seele abgesetzt hatte.

Und so ging es Tag für Tag ...

Ich wusste schon nicht mehr, wovon ich träumen sollte. Die Schlösser und Parks hatte ich längst hinter mir gelassen, der appetitliche Geruch war verflogen. Jetzt trug mich die Matratze über eine trostlose Wüste, vor mir ein Vorhang aus undurchdringlichem Nebel. Ich wehrte mich, ich wollte den Kurs wechseln. Anker in einer Oase werfen und über die einfachen Freuden des Lebens meditieren. Aber dazu hatte ich zu viel Geld, viel zu viel. Wenn du alles haben kannst, begreifst du allmählich, dass du nichts brauchst. Das ist der Fluch der Reichen! Genau besehen waren meine Bedürfnisse nicht groß. Ich konnte problemlos von dem Gehalt, das mir die Stadtverwaltung bezahlte, leben, ohne den Inhalt der Matratze anzurühren. Was längst nicht bedeutete, dass ich bereit war, mich davon zu trennen ... O nein! Die Geschichte von dem Dummkopf, der seinen Reichtum an die Armen verteilt, war nicht meine Geschichte. Ganz im Gegenteil, ich war sparsam. Ich lag auf meinem Geld und machte einen auf toter Mann. Ich brauchte nichts und konnte mir kein besseres Leben vorstellen. *Hallo, mein Alter.* Hallo, Hal, sind heute Touristen da? Werfen sie ordentlich Kleingeld ein? *Aber ja, und wie!* Hallo, Ed, hallo, ihr anderen! *Wie ist es denn dort unter der Brücke?* Ein bisschen feucht, aber ich kann nicht klagen.

Ein Bier, mein Freund? Danke. Etwas anderes? Nein, danke, es geht mir gut.

Auch nach Säcken schaute ich mich nicht mehr um. Was für einen Sinn würde es machen zu übersiedeln, wohin sollte ich schon gehen? Ins Ritz? Ha, ich hätte gern gesehen, wie ich mit zwei Taschen voller Geld im Hotel auftauche und die Präsidentensuite buche. Es war nicht so einfach, wie es einem die Hochglanzzeitschriften weismachen wollen. Die Gesellschaft hatte Regeln. Ich müsste mich mit den Banken auseinandersetzen, mit dem Finanzamt, mit einem Haufen lästiger Cousins, die aus ihren Löchern gekrochen kämen. Von den Frauen ganz zu schweigen, den Kellnern, den Designern, den Börsenmaklern, den Wohltätern, den Gesellschaftsreportern und allen anderen, die sich von fremdem Blut ernähren. Und wenn ich dann auch noch an die Anwälte dachte, war mir direkt zum Weinen. Nein, danke! Besser, ich verfaulte hier, als dass ich durch diese Mühle ging! Und so faulte ich vor mich hin, ohne Wünsche, ohne Träume, ohne irgendwas ... Manchmal fragte ich mich, warum, zum Teufel, ich überhaupt noch lebte? Und sofort fiel mir der unglückliche Derek ein. Die Logik seines Schrittes war mir jetzt klarer. Freilich wurde es davon auch nicht besser. Mir liefen kalte Schauer über den Rücken!

Mittlerweile war ich ebenso reich an Läusen wie an Geld ... Hal war so liebenswürdig und brachte mir eine Lotion, wobei er mir mit allem Nachdruck empfahl, sie zu verwenden, weil die Stadtverwaltung nicht bereit wäre, einen Ansteckungsherd auf ihrem Territorium zu tolerieren. Sie hätten zwar nichts gegen Obdachlose, aber verlauste Obdachlose seien nicht nach ihrem Geschmack. Gesetz ist Gesetz, also schmierte ich mich von Kopf bis

Fuß ein. Es stank widerlich, und mir wurde sofort schwindlig. Vor meinen Augen tanzten violette Punkte, und ich begann, allerlei verdächtige Geräusche zu hören … Hatte ich es mit der Dosierung übertrieben? Mir war hundeelend. Ich kroch zum Fluss und kotzte meine Gedärme aus.

Der Frühling war gerade angebrochen, über dem Wasser waberte ein dünner Nebel. Die Wellen trugen Narzissen mit sich, die an den Ufern am Oberlauf der Themse ins Wasser gefallen sein mussten. Und dann sah ich sie … die Köpfe. Sie schwankten inmitten des Nebels wie Bojen, die gerade aufgetaucht waren. Es mussten fünf oder sechs sein. Der von Derek war mir am nächsten – blutunterlaufen, grün, mit Haarbüscheln, die auf dem bloßen Schädel klebten. Die anderen kannte ich nicht, aber sie sahen noch schlimmer aus … Derek bewegte seine unförmigen Lippen, spuckte einen braunen kleinen Fisch aus und raunte mit gluckernder Stimme:

– Flieh, du Dummkopf, oder du wirst enden wie wir! Hörst du? Nimm, soviel du tragen kannst, und verschwinde!

– Flieh! Flieh!, wiederholte ein misstönender Chor.

Es hat nicht viel gefehlt und ich wäre in den Fluss gefallen.

Im nächsten Augenblick waren die Köpfe wieder verschwunden. Die Strömung trug die Narzissen fort … was danach geschah – ich weiß es nicht. Ich kam erst auf der Matratze wieder zu Bewusstsein, es war dunkel. Mein Gedächtnis war wie mit einer Walze frisch ausgemalt. Ich spürte, dass ich nicht allein war, und das machte mich nervös …

Der Mann tauchte unerwartet auf. Er hatte einen großen

Metallkanister mit, der verdächtig nach Diesel roch. Es war ein junger Mann um die dreißig, seine Schläfen waren schon grau. Er sah seltsam fröhlich aus, pfiff vor sich hin, und als er mich bemerkte, brach er in ein nervöses, helles Gelächter aus …

– Sowas! Seit wann bist du denn hier, mein Freund?

Am liebsten hätte ich ihm geantwortet, dass ihn das einen Dreck anginge, aber ein Gefühl sagte mir, vorsichtiger zu sein. Ich brummte ausweichend, dass ich unter der Brücke lebte, seit ich denken konnte. Das war immerhin nicht weit von der Wahrheit entfernt. Er nickte voll Verständnis.

– Ich habe ebenfalls gewisse Erfahrungen mit dem Leben unter Brücken …, erwiderte der Mann lässig. – Und zwar genau hier!, fügte er noch hinzu.

Instinktiv zog ich die Beine an und klammerte mich an die Matratze.

– Ich sitze da!, zischte ich finster.

– Das sehe ich, lächelte der Unbekannte. – Ich habe auch einmal da gesessen. Aber ich habe den Absprung geschafft, bevor es zu spät war …

– Was willst du damit sagen?

– Kommst du da nicht von alleine drauf?, fragte er vielsagend.

Ich presste die Zähne zusammen und schwieg.

– Ich weiß noch immer nicht, wie mir das gelungen ist, schüttelte er den Kopf. – Ich kann mich nicht mehr erinnern … Es kam plötzlich. So als hätte sich eine Feder in mir entspannt. Mir wurde klar, wenn ich jetzt nicht wegging, dann würde ich es nie tun. Ich stopfte den Rucksack voll und rannte davon, ohne mich umzudrehen. Endlich war ich frei. Zumindest dachte ich das …

Ich wurde das Gefühl nicht los, dass er mit meiner Stimme sprach. Zum Teufel, wer hatte den wieder geschickt! Ich roch, es würde Komplikationen geben. Vielleicht wollte er vorschlagen zu teilen? Ein Schauer lief mir über den Rücken. Keine Chance! Er hatte seinen Teil bekommen. Er hatte seinen Posten verlassen, hatte es nicht ausgehalten ... Ich hatte Lust, es ihm auf eine besonders gehässige Weise zu sagen.

– Du bist also da, um deine Taschen wieder aufzufüllen?

Der Mann behielt seine Selbstbeherrschung. Er blickte mir in die Augen und sagte:

– Das Geld ist falsch.

Ich verstummte. Einige Minuten vergingen. Ich bemühte mich, zum Sinn seiner Botschaft vorzudringen, aber es fiel mir schwer zu akzeptieren, was er gesagt hatte.

– Ist dir der Gedanke noch nie gekommen? fragte er hämisch. – Wer würde schon so viel Geld unter einer Brücke liegenlassen? Jetzt streng dich mal ein bisschen an!

– Woher willst du das wissen? sträubte ich mich.

– Na, ich habe es ausprobiert!, lachte er auf. – Noch am gleichen Tag. Und noch am gleichen Tag haben sie mich geschnappt, schon im ersten Laden! Gott sei Dank hatte ich den Rucksack in einem Schließfach an der Victoria Station gelassen. Sie haben bei mir nur ein paar Fünfziger gefunden und beschlossen, dass ich ein kleiner Fisch sei. Wer weiß, wie viele Jahre sie mir sonst aufgebrummt hätten ...

– Warum bist du dann hier?

– Ich war mir sicher, dass die Matratze noch da ist. Ich wollte sehen, wer der Blödmann ist, der jetzt darauf brütet. Und ihm sagen, dass er nur seine Zeit vergeudet. Weil er nur auf Spielgeld sitzt ...

– Ich glaube dir kein Wort!, rief ich verzweifelt.

– Es ist Falschgeld!, wiederholte er. – Und ich werde es dir beweisen!

Der Mann stand entschlossen auf, öffnete den Kanister und leerte etwas von der Flüssigkeit auf die Matratze.

– Pass auf!

Ich fuhr entsetzt hoch.

– Wie heißt du? fragte er plötzlich.

– Tommy, sagte ich reflexartig.

– So ein Zufall, ich heiße auch Tommy … – Er wunderte sich sichtlich ein wenig und blinzelte mir komplizenhaft zu. – Willst du?

– N-n-n-ein …, stotterte ich.

Dann lachte er auf, zündete das Streichholz an und warf es auf die Matratze.

Es gab eine Stichflamme, die bis zur Brücke hochschlug. Ich bedeckte meine Augen mit der Hand. Tom begann, mit ausgebreiteten Armen auf einem Bein zu hüpfen und vor Begeisterung zu wiehern. Es wurde heiß. Die Luft war erfüllt von einem Gestöber verkohlter Papierschnipsel. In der Ferne war das Heulen einer Sirene zu hören.

– Lass uns abhauen! schrie Tom. – Jetzt bist du frei, Tommy. Ciao!, trällerte er theatralisch, dann wurde er eins mit der Dunkelheit.

Mir blieb nichts anderes übrig, als ihm zu folgen.

Ich sah ihn nie wieder.

Ich streifte durch die Stadt wie ein Gespenst. Ich hatte das Gefühl, dass man einen Teil von mir vor meinen Augen verbrannt hätte. Die Passanten machten dezent einen Bogen um mich. Ich war hungrig. Ich konnte nicht sagen, wo genau ich mich befand. Ich war stundenlang umhergestreift, war durch Parks und über Boulevards gegangen.

Die Straße war trotz der späten Stunde grell beleuchtet. Da waren ein paar arabische Geschäfte, ich kaufte mir ein Falafel-Sandwich. Ohne zu überlegen, zog ich einen Fünfziger aus der Tasche und gab ihn dem Verkäufer. Etwas an meinem Äußeren schien ihn zu stören, also untersuchte er den Schein besonders gewissenhaft. Dann gab er mir das Restgeld heraus. Erst da fiel bei mir der Groschen. Ich musste meine Taschen im letzten Moment mit Geld vollgestopft haben. Ich warf das Sandwich in den erstbesten Mülleimer und verschwand im benachbarten Alkoholladen. Ich griff mir ohne Umschweife eine Flasche Malt Whiskey und machte mich auf zur Kasse. Mein Äußeres erregte erneut Verdacht, der Mann an der Kasse betrachtete die Banknote lange und eingehend. Dann schüttelte er den Kopf und packte die Flasche in eine Tasche.

Ich bog in eine der Seitenstraßen und ließ mich auf den Stufen vor einem der Häuser nieder. Ich drehte den Verschluss auf und hob die Flasche an den Mund, ohne sie aus der Tasche zu nehmen, so wie man es aus Filmen kennt. Ich kippte eine ordentliche Dosis hinunter. Verflucht! Das hieß, die Kohle war echt. Oder sie ging zumindest als echt durch. Dieser Hurensohn! Ich leerte meine Taschen. Es waren wohl um die zehntausend ... Die Matratze war millionenschwer gewesen, zwei Millionen mindestens. Ich nahm noch einen Schluck. Der Irre hatte zwei Millionen verbrannt. Ich goss mir noch einen hinter die Binde. Warum hatte er mir nicht einfach angeboten, das Geld zu teilen? Oder war ihm klar, dass ich mich geweigert hätte? Dass ich um jeden Preis darum gekämpft hätte? Dass einer von uns dabei draufgehen hätte können? ...

Meine Hände rochen nach Diesel. Über den Gehsteig glitt ein langer Schatten, der in einem Polizeihut endete.

– Geht es Ihnen gut, Sir?, fragte mich jemand mit besorgter Stimme.

Ich hob die Hand. Alles okay. Die Flasche unter meiner Achsel war Antwort auf alle Fragen. Ich bemerkte, dass der Beamte das Geld in meinen Taschen anstarrte, und beeilte mich, es tiefer hineinzustopfen. Dabei ertastete ich einen kleinen Schlüssel. Ich wunderte mich. Ich konnte mich nicht erinnern, wie er da hineingeraten sein mag … Ich trat zu einer Straßenlaterne und betrachtete ihn unter ihrem Licht. Auf der einen Seite war eine Nummer eingraviert, auf der anderen stand »Victoria Station«. Die Flasche fiel zu Boden. Man hörte ein gedämpftes Klirren – die Papiertasche sog sich voll. Der Polizist drehte sich zu mir um und sah mich vorwurfsvoll an. Ich umarmte den Laternenpfahl, damit ich nicht umkippte …

EPILOG

Mir war, als hätte jemand die Hälfte meines Gehirns amputiert. Es vergingen lange Monate, bis mein Bewusstsein sich wieder erholt hatte. Ich bin meinem Psychoanalytiker D.T. Ebbing, der inzwischen zu einem guten Freund geworden ist, unendlich dankbar für seine Sachkenntnis und sein Mitgefühl. Nach einer Reihe von Hypnosesitzungen entdeckte er den fehlenden Teil meiner Erzählung und interpretierte ihn auf der Grundlage seiner Wissenschaft. Er ist der Meinung, dass es sich um eine temporäre Persönlichkeitsspaltung handelte, ausgelöst von starkem Stress. Ein Teil meines Bewusstseins sei bei der Matratze verblieben, meinte Ebbing, als ich sie, getrieben von dem plötzlich erwachten Selbsterhaltungstrieb, hinter mir ließ. Meine Befreiung sei nur unvollständig gewesen, weil meine psychische Abhängigkeit von dem Geld erhalten geblieben sei. Der Entschluss, die Matratze zu verbrennen, sei eine Reaktion auf meinen unüberwindbaren Wunsch gewesen, unter der Brücke zu bleiben. In dem Augenblick, als ich mich an seine Ausführung gemacht habe, habe sich der Teil meiner Persönlichkeit, der die Matratze nie verlassen hatte, gegen mich oder den Teil von mir gestellt, der seine Unabhängigkeit behauptete. Die Spaltung verkörperte sich in zwei Zwillingsgestalten. Der einen gelang es, die andere zu überlisten, indem sie die Lüge erfand, dass es sich um Falschgeld handle. Die Matratze ging in Flammen auf. Die beiden Ichs stoben auseinander, um in dem Augenblick wieder zueinander zu finden, als ich den Schlüssel fand.

Vielleicht lohnt es sich, zum Schluss einen Teil der Berichte zu zitieren, die in den folgenden Tagen erschienen waren. Ich bewahre die Ausschnitte wie Reliquien auf, die einer Geschichte Substanz verleihen, von der ich mir manchmal wünsche, sie würde sich in den Wolken über London in Rauch auflösen.

Ein riesiger Geldbetrag verbrannte gestern unter ungeklärten Umständen unter einer Brücke im Zentrum Londons. Scotland Yard forscht anhand der Seriennummern auf Resten der Banknoten nach dem Ursprung des Geldes. Unbestätigten Berichten zufolge führen die Spuren zu dem Überfall auf eine Provinzfiliale der Eastern Union Bank im Jahre 1992, als drei Maskierte über zwei Millionen Pfund Spareinlagen erbeuteten. Die Beute wurde nie gefunden.

Die Beute aus dem Überfall auf die Eastern Union Bank im Jahre 1992 scheint sich spät am gestrigen Abend unter einer der Brücken von London in Asche verwandelt zu haben, wie aus einer gut informierten Quelle aus Polizeikreisen vermeldet. Der Coup war ein Werk der Brüder Scrap und einer mysteriösen Figur, die in der Unterwelt als der »Schwarze Mexikaner« bekannt ist. Die Scraps wurden einige Monate nach der Tat verhaftet. Sie beklagten, dass der Mexikaner mit der ganzen Beute geflohen sei, und erklärten sich bereit, bei der Aufklärung zu kooperieren. Trotzdem wurde das Geld nie gefunden. Die Scraps wurden zu einer Gefängnisstrafe von fünfzehn Jahren verurteilt …

Die Polizei schließt nicht aus, dass das verbrannte Geld M.J. Dwight gehört haben könnte. Dwight knackte 1991 den Jackpot im Lotto. Kurz darauf verschwand er mit seinem fabelhaften Gewinn von der Bildfläche und ließ eine Menge enttäuschter Verwandter und Freunde zurück. Der Grund für die Brandstiftung bleibt unklar. Dwight selbst war nicht zu einer Stellungnahme bereit.

Ein Bild von M.J. Dwight im Moment, als ihm sein Gewinn ausgehändigt wird. Er hält sich den Scheck vor seine Brust wie eine Gefängnisnummer.

DIE DIENSTLEISTUNG

Ich war mit der Morgenzeitung und dem Kaffee eigentlich schon fertig, aber da ich noch nicht bereit war, meinen Arbeitstag zu beginnen, vertiefte ich mich noch in die Anzeigen. Dabei fiel mein Blick auf einen Text. *Enthauptungen.* Und eine Handynummer. Die Anzeige stand in dem Teil mit den Dienstleistungen. Es klang nicht anders als »Fassadensanierung«, »Kleinreparaturen« oder »Schlüsseldienst«. *Enthauptungen.* Was für Häupter mochten das sein? Bestimmt ein Scherz. Oder ein Druckfehler ... Ich blätterte weiter, aber es war zu spät – es war um meine Konzentration geschehen, die Wörter waren ohne Sinn und Zusammenhang. *Enthauptungen.* Meine Neugier wuchs. Ich stand auf und lief im Zimmer auf und ab. Es war klar, dass ich die ganze Woche an nichts anderes denken würde, wenn ich jetzt nicht anrief ...

– Hallo? – Die Stimme hatte ein unangenehmes Timbre.

– Ich rufe an ... wegen der Anzeige ...

– Ja, bitte sehr, wurde der Mann am anderen Ende der Leitung lebhafter.

– Alsooo ..., fuhr ich schüchtern fort, was bieten Sie denn eigentlich an?

– Enthauptungen! – Er hatte einen markanten Akzent. – Ich dachte, das wäre deutlich genug.

– Häupter, was für Häupter genau?

– Eigene, ausschließlich.

Ich konnte kaum an mich halten.

– Wie muss ich mir das vorstellen?

– Ganz einfach. Sie füllen eine Erklärung aus, wir sprechen uns ab und ... dann machen wir uns an die Arbeit. Kostet fünfzig Dollar.

– Das heißt, wir müssen uns vorher sehen?

– Ja, das ist wohl unvermeidlich ...

Wir einigten uns auf fünf Uhr. Er schlug als Treffpunkt die Wiener Konditorei auf dem Ruski-Boulevard vor. Ich hatte nichts dagegen.

– Und woran werde ich Sie erkennen? fragte ich ihn.

– Ich werde Sie finden.

Pünktlich traf ich vor der Konditorei ein. Draußen ging ein durchdringender Wind, drinnen lief die Heizung auf vollen Touren, es war warm und hell. Ich legte meinen Mantel ab und schaute mich um. Jemand winkte mir von den hintersten Tischen aus zu.

– Guten Tag, erhob sich der Mann, um mir die Hand zu geben. – Kurt.

Er war nicht sonderlich groß, klein sogar, dafür aber ausgesprochen breitschultrig. Er hatte ein dunkles Gesicht mit vorstehenden Backenknochen und einen mächtigen Schädel. Seine Hand war riesig und knochenhart. Er trug ein schwarzes Ledersakko. Zu seinen Füßen stand ein länglicher Kasten, einer, in dem man eine Oboe oder ein Saxophon transportieren hätte können. Wir setzten uns. Seine anthrazitfarbenen kleinen Augen erforschten mich. Er trank kalte Erdbeermilch aus einem hohen Glas mit Strohhalm.

– Sie sind also der Henker, gab ich mich ungezwungen. – Sie sind wohl nicht von hier?

– Nein, aber ich lebe seit fünf Jahren in Bulgarien.

– Und, wie läuft's, gibt es viel zu tun?

– Oh, ja, ich kann mich nicht beschweren. – Dann holte

er einen kleinen Zettel hervor und schob ihn zu mir herüber. – Die Erklärung, bitte schön.

Sie war auf einer ausgeleierten Schreibmaschine geschrieben, in Großbuchstaben, und lautete folgendermaßen: *ICH, DER UNTERZEICHNETE, FAMILIENNAME, VORNAME, SOZIALVERSICHERUNGSNUMMER, ADRESSE, ERKLÄRE NACHFOLGEND MEINEN WILLEN, MICH EINER ENTHAUPTUNG ZU UNTERZIEHEN. ICH ERKLÄRE DIES AUF MEINEN AUSDRÜCKLICHEN WUNSCH UND AUS EIGENER ÜBERZEUGUNG OHNE JEDEN ZWANG. DIE GEGENSTÄNDLICHE ERKLÄRUNG HABE ICH IM VOLLBESITZ MEINER GEISTIGEN KRÄFTE UND IN VOLLEM BEWUSSTSEIN DER FOLGEN UNTERSCHRIEBEN, DIE EINE SOLCHE BEHANDLUNG NACH SICH ZIEHEN KANN, DAS IST: DIE ABTRENNUNG DES KOPFES VOM RUMPF MIT EINEM EINZIGEN SCHLAG. UNTERSCHRIFT, DATUM.*

Ich schaute ihn wie versteinert an.

– Haben Sie überhaupt das Recht, so etwas zu tun?

– Natürlich, nickte er, während er mir die Hand hinstreckte. – Hier ist meine Lizenz. Nummer 1645789K. Ausgestellt in Valladolid, Spanien, dem Headquarter der Weltorganisation der Henker ...

Das Foto stimmte. Alles andere war in gotischer Schrift geschrieben und für mich nur ein spanisches Dorf. Ich zuckte mit den Achseln.

– Gilt in ganz Europa, versicherte mir Kurt.

– Und wie genau wird es vonstatten gehen?, schluckte ich unter Anstrengung. – Das Abtrennen ...

Der Henker bückte sich unter den Tisch und öffnete den Kasten einen Spaltbreit. Ich lugte vorsichtig ins Innere. In dem Kasten lag eine riesige schwarze Axt, scharf wie eine Rasierklinge. Mein Kiefer begann zu zittern.

– Wann?, fragte ich heiser.

Er blätterte in seinem Notizbuch.

– Donnerstag, halb zwölf, passt Ihnen das?

Es war mir gleich. Ich füllte die Erklärung aus. Kurt nahm eine Serviette und gab mir eine Wegbeschreibung. Dann schlürfte er die Milch vom Boden seines Glases und erhob sich.

– Na dann, freut mich, bis bald.

Am Abend zeigte ich die Zeitung meiner Frau, ich hatte die Anzeige mit einem roten Kreis eingerahmt. Ich erzählte ihr von meinem Treffen mit dem Henker. Sie stand mit offenem Mund da vor Staunen. Bald aber erlangte sie den Ausdruck wieder, den sie gewöhnlich hatte – ungerührt wie Porzellan. Sie schenkte sich ein Glas Milch ein und biss in einen Apfel.

– Du hast also beschlossen, dich enthaupten zu lassen?

– Blödsinn!, erhob ich Einspruch. – Meinst du nicht, wir sollten die Polizei verständigen?

– Mmm, warum?, hob sie die Augenbrauen.

– Wie *warum*?, empörte ich mich. – Da läuft ein Typ mit einer Axt durch die Gegend und bietet den Leuten an, sie gegen fünfzig US-Dollar zu köpfen. Ist das normal?

– Aber du hast eine Erklärung unterschrieben, erinnerte sie mich. – *Du* bist mit diesem Typ in Verbindung getreten! Wer ist da der größere Spinner?

Ich musste zugeben, dass das nicht ganz falsch war. Bei der Polizei würde man mich auslachen. Trotzdem hatte ich nicht vor, einen Rückzieher zu machen; ich würde dieser Sache auf den Grund gehen! Ich bat sie, am Donnerstag mit mir zu kommen. Sie lehnte kategorisch ab. Sie habe keine Probleme mit meinem Kopf, er gefalle ihr ganz gut dort, wo er ist. Ich bemerkte ihren Sarkasmus, bestand aber weiter darauf, dass sie mich begleitete.

– Gut, also gut, gab sie schließlich nach. – Damit ich meinen Frieden habe!

Das Taxi holte uns kurz nach elf ab, es war ein sonniger Tag. Die ganze Fahrt über sprach meine Frau kein Wort. Der Kaffee am Morgen hatte bitter geschmeckt. Seit gestern Abend hatte ich nichts mehr gegessen, mir war mulmig. Der Wagen setzte uns am Ende von Dărvenica ab, auf der rechten Seite lag eine Autowerkstatt. Wir gingen an einem Stapel Reifen vorbei und bogen in eine dunkle Gasse ein. Es war schlammig und ich hörte, wie meine Frau vor sich hin fluchte ... Schließlich standen wir vor einem vergitterten Tor, an dem ein Stoppschild hing.

– Hier ist es, sagte ich.

– Sieht geschlossen aus, bemerkte sie.

Ein Hund warf sich von der anderen Seite gegen das Gitter und begann zu bellen. Wir wollten gerade wieder umkehren, als Kurt von irgendwoher auftauchte, dem Hund einen Tritt versetzte und uns öffnete. Ich entschuldigte mich, dass ich meine Frau mitgenommen hatte, ohne ihm Bescheid gegeben zu haben. Er winkte ab und führte uns zu der Baracke am Ende des Hofs.

– Ich möchte Sie bitten, dass Sie ein kurzes Statement abgeben, sagte Kurt.

Wir befanden uns in einem leeren Zimmer mit Betonboden. In der Mitte stand der mit Spritzern von geronnenem Blut besudelte Hackklotz. Ein schmächtiger, älterer Herr in einem blauen Kittel hielt die riesige Axt. Kurt stellte ihn uns als seinen Assistenten vor. Meine Frau stand hinter mir, ihre Hände bis zu den Ellenbogen in ihren Manteltaschen vergraben. Auf dem Tisch stand ein altes Tonbandgerät, Kurt drückte auf das Knöpfchen.

– Ist nur für meine persönliche Dokumentation. Fassen Sie sich kurz, zwei Worte. Warum wollen Sie, dass ich Ihnen *den Kopf abschlage?*

– Nun ja ..., begann ich zögerlich. – Eigentlich will ich das ja gar nicht. Ich habe meine Meinung geändert.

Die Rollen des Tonbandgeräts drehten sich mit einem weinerlichen Quietschen.

– Ach so?, wunderte sich der Henker. – Was wollen Sie dann hier?

– Ich wollte nur überprüfen, wie weit Sie gehen würden ... – Ich befeuchtete meine Lippen. – Ich glaubte nicht, dass so etwas möglich ist.

– Und jetzt glauben Sie es?

– Oh ja, ja. Natürlich werde ich Ihnen die fünfzig Dollar bezahlen ... keine Sorge! – Ich schickte mich an, meine Brieftasche hervorzuziehen.

– Plus Vertragsstrafe, ergänzte Kurt düster. – Macht 1500 Dollar.

– Waaas!?, rief ich entsetzt. – Die Dienstleistung kostet doch nur fünfzig!

– Die Dienstleistung kostet viel mehr als nur fünfzig Dollar, lächelte er nachsichtig. – Aber weil sich das kaum jemand leisten könnte, wird der Rest von der *Europäischen Stiftung zum Schutz der Traditionshandwerke* zugeschossen. Sonst wären wir längst arbeitslos. Leider wird der Förderbetrag nur nach getaner Arbeit ausbezahlt, Absagen gehen auf Kosten der Klienten ...

– Aber das ist doch absurd!

– So sind die Vorschriften, zog er ein finsteres Gesicht. – Ich nehme an, dass ihre Gattin die Summe bis heute Abend aufbringen wird. Andernfalls werden Sie gezwungen sein, die Dienstleistung in Anspruch zu nehmen.

Ich drehte mich zu meiner Frau, ihr Gesicht war zornverzerrt.

– Hast du's jetzt endlich kapiert, du Schwachkopf?, zischte sie. – Nichts bringst du zu Ende! Die sollen dir die Rübe abhacken, du hast es wirklich nicht anders verdient!

Und rannte hinaus ...

Der Assistent brachte drei Stühle. Kurt schaltete das Tonbandgerät ab. Wir setzten uns um den Hackklotz und begannen zu warten. Eine halbe Stunde verging.

– Meinst du, sie kommt zurück? fragte der Alte.

– Unwahrscheinlich, schüttelte Kurt den Kopf.

– Natürlich kommt sie wieder, explodierte ich.

– Ich wette zwanzig dagegen, erwiderte der Henker nüchtern.

– Ich hab nur zehn, murmelte der Assistent.

Ich fragte mich, ob es sich lohnen würde einzusteigen.

DER STIPENDIAT

28.12.1999 – Mitteilung der interinstitutionellen Kommission für kulturelle Integration:

Die Patrick-Swain-Stiftung vergibt ein projektgebundenes Stipendium an junge bulgarische Wissenschaftler im Bereich Kunst und Kultur. Ziel des Projekts ist die Heranführung junger Künstler an die Herausforderungen in einem globalen kulturellen Kontext. Die Kandidaten müssen ausgewiesene Spezialisten auf ihrem Gebiet sein. Erforderliche Dokumente: Bewerbung, Lebenslauf, zwei Empfehlungsschreiben.

Einsendeschluss: 29.12.1999

Das Stipendium deckt Reisekosten und einen dreimonatigen Aufenthalt im internationalen Zentrum »Patrick Swain« in New York inklusive Verpflegung ab. Für weitere Informationen wenden Sie sich bitte an Herrn Ilija Kumanov, Koordinator der IKKI.

Der Dicke trieb hochroten Kopfes und verschwitzt in einem Strom von Reisenden durch die Gänge des John-F.-Kennedy-Airports. Er klammerte sich an ein imposantes Wägelchen, auf dem sich sein Gepäck türmte. Er hatte eine Auseinandersetzung mit dem Beamten an der Passkontrolle gehabt; der Idiot hatte ihm einen Haufen sinnloser und beleidigender Fragen gestellt, so als wollte er seine Englischkenntnisse überprüfen, die zugegeben nicht besonders profund waren. Als ob er dafür noch Nerven gehabt hätte.

Er ließ seinen verzweifelten Blick über die Hunderte von Wartenden schweifen, die sich am Ausgang versammelt hatten. Viele hielten Schilder mit Namen von Leuten hoch, die sie noch nie in ihrem Leben gesehen hatten. Es traf ihn wie ein Blitz, als er seinen Namen las: *Mr. Ilya Kumanoff.*

Eine großgewachsene schwarze Frau mit stark getuschten Wimpern hielt ihn in die Höhe. Das ist mein Name!, erschrak er. Die Frau sah sich sichtbar gelangweilt um, offenbar wartete sie schon seit Ewigkeiten. Als fürchtete er, dass sie einfach so davongehen könnte, begann er, sich mit aller Kraft einen Weg zu ihr zu bahnen.

– Hei!, rief er mutig. – Det is mih!

Sie maß ihn mit Blicken, als würde sie seine Erscheinung mit etwas vergleichen, was sie sich unter *Mr. Ilya Kumanoff* vorgestellt hatte. Ihr stand eine massive Gestalt gegenüber, um die fünfzig, mit graumelierter, immer noch dichter Haarpracht und dem Gesicht eines ruinierten Patriziers. Ein würziger europäischer Geruch ging von ihm aus, der an den Urin brünstiger Kater erinnerte.

– Ah, Sie müssen der Stipendiat sein. – Sie nickte, gab ihm die Hand und sagte: – Mary.

Mary fuhr einen verbeulten Minivan der Marke GMC. Sie manövrierte geschickt durch das Labyrinth von Tunneln und Straßen um den Flughafen und kam schließlich hinaus auf die Autobahn, wo sie in den fließenden Verkehr eintauchte. Ilija entspannte sich. Allmächtiger Gott, rief er innerlich aus, während er die Skyline von Manhattan erblickte, ich bin in New York!

Sie fuhren eine gute Stunde durch monotone Vorstadtlandschaften; sie überquerten eine Brücke, unter der eine glasige, unbewegliche Flüssigkeit glänzte, dann fuhr Mary von der Autobahn ab, und sie landeten in einem Viertel, das mit hohen, hässlichen Gebäuden verbaut war. Auf der Straße trieben sich fast ausschließlich Farbige herum, die Auslagen der Geschäfte waren mit Sperrholzplatten zugenagelt. Sie hielt vor einem riesigen Block, dessen Spitze sich in den rötlichen Wolken verlor, die sich wie eine Haube über die Stadt gestülpt hatten.

Seltsam, dachte Ilija Kumanov.

Schnaufend lud er seine Koffer aus und schleppte sie unter den missbilligenden Blicken einer Gruppe Jugendlicher, die sich an die Geländer der Haustreppe drängten, zum Eingang. Er hätte wohl kaum den Mut aufgebracht, an ihnen vorbeizugehen, wenn Mary nicht gewesen wäre; sie rief ihnen etwas in ihrem lokalen Jargon zu, und die jungen Kannibalen begannen zu grinsen und ließen sie unbehelligt eintreten.

Der Aufzug katapultierte sie hinauf in den 25. Stock. Die Wände des Flurs waren dicht mit Graffiti bekritzelt. Mary schloss eine Metalltür auf und sagte etwas wie:

– So, da wären wir.

Ein Zimmer, eine Kochnische, ein Bad, voll mit Haaren unbekannter Herkunft – darin erschöpfte sich die Gastfreundschaft der Hausherren. Sie öffnete den Küchenschrank und zeigte ihm Reihen von identischen Konserven und sagte lakonisch:

– Was zu essen.

Sie händigte ihm den Wohnungsschlüssel aus und trug ihm auf, gut darauf aufzupassen. Dann bat sie ihn um seinen Pass. Ilija zögerte kurz, aber dann beschloss er, dass das wohl seine Ordnung hatte: Wie jeder Osteuropäer war er es gewohnt, bei allen möglichen Gelegenheiten seine persönlichen Dokumente auszuhändigen. Sie steckte den

Pass in ihre Tasche, verabschiedete sich irgendwie überstürzt und ging. Der Dicke blieb wie angewurzelt mitten im Zimmer stehen, bis ihm plötzlich einfiel, dass er noch tausend Dinge wissen wollte, und rannte ihr hinterher. Als er die Tür öffnete, hörte er von der anderen Seite des Korridors eine Art Kampfschrei: Ein Schwarzer, der so groß war, dass er gebeugt ging, kam ihm mit großen Sprüngen entgegen, wobei er einen Basketball auf den Zementboden prallen ließ, als verkündete er damit Unheil. Ilija versteckte sich in seinem Schuhkarton, wartete, bis das Geräusch sich wieder auf die andere Seite verlagert hatte, und riskierte erneut einen Blick.

Von Mary keine Spur.

Er legte sich in die ungewaschenen Laken des Bettes und gab sich Mühe, ihren süßlichen, fremden Geruch zu ignorieren. Der Zeitunterschied hielt seinen Verstand wach, trotz der Müdigkeit, die sich in ihm angesammelt hatte. Sein Gehör wurde allmählich empfänglich für den Lärm der Stadt: das Heulen von Sirenen, Alarmsignale, Schreie, Schüsse. Der gleißende Scheinwerfer eines Polizeihubschraubers drang durch die Jalousien.

Was zum Teufel hatte er hier verloren?!

Diese quälende Frage ließ ihn nicht zur Ruhe kommen, auch am nächsten Tag nicht, während er darauf wartete, dass Mary wiederkam. Je besser er sein Quartier kennen lernte, desto weniger gefiel es ihm. Vom Fenster aus tat sich ein freudloses Bild industriellen Niedergangs auf: schwarzgewordene Backsteinfassaden, löchrige Dächer, überquellende Mülleimer ... Dass es kein Telefon gab, wunderte ihn besonders. Der Fernseher empfing nur zwei Kanäle: auf dem einen lief Jazz, auf dem anderen – afrikanische Pornos. Mary ließ sich den ganzen Tag nicht blicken. Ilija machte eine Dose mit Spaghetti auf und aß. Am Abend aß er noch eine. Im Bad gab es eine Waage. Er wog sich: 107 Kilogramm. Er hörte Jazz, schaute danach einen Porno, was ihn gegen seinen Willen erregte.

Der nächste Tag verlief nicht viel anders, mit der einen Besonderheit, dass er die Flasche Schnaps öffnete, die er als Geschenk mitgebracht hatte. Er leerte sie fast zur Hälfte. Das sorgte immerhin für ein paar schöne Momente.

Mary tauchte auch am dritten Tag nicht auf. Die Tatsache, dass sich die Konserven in nichts voneinander unterschieden, erfuhr er nun schmerzlich am eigenen Leib. Der Schnaps war alle, aber sein Leben war davon nicht schöner geworden. Wenn ich dich in die Hände kriege, drohte er Mary, slisi stinki kant! Er hatte inzwischen ziemlich viele Pornos gesehen.

Am Morgen beschloss er, dass es höchste Zeit war, etwas zu unternehmen. Zuerst einmal musste er ein Telefon finden, um bei der Stiftung anzurufen und herauszufinden, was da genau vor sich ging. Wenn ihm das nicht gelang, würde er ein Taxi zum bulgarischen Konsulat im Zentrum der Stadt nehmen. Er verfügte über dreißig Dollar. Er würde einen Aufstand machen! Sein Kampfgeist erlahmte freilich augenblicklich, als er aus dem Aufzug hinaustrat. Die Bande lungerte noch immer vor der Tür herum. Als hätten sie sich überhaupt nicht bewegt. Die schwarzen Jungendlichen begegneten ihm mit unverhohlenem Hass, als wäre er ihr natürlicher Feind. Der Lange stellte sich ihm in den Weg, er trug ein ausgeleiertes Trikot der Lakers, auf dem eine riesige zerknitterte Sieben zu erkennen war, und begann langsam, seinen Ball vor seinen Füßen auf den Boden prallen zu lassen. Das nächste, woran er sich erinnerte, war ein heftiger stumpfer Schlag ins Genick. Er kam erst vor der Tür seines armseligen Quartiers wieder zu sich. Inzwischen war er um dreißig Dollar erleichtert worden, doch immerhin waren seine Vorräte an Spaghetti unberührt.

Er öffnete eine Dose und begann, den Inhalt gierig in sich hineinzuschlingen, ohne sich die Mühe zu machen, ihn vorher aufzuwärmen. Einige heftige Schläge an die Metalltür unterbrachen diesen unappetitlichen Vorgang. Er lugte durch den Türspion, während er sich die Sauce von den Lippen wischte. Vor seiner Tür hatte sich eine dicke Schwarze mit Sonnenbrille und einem bunten Turban aufgepflanzt.

– Swain!, schrie sie. – Versteck dich nicht, Swain! Ich weiß, dass du wieder da bist!

Er steckte seinen Kopf hinaus und sagte nur kurz:

– Ich bin nicht Swain!

– Willst du Angela denn nicht guten Tag sagen? – Sie roch nach billigem Fusel.

– Hast du ein Telefon? fragte er schnell.

– Wen willst du denn anrufen?, fragte Angela und lehnte sich verführerisch an die Wand. – Du siehst nicht aus wie Swain ...

– Ich bin nicht Swain!, wiederholte er ungeduldig. – Ich muss bei der Polizei anrufen.

– Die Bullen?! – Sie zog die Augenbrauen hoch.

– Mhm, nickte er.

– Warum fickst du dich denn nicht selber in den Arsch? – Mit diesem freundlichen Vorschlag verschwand sie hinter der Tür nebenan.

Wer zum Teufel war dieser Swain?

Das einzige, was er mit Sicherheit wusste, war, dass das

Stipendium nach ihm benannt war – Patrick Swain. Als er die Formulare für seine Bewerbung ausgefüllt hatte, hatte ihn das nicht sonderlich gekümmert. Er fürchtete vielmehr, dass die Ausschreibung vorzeitig bekannt werden könnte und Hunderte von Idioten sein Büro belagern würden. Doch er war ein geschickter Bürokrat und verstand es, wertvolle Informationen zurückzuhalten. Anfangs hatte er noch gezögert: ob er selbst davon Gebrauch machen oder nicht doch jemand anderem den Vortritt lassen sollte – natürlich im Austausch gegen eine entsprechende Gefälligkeit. Er fühlte sich zu alt für so ein Abenteuer. Aber genau deshalb, weil er Lebenserfahrung und einiges von dieser Welt gesehen hatte, wusste er auch, dass die Menschen undankbar sind und nur selten Wort halten. Er beschloss, sich das verlockende Angebot nicht entgehen zu lassen, und schlug sich spontan selbst vor. Drei Monate New York, all you can eat mit ein bisschen Taschengeld, das er bis zum letzten Cent aufzusparen gedachte. Und all das auf Kosten des guten Onkel Swain. Doch wer war dieser Mann? Ilija hatte sich das nicht ein einziges Mal gefragt. Jetzt aber hatte sich der Schatten des diskreten Wohltäters auf einmal materialisiert, und er versprach eher neue Unannehmlichkeiten als Rettung. Das war nicht fair, Swain!

– Mister Swain? – Vor seiner Tür stand ein schwarzer Polizist mit beeindruckenden Körpermaßen.

Endlich! Gott sei Dank!, jauchzte Ilija innerlich. Jetzt wird sich die ganze Angelegenheit klären. Er wird mich von hier wegbringen!

– Ich bin nicht Swain, begann er, doch der andere unterbrach ihn finster:

– Es liegt eine Beschwerde gegen Sie vor, Sir.

– Wie bitte!?

– Sie haben um vier Uhr früh Saxophon gespielt. Tun Sie das bitte nicht wieder, Mister Swain!

– Ich bin nicht Swain! rief er verzweifelt.

– Und wer sind Sie dann? – Der Uniformierte war verwirrt. – Wohnt hier nicht ein Patrick Swain?

– Ich habe keine Ahnung. Ich bin nicht Swain, so viel ist sicher! Ich bin Bulgare!

Der Polizist kratzte sich gelangweilt an der Nase. Offenbar sagte ihm das nicht viel.

– Können Sie das beweisen?

– Of kors, rief Ilija Kumanov und verschwand im Inneren des Appartements.

Kurz darauf kam er mit blassem Gesicht zurück.

– Sie haben mir meinen Pass genommen, erklärte er weinerlich. – Ich muss mich mit der Botschaft in Verbindung setzen!

– Hören Sie, sagte der Polizist, ich bin ein vielbeschäftigter Mann. Ich möchte Sie nur darum bitten, morgens um vier nicht mehr zu musizieren. Das ist alles.

Und damit setzte er seinen dicken Hintern wieder in Bewegung.

– Warten Sie! rief Ilija und rannte ihm hinterher. – Ich *muss* weg von hier, sagte er langsam und deutlich, Silbe für Silbe.

– Ich halte Sie nicht auf. – Der Polizist zuckte mit den Schultern, während er den Knopf neben der Aufzugtür drückte.

– Sie haben mich nicht verstanden. Ich muss mit Ihnen gehen, beharrte Ilija.

– Okay, ich habe nichts dagegen. – Er nickte.

Sie warteten. Ilija sah sich nervös um. Etwas nagte innerlich an ihm, es ließ ihm keine Ruhe. Das Gepäck! Es waren zwar keine besonders wichtigen Dinge, aber er wollte sie nicht einfach so zurücklassen.

– Ich bin gleich wieder da, rief er und rannte zurück.

Bevor er die Wohnung erreicht hatte, drehte er sich nach dem Polizisten um. Just in diesem Augenblick verschwand der in der Aufzugskabine. Ilija machte auf dem Absatz kehrt, erkannte aber, dass er es nicht mehr schaffen würde.

– Ich spiele überhaupt nicht Saxophon! – Im Korridor hallte seine raue Stimme auf Bulgarisch wider. – *Da ti eba putkata lelina, da ti eba!!!*

Der Polizist hielt sich einen Finger an die Schläfe und machte eine kreisende Bewegung. Verdammte Irre! Die Türen des Aufzugs schlossen sich.

So also standen die Dinge, sagte sich Ilija schwer atmend, an die Innenseite der Tür gelehnt. Das war das Loch von Swain, seine schmutzige, widerwärtige Höhle! Offenbar hatte er bis vor kurzem noch selbst hier gewohnt. Nichts deutete jedoch darauf hin, was aus ihm geworden war. Verreist, gestorben oder hinter Gittern? ... Warum trug dieses absurde Stipendium seinen Namen? Und wer – das vor allem! –, wer steckte hinter all dem? Wer konnte ihn so hassen?!

Er weichte die Bettlaken im Waschbecken ein und stellte sich unter die Dusche. Er hatte das Gefühl, als hätte er sich etwas eingefangen, irgendwelche unsichtbaren Pilze, die sich über seine Haut ausbreiteten. Er schrubbte sich, bis der Abfluss vor Haaren und Schmutz verstopft war. Seine gerötete Haut dampfte. Er stellte sich auf die Waage: 117 Kilogramm. Es hätte schlimmer sein können. Er öffnete eine Konserve, schlang sie hinunter, ihm wurde schlecht und er kotzte alles wieder ins Klo. Er schaute sich einen Porno an. Er masturbierte auf Teufel komm raus, aber ohne Ergebnis. Er durchsuchte die Wohnung in der Hoffnung, auf irgendwelche Spuren zu stoßen, die das Geheimnis von Swain hätten lüften können – etwas mehr als die Tatsache, dass er eine Schwein war. Er entdeckte, dass man die Matratze abheben konnte. Unter dem Bett lag eine längliche schwarze Kiste – ein Kasten für ein Instrument. Er machte sie auf und begann dämlich zu grinsen.

– Ts, ts, ts. – Er schüttelt den Kopf. – O Swain!

Er schloss die Kiste, schob die Matratze zurecht und setzte sich auf die Bettkante.

Ein Stipendium, na klar! Kost, Logis, Sprachtraining, interkulturelles Lernen – all das erwies sich als Fake, als miese, hinterhältige Lüge. Verflucht! Er hatte den Köder geschluckt wie der dümmste Fisch, und jetzt konnte er hier vergammeln.

Ein Telefon, ich brauche ein Telefon!, flüsterte er vor sich hin. Er ging zwei Stockwerke hinunter und klopfte an die erstbeste Tür.

– Wer ist da?, fragte eine männliche Stimme in ungeselligem Tonfall.

– Mei nejm is Ilija Kumanov, begann er deutlich, doch die Stimme unterbrach ihn grob:

– Fuck you!

Ilija gab nicht auf und versuchte es an anderen Türen. Wie das Amen im Gebet folgte die Frage: *Wer da?* Und jedes Mal, wenn er offenherzig seinen Namen nannte, schickte man ihn zum Teufel. Bald war er gezwungen, sich einzugestehen, dass diese Kommunikationsstrategie nicht zielführend war. Er begann zu tricksen, zu jammern: *Ai nihd hälp.* Oder einfacher noch: *Plihs hälp!* Aber auch damit biss er auf Granit. Die Bewohner dieses Ghettos waren mit allen Wassern gewaschen und ausgesprochen wachsam: *Hilf dir selbst!* oder: *Fick dich!* waren die häufigsten Antworten, je nach Laune.

Nicht gut.

Schließlich war er im Parterre angelangt. Die Gorillas waren auf ihren Plätzen, aber diesmal waren es nur zwei. Ihn packte eine verzweifelte Entschlossenheit. Augen zu und durch! Er ging auf den Ausgang zu, ohne nach links oder rechts zu schauen.

– Hey, Mann!, rief ihn eine Stimme.

Nur nicht stehen bleiben! Nur noch ein paar Stufen und er wäre auf der Straße. Da ertönte ein Pfiff, und plötzlich, als kämen sie aus dem Nichts, sprangen drei weitere Affen hervor und umzingelten ihn.

– Wohin willst du denn, Mann?, fragte der Hässlichste von ihnen, der ein rotes Tuch um den Hals trug.

– Zur Arbeit. – Es war das Erstbeste, was ihm einfiel.

– Falsche Antwort, grinste der Schwarze.

Er kam erst auf dem kühlen Mosaikfußboden im Korridor wieder zu sich, mit dem Rücken an die Tür gelehnt. Über seinem Kopf thronte die stattliche Figur von Angela.

– Ich weiß, was du brauchst, schnurrte sie, beugte sich zu ihm hinunter und schob ihre warme Hand unter sein Hemd. Es wirkte beruhigend auf ihn. Sie stieg mit einem Bein über ihn und ging in die Hocke. Ihre Stirn glänzte wie eine glasierte Schüssel.

– Schau, was ich für dich habe ... – Ihr Lächeln erstrahlte.

Angela hob ihren Rock, und er sah, dass sie darunter nichts anhatte. Aus dem tropisch feuchten Dickicht löste sich ein Tropfen wie eine Träne. Ein Duft von vorzeitlicher Fäulnis schlug ihm ins Gesicht.

– Willst du sie?

– Mhm, stieß er hervor.

Angelas Loch. Er träumte die ganze Nacht von ihr, und am Morgen schob er die Matratze weg und holte das Saxophon hervor. Er setzte sich vor den Fernseher, klemmte sich das Instrument zwischen die Beine und schaltete den Jazzkanal ein. Er holte tief Luft und blies kräftig hinein. Es erklang ein kurzer, scheppernder Ton. Er war von dem Resultat seiner Bemühung in gewisser Hinsicht enttäuscht. Er sammelte Kraft und blies erneut hinein. Schon besser – doch für mehr fehlte ihm die Puste.

Er hängte die Bettwäsche auf und öffnete eine Konserve. Er schlang sie hastig hinunter, es blieb ohne Folgen. Siehe da, über die Verpflegung konnte er sich nicht beklagen! Die Küchenschränke und der Kühlschrank waren zum Brechen voll: Es mussten Tausende Dosen sein. Absolut identische Dosen, so als ob sie von Andy Warhol persönlich angeschafft worden wären. Spaghetti Longmeal. *Die billigste Art* stand auf dem Etikett. Er hatte keinen Zweifel, dass das stimmte. Andy Warhol freilich sagte ihm nichts. Diese Ignoranz half ihm zu überleben, so wie es seinen Vorvätern über Jahrhunderte geholfen hatte.

Er krallte sich gut zehn Konserven und machte sich eilends auf zu Angela.

Sie öffnete ihm sichtlich verschlafen. Ihr Oberteil war ausgeleiert und ließ tief blicken, aber das interessierte ihn im Moment herzlich wenig.

– Tschejndsch!, brachte er hervor.

Sie blinzelte verständnislos.

– Tschejndsch, wiederholte Ilija, während er ihr die

Dosen in die Hand drückte. Eine davon rutschte ihm aus den Fingern und fiel zu Boden. Sie hatte eine Delle, er nahm sie zurück.

Angela wackelte ins Innere ihrer Höhle. Kurz darauf kam sie mit einer halben Flasche Gin zurück. *Cork* hieß die Marke, wohl auch die billigste Art. Sie drückte sie ihm in die Hand und stieß die Tür zu. Er genehmigte sich einen kräftigen Schluck, und das Glück rauschte ihm durch die Venen.

Fick dich, Swaiiiiiin! ...

Berauscht von diesem unbestreitbaren Erfolg ging er den Korridor hinunter und stellte zwei Konserven vor jede Tür. Einige Stunden später kam er zurück, um das Resultat zu überprüfen; dort und da waren die Konserven stehen geblieben, andere waren verschwunden, vor einer Tür lagen an ihrer Stelle zwei Eier. Er schluckte gierig. Er probierte es eine Etage tiefer, es brachte ihm einen schwindelerregenden Gewinn: ein Stück Knackwurst, eine Dose Bohnen, eine Zitrone und eine angebrochene Tube Mayonnaise. Auf diese Weise kristallisierten sich drei Verbrauchergruppen heraus: die *Ignoranten*, die entweder Spaghetti hassten oder den Sinn der Botschaft nicht begriffen hatten; die *Autisten*, die die Konserven nahmen, ohne im Gegenzug etwas anzubieten; und die *Partner*, die die Regeln akzeptierten und das Spiel nach ihren Möglichkeiten mitspielten. Das Netz dieses primitiven Systems wurde immer größer, die Liste der Partner wurde immer länger. In den dichten Reihen gleichartiger Etiketten entstanden Lücken, die sich spontan mit dem füllten, was gerade da war: von Konserven mit Bohnen, Suppe, Fisch, Oliven, Marmelade, Salzgurken bis hin zu Hunde- und Katzenfutter, Tapetenkleister und einer Dose mit roter

Sprühfarbe, die wahrscheinlich von Sprayern zum Malen obskurer marxistischer Symbole verwendet worden war. Es sah nicht mehr aus wie eine Installation von Andy Warhol, sondern eher wie ein Keller im belagerten Sarajevo.

Wenn er nicht gerade Handel trieb, schlief Ilija, er aß, schaute Pornos oder Jazz und vögelte Angela. Von ihr lernte er eine Menge unbekannter Wörter, von ihr holte er sich eine Gonorrhöe, die ihrem Sex zusätzlich eine pikante Note verlieh. Von Zeit zu Zeit holte er das Saxophon unter der Matratze hervor und blies hinein, um verschiedenen seelischen Zuständen Ausdruck zu verleihen. Der Zeiger der Waage kletterte unaufhaltsam nach oben: 119, 120, 122, 125, 128 ...

So vergingen drei Monate.

Mary tauchte eines Morgens ohne jede Vorwarnung auf. Er war noch nicht aufgestanden, doch sie hatte einen Schlüssel. Sie fand ihn im Bett liegen, in einem erbarmungswürdigen Zustand und nackt. Der Tisch war bedeckt mit den Überresten unterschiedlicher Nahrungsmittel, was sie dazu bewegte, verwundert die Brauen zu heben.

– Mister Kumanov, sagte sie vorwurfsvoll, Ihr Flug geht in vier Stunden!

Ein unartikuliertes Stöhnen war alles, was sie ihm damit entlocken konnte. Mary löste eine weiße Tablette in einem Glas Wasser auf und zwang ihn, es zu trinken.

Ilija ließ seine Hand auf ihren Hintern klatschen.

– Eill skru jor dörti houl, grunzte er.

– Sexuelle Belästigung ist eine Straftat, warnte sie ihn mit eiskalter Stimme, gerade in Ihrem Englisch. Dann begann sie, seine Habe in die Koffer zu stopfen.

Flughafen JFK.

Mary stand in der Schlange, während Ilija Kumanov vor den Monitoren saß, die Ankunft und Abflug anzeigten. Sein Hintern füllte zwei Sitze. Er starrte auf die Buchstaben und Ziffern, die über den Bildschirm flimmerten. Er las den Namen »Sofia«, aber sein Organismus bebte nicht etwa vor Freude, sondern brachte nur einen trägen Rülpser hervor. Ihm fiel ein, dass er sich nicht von Angela verabschiedet hatte, und er wurde traurig. Dann spürte er, dass ihn jemand beobachtete. Er drehte den Kopf. In seinem Blickfeld tauchte ein eleganter Mann mittleren Alters auf, der wirkte wie jemand, der in seinem Beruf erfolgreich war und unter dessen karibischer Bräune eine Spur von Müdigkeit durchschimmerte. Er hatte eine kleine Videokamera auf ihn gerichtet und betrachtete konzentriert ihren Monitor.

Was gab es da zu filmen?! Ilija senkte den Kopf. Er fühlte sich wie ein Stück Fleisch, das sich in einem großen Ameisenhaufen langsam auflöste ... Seine Kleidung stank nach ranzigem Fett, und seine Arme quollen aus den Ärmeln, als wären sie aus einem Tortenspritzer gequetscht.

Sein Sack juckte.

Mary kam rechtzeitig zurück, bevor er zur Gänze in Scham versunken war. Sie half ihm aufzustehen und zerrte ihn zum Check-In. Der Mann war verschwunden.

Ilija starrte stumpfsinnig auf die Bordkarte, als hätte er Mühe, ihren Sinn zu enträtseln. Ausgang 17, Flug 795, Economy Class, Plätze 153 F und D, Nichtraucher.

– Bon voyage! sagte Mary trocken.

Sie steckte ihm die Karte in die Brusttasche seiner Jacke und wies auf einen Pfeil, über dem »Passport control« stand. Er wackelte in die angezeigte Richtung, sie blieb stehen, um ihm hinterherzuschauen. Sie sah, wie er im Rahmen des Metalldetektors steckenblieb, was die Sicherheitsbeamten dazu zwang, ihn mit einem tragbaren Gerät zu untersuchen. Dann rollte er weiter, blieb vor der Kabine des Zollbeamten kurz stehen, um danach endgültig zu verschwinden.

Mary holte ihr Mobiltelefon hervor, wählte eine Nummer und sagte: – Er ist drin!, als meinte sie eine Billardkugel.

– Das ist alles, antwortete eine tonlose männliche Stimme. – Du kannst dir für den Rest des Tages freinehmen.

In der Limousine war es still, nur das scharfe Pfeifen von Pamukčievs Atem war in dem Halbdunkel zu hören. Steven Pamukčiev saß im Fond in einem Spezialsessel, der es ihm erlaubte, eine halbliegende Position einzunehmen. Zu seinen Füßen stand eine Sauerstoffflasche. Ein dünner, bläulicher Schlauch, der seinen Lungen das lebensnotwendige Gas zuführte, klebte ihm unter der Nase wie ein Schnurrbart.

– Und, hast du ihn gesehen?, wandte er sich röchelnd an den Mann, der neben ihm saß.

– Ich habe ihn gesehen, sagte der und nickte.

– Ich will ihn auch sehen, schnaufte der Alte.

– Gut, Vater, sagte der andere, griff nach vorne und schloss die Kamera an den Videorecorder an.

Die Gestalt von Ilija Kumanov erfüllte den kleinen Bildschirm, der auf der Rückseite des Beifahrersitzes eingebaut war. Der Dicke saß da, von seinem eigenen Gewicht gebeugt, den Blick starr auf den Boden gerichtet. Der alte Pamukčiev nahm den Anblick schweigend in sich auf. Sein

Atem wurde immer schneller, dann ging er in ein trockenes Lachen über, das einem Hustenanfall glich.

– Vater, geht es dir gut?!, erkundigte sich der Jüngere beunruhigt.

– Mir fehlt nichts! – Der Alte winkte ab. – David, du musst mir versprechen, dass du das Stipendium weiter vergeben wirst, auch wenn ich ...

– Sag so etwas nicht!, unterbrach ihn jener.

– Ich bestehe darauf, verstehst du?!

– Ich verstehe. – David nickte mit leisem Überdruss. – Aber wer sagt dir, dass alle so sind wie der? Was tun wir, wenn sie einen Kandidaten schicken, der nach einem gerechten Auswahlverfahren bestimmt worden ist? Meinst du nicht, er würde ein besseres Schicksal verdienen?

– Man merkt, dass du nie in Bulgarien gelebt hast, mein Sohn, empörte sich der alte Mann. – Ich habe fast dreißig Jahre meines Lebens dort verbracht. Und es hat keinen Tag gegeben, an dem ich nicht darüber nachgedacht hätte, wie ich da rauskomme! Aber ich war naiv, fast so sehr wie du. Ich habe meine Zeit damit vergeudet, mich für verschiedene Stipendien und Fortbildungen im Ausland zu bewerben. Ich wusste, dass ich etwas taugte, und ich hoffte auf mein Glück. Aber nichts. Es sind immer nur »unsere Leute« zum Zug gekommen, Arschkriecher und Speichellecker. Sie kamen zurück und fuhren wieder weg. Und dann hatte ich die Schnauze gestrichen voll. Ich habe meine Sachen gepackt und bin abgehauen. Ich bin hier gelandet, ohne Stipendium und ohne einen verdammten Cent in der Tasche. Nicht einmal mein Diplom wurde anerkannt. Ich habe geschuftet wie ein Tier, ganze drei Jahre lang, und ich habe mich nur von Spaghetti ernährt. Bis mich das Schicksal mit Patrick Swain bekannt gemacht hat.

– Ich weiß, Vater, sagte David gelangweilt. – Der blinde Prediger aus der Bronx hat für deinen ersten Kredit gebürgt.

– Er hat mir geistigen Halt gegeben, Dave!, wies ihn der Alte zurecht. – Ich war verzweifelt, doch Swain hat zu mir gesagt: »Vergiss nicht, woher du gekommen bist, Steven Pamukčiev!« Nicht dass ich es vergessen hätte, aber ich brauchte mehr Biss. Mein Business hatte gerade erst zu laufen begonnen.

– Und jetzt bis du der König der Kutteln!, rief Dave aus. – Fünfzehn Prozent des ganzen Exportvolumens. Ich bin stolz auf dich, Vater!

– Denkst du, ich bin nachtragend?, fragte der Alte.

– Ganz im Gegenteil. Ich weiß doch, du suchst keine persönliche Rache, entgegnete David, sondern nur ... institutionelle Genugtuung. Jetzt verstehe ich, warum du die Auswahl der Kandidaten diesem bürokratischen Apparat überlässt. Du bist sicher, dass es kein normaler Mensch schaffen wird, sich durchzukämpfen.

– Du hast eine schnelle Auffassungsgabe, mein Junge!

– Doch die Zeiten ändern sich, Vater!

– Die Zeiten ja, aber nicht die Spielregeln!, brummte Steven Pamukčiev, zog einen großen Umschlag hervor und reichte ihn seinem Sohn. – Das ist der nächste!

David öffnete den Umschlag, schaltete die kleine Lampe über der Tür ein und warf einen Blick auf die Formulare. Von dem Bild lachte ihm das Gesicht eines »Experten vom Komitee für Jugend und Sport« entgegen.

– Was sagst du zu dem?, röchelte sein Vater.

– Und was, wenn er ehrlich ist?

– Wäre er dann dort, wo er ist?!

FÜR FORTGESCHRITTENE

Pech im Spiel, Pech in der Liebe

Nach dem Kurs brach ich zusammen mit Lana auf. Meine Kollegen schickten mir hoffnungsvolle Blicke hinterher ... Die Lage war ernst. Ernster konnte sie gar nicht sein.

Lana war gut ausgestattet und hatte einen Hintern wie ein Postross. Sie hatte glattes, blondes Haar und zupfte sich die Augenbrauen. Ihr Gesicht war glatt wie ein Flussstein, unter der dicken Schicht Abdeckcreme schimmerte ein hartnäckiger Ausschlag durch. Was auch immer die Nieten aus dem Kurs sagten, Lana hatte Stil. Vielleicht ein bisschen grob, aber Stil, immerhin. Und sie hatte durchaus etwas Elegantes – besonders wenn sie diese schwarze, eng anliegende Hose trug, die Autofahrer dazu brachte, bei Rot über die Ampel zu fahren. Eigentlich war da nicht viel, was gegen sie gesprochen hätte, wenn ...

Nun ja, Lana hatte ein ernsthaftes Problem. Und das Problem war zu unserem Problem geworden, zu einem Problem der ganzen Gruppe. Und ausgerechnet ich sollte es lösen. Zum Teufel! Als ich sie zum ersten Mal sah, vor Beginn der ersten Stunde war das, lud ich sie eilends ein, sich neben mich zu setzen. Mir gefiel, was ich sah. Ich spürte den Neid, der sich im männlichen Teil der Gruppe regte, und was sich sonst noch regen mochte ... Aber das war's dann auch schon. Ich unternahm lebhafte Anstrengungen, mit ihr in den Pausen ins Gespräch zu kommen, manchmal begleitete ich sie sogar nach dem Unterricht nach Hause – zumindest war es am Anfang so –, dann gab ich es auf. Lana war nicht eben eine Plaudertasche, und wenn sie etwas sagte, selten und sparsam genug, ließ sie dabei keine besonderen Interessen erkennen. In dem oder jenem Lokal sind die Salate toll oder nicht, heute ist es warm …, solche Sachen eben. Viel weiter kam ich auch nicht, wenn ich sie nach Hause begleitete. Nicht weiter als hundert Schritte, würde ich sagen. Dann nahm sie sich jedesmal ein Taxi und fuhr mit unbekanntem Ziel davon. Nichts konnte meine Kollegen jedoch davon abbringen zu glauben, wir hätten uns angefreundet. Ich wäre ihr sozusagen richtig nahe gekommen. Wenn es denn nur so gewesen wäre …

Lanas Problem war die Aussprache.

Lana war zur Hälfte Ukrainerin, aber ihr Englisch hatte den Akzent einer sibirischen Holzfällerin. Eisern und hartnäckig. Das wurde uns erst am Ende des ersten Monats so richtig bewusst. *Werri-najß to mit ju. Gutt-baj. Gutt-morrrning. Wudju gif mi dad buk? Nekst tjusdi aj-emgojing to bisnes trrip. Brrrekfast. Henkertschiff. Wat schi sey? Donnt wori …* Dieses Kauderwelsch amüsierte uns anfangs noch sehr, doch dann machte es uns krank, es trieb uns in den Wahnsinn. Niemand von uns war sonderlich sicher in seiner Aussprache, aber die phonetischen Freiheiten, die sich Lana in ihrer Interpretation des Englischen herausnahm, unterliefen jede Anstrengung, unsere Kenntnisse zu festigen.

Wat schi sey?

Ms. Emily, unsere bemitleidenswerte Englischlehrerin, mühte sich vergebens, denn das hässliche Unkraut von Lanas Akzent war schrecklich hartnäckig. Hartnäckig? Es war *ansteckend.* Und es dauerte nicht lange, bis es auch in unseren frisch gedüngten Gehirnen Wurzeln schlug.

Donnt wori. Bi hepi. Wir waren nicht happy, gar nicht! Jeder von uns hatte dreihundert Dollar hingeblättert, um sein Englisch zu perfektionieren. Wir opferten jede freie Minute, um Vokabeln zu pauken und damit Sätze zu bilden. Weil es um unsere Zukunft ging. Das Geheimnis des Erfolgs war ein offenes Geheimnis, jeder von uns kannte es. Man konnte es in jeder beliebigen Stellenausschreibung lesen: *Hervorragende Kenntnisse in englischer Sprache.* Lana jedoch schien das überhaupt nicht zu interessieren, das Geheimnis ihres Erfolgs war offensichtlich ein anderes. Ihre Aussprache war ansteckend wie eine Darmgrippe. Bald sagten wir alle *gutt-morrrning* und *brrrekfast* und unsere hervorragenden Kenntnisse in englischer Sprache konnten sich bald mit denen russischer U-Boot-Fahrer aus dem Kalten Krieg messen.

– So geht das nicht weiter!, sagte Anton schließlich.

Wir waren alle seiner Meinung. Anton arbeitete in einer Bank und trug immer Anzug. Er war ein eifriger und fleißiger, schüchterner junger Mann, der Wert darauf legte, im Leben voranzukommen. (Wie wir alle!) Aber sein Englisch ließ zu wünschen übrig. Besonders in letzter Zeit.

– Wir müssen sie loswerden!, zischte Diana; Diana war Krankenschwester und wälzte Pläne, nach Dubai auszuwandern. – Schade um unser Geld!

Wirklich schade, wir pflichteten ihr bei. Aber wie das in der Praxis aussehen sollte, davon hatten wir keinerlei Vorstellung. Schließlich hatte auch Lana dreihundert Dollar hingeblättert und würde wohl kaum einfach so darauf verzichten, nur weil sich jemand an ihrer Aussprache stieß.

Lange grübelten wir, was zu tun sei. Dann brachte uns Anton auf folgende Idee:

– Wenn sie bleibt – begann er berechnend, – setzt jeder von uns dreihundert Dollar in den Sand, die verlorene Zeit und andere Verluste nicht mitgerechnet. Wir sind zu zehnt. Wenn jeder von uns dreißig Dollar zahlt, können wir ihr die Kursgebühr erstatten. Vielleicht ist sie dann bereit zu verschwinden.

Es trat peinliches Schweigen ein. Keiner hatte Lust, noch einmal dreißig Dollar draufzulegen. Auf der anderen Seite waren dreißig Dollar weniger als dreihundert. Jedem Trottel war das klar! Also richteten sich alle Blicke auf mich.

– Du bist doch dick mit ihr, sagte Diana mit fester Überzeugung. – Du übernimmst die Verhandlungen.

So dick nun auch wieder nicht, hätte ich sagen wollen, aber schließlich übernahm ich die heikle Mission doch.

Die Straße war spiegelglatt, und Lana hakte sich bei mir unter. Sie trug ein kurzes Pelzjäckchen aus Kaninchenfell, das reichlich haarte. Es war Mitte Februar. Ich schlug ihr vor, noch schnell irgendwo was zu trinken. Sie schaute auf die Uhr und nickte. Wir setzten uns ins Bistro gegenüber dem Hotel Pliska.

– Da sind die Salate schrecklich, warnte sie mich – es war gut gemeint.

Während die Kellnerin sich mit unserer Bestellung Zeit ließ, beugte sich Lana zu mir herüber und legte ihre Hand auf die meine. Sie war weich und ein wenig klebrig, wie ein Honigbrot.

– Weißt du, begann sie, ich habe das Gefühl, dass alle aus der Gruppe mich hassen.

– Ach, wirklich? – Ich tat überrascht. Ihre Hand lag immer noch auf meiner.

– Nur du nicht, natürlich! Du bist nicht wie die anderen. Du bist anständig, meine ich.

Ich war auf eine solche Wendung nicht vorbereitet. Die Dollars brannten in meiner Hosentasche. Es wäre der richtige Augenblick gewesen, das Geld auf den Tisch zu knallen und ihr klarzumachen, dass sie sich in mir getäuscht hatte: »Nimm das Geld, Kleine, und verschwinde!« Stattdessen murmelte ich etwas wie:

– Hm, schau, ich denke, es wäre gut, wenn du ein bisschen an deiner Aussprache feilen würdest.

Lana blinzelte verständnislos. Dann zog sie ihre Hand zurück.

– Meine Aussprache ist sehr gut, sagte sie. – Ich kann mir Wörter gut merken.

– Das ist nicht dasselbe, beharrte ich. – Du musst auch lernen, wie man sie ausspricht.

– Wichtig ist, dass man etwas zu sagen hat, sagte Lana bestimmt.

Das Thema ärgerte sie offensichtlich. Das konnte ich verstehen, es ging mir nicht anders. Ich wartete, bis sie sich beruhigt hatte, und fragte sie zwischen zwei Schlucken Whisky, was sie nach dem Kurs machen wolle.

– Das Gleiche wie jetzt! grinste sie. – Nur in Holland.

Lana behauptete, sie sei Barfrau.

Ihr Handy klingelte mit Nachdruck irgendwo in ihrer Tasche. Sie klappte es auf und machte ein finsteres Gesicht. Vom anderen Ende war ein böses Zwitschern zu vernehmen. Sie wechselte mit dem Anrufer einige Worte auf Russisch, dann drehte sie sich zu mir um, sichtlich beunruhigt.

– *Mein Alter.* Ich muss los, tut mir sehr leid.

Sie schnappte sich ihre Pelzjacke und verschwand. Sie ließ mich stehen. Ich leerte den Rest ihres Getränks in mein Glas. Gegenüber, an der Hotelmauer, blinkte grell und lockend die Reklame des Casinos. Immerhin hatte ich Geld übrig. Eine halbe Stunde später saß ich am Spieltisch. *Rien ne va plus.* Ich verschleuderte die dreihundert Dollar bis auf den letzten Cent. Da stand ich nun, mit einem Loch in der Hosentasche. Beim Verlassen des Hotels machten mich zwei Nutten an. Ich fragte sie aus Neugierde nach dem Preis. Die eine sagte: vierzig. Die andere: siebzig. Ich musterte sie von oben bis unten, konnte aber keine Qualitätsunterschiede ausmachen.

– Warum bist du teurer?, fragte ich die andere.

– Sie spricht Englisch, kam ihr ihre Kollegin mit einem neidischen Unterton zuvor.

Da kam mir zum ersten Mal in den Sinn, dass Lana vielleicht als Callgirl arbeitete und ... O verdammt, was man mit dem schönen Geld alles hätte anstellen können! Aber dazu war es nun zu spät.

Am nächsten Tag wurde ich im Kurs bestürmt.

– Wie ist es gelaufen?, fragten sie nervös, und ich stammelte nur:

– Sie denkt darüber nach ...

Gut, dass Lana fehlte. So riesig war die Summe auch wieder nicht, und ich beruhigte mich damit, dass es mir bis zum Ende des Kurses schon gelingen würde, das Geld aufzutreiben. Aber das war gar nicht nötig. Lana tauchte nicht wieder auf.

Ich hatte keine Ahnung, was passiert war. Ich hatte nicht einmal ihre Telefonnummer. Die bemitleidenswerte Ms. Emily mühte sich vergebens, mehr in Erfahrung zu bringen. Die Kollegen zuckten nur mit den Achseln. Keiner verlor ein Wort über das Geld. Es verstand sich irgendwie von selbst.

Die Wochen vergingen, und unsere Aussprache verbesserte sich merklich. Wir wären noch schneller vorangekommen, wenn Malul nicht gewesen wäre. Malul stammte aus Syrien. Die Sprache Shakespeares blubberte in seinem Mund wie eine Suppe, die man auf kleiner Flamme köcheln ließ. Aber wir duldeten ihn, es gab immer ein Schlusslicht. Zumindest war er nicht ansteckend.

Die ersten Tests waren gerade vorbei. Mich erfüllte ein Gefühl von Überlegenheit, weil ich die meisten Punkte von allen hatte, aber die Kollegen empfingen mich mit eisigem Schweigen. Ms. Emily war noch nicht da. Auf meiner Bank lag eine Zeitung, Lanas Bild stach mir sofort in die Augen.

Ein Bauer habe die Leiche einer jungen Frau entdeckt. Sie sei unter dem geschmolzenen Eis eines kleinen Sees in der Gegend von Ihtiman aufgetaucht. Das Opfer sei als Lana P. identifiziert worden, 23 Jahre alt, seit zwei Monaten abgängig. Lana war bei der Polizei aktenkundig – wegen Prostitution. Die Kriminalisten gingen davon aus, dass dieser bestialische Mord das Werk von Zuhältern sei.

– Wartet, wartet!, rief ich. – Ihr denkt doch nicht etwa, dass …?

In diesem Moment kam Ms. Emily herein, und ich schob die Zeitung instinktiv unter die Bank. Aber sie wusste es bereits. In ihren Augen standen Tränen.

– Das arme Mädchen, flüsterte sie.

Es waren zwei lange, mühsame Unterrichtsstunden. Meine Gedanken schossen ziellos hin und her, ich machte Fehler wie ein Anfänger. Während der Pause mieden mich die Kollegen, als hätte ich Darmgrippe. Einzig Malul näherte sich mir scheu und flüsterte:

– Ich arbeiten bei Aussprache. Verspricht!

Ich schaute ihm in seine glänzenden, erschreckten Äuglein, und mir war klar, dass es hoffnungslos war, ihm irgendetwas erklären zu wollen, egal was.

– Streng dich an, Kleiner!, sagte ich nur und ging den Korridor hinunter, finster, mit wehendem Trenchcoat, wie ein einsamer Wyatt Earp, dazu berufen, über die Reinheit der heiligen englischen Sprache zu wachen.

DER FALL ANJUTA

Die Arbeit an dieser Erzählung wurde von einem interessanten Umstand begleitet: Die Sowjetunion zerfiel. Sie zerfiel hinterhältig und plötzlich, zwei, drei Wochen, nachdem ich die Erzählung abgeschlossen hatte. Ich erinnere mich, dass ich das Gefühl hatte, man hätte mich bestohlen. Wie das? Sie hatte mehr als siebzig Jahre lang existiert, konnte sie da nicht zumindest noch zwei Monate warten?! Aber die Geschichte war unerbittlich ... Und so befand ich mich in einer unangenehmen Lage. Im realen Leben existierte die Sowjetunion nicht mehr, aber in meiner Erzählung gab es sie noch, und zwar so, wie sie leibte und lebte: KGB, Raumfahrtprogramme, das Elend des Alltags ... Die Erzählung blieb einige Jahre in meiner Schublade liegen. Wahrscheinlich wäre ein anderer Autor pragmatischer vorgegangen und hätte aus der Sowjetunion einfach Russland gemacht. Ich las die Erzählung immer und immer wieder und überzeugte mich davon, dass dies nicht möglich war. Der Geist des großen sowjetischen Landes leistete erbitterten Widerstand. Im Lauf der Zeit stellte ich fest, dass sich meine Helden im Gegensatz zu mir in diesem absurden historischen Kontext fühlten wie die Made im Speck. Irgendwo dort dauerte der Kalte Krieg noch an, die Dinge waren klar reglementiert, das Leben war herrlich. Und dann kam mir der Gedanke, dass die Literatur vielleicht stärker ist als die Geschichte. Ich beschloss, dass ich die Erzählung um jeden Preis veröffentlichen musste, bevor die Sowjetunion wiedererrichtet wurde. *Anmerkung des Autors*

Alle Blicke waren starr auf den Monitor gerichtet. Auf dem Bildschirm flimmerte eine Grafik. Man musste kein Experte sein, um die Umrisse eines großen Penis zu erkennen. Es war der Penis von Luke Bolton.

Im Kontrollraum des Zentrums für astrobiologische Forschungen in Cape Canaveral war es still und dämmrig. Anwesend waren Professor Bernard Woods, seine Assistenten Dr. Rita Eck und Dr. Don Roberts sowie ihre sowjetischen Kollegen – Akademiemitglied Jurij Voroncov und Professor Livanovski. Außerdem Oberst Spugg vom Generalstab und der Luftwaffengeneral Afanasij Jusupov, die Berater Hoover und Aleksandr Miloserdnyh. Hinter ihnen stand ein gewisser Joe Kelly, seines Zeichens Bundesagent, und ein einsilbiger russischer Kundschafter namens Lev Kurjagin. Alle verfolgten angespannt das Geschehen auf dem Bildschirm. Die Zeit verging quälend langsam; die Computergrafik flimmerte monoton, ohne dass sich ihre Form veränderte.

– Was ist los, Kollegen?, rief der alte Voroncov mit starkem russischem Akzent. – Euer Mann reagiert wohl nicht!

In seinen Worten lag keine Ironie, sie drückten eher Enttäuschung aus. Aber Oberst Spugg traf diese Bemerkung in seinem Patriotismus wie ein schmerzhafter Tiefschlag.

– Dafür gibt es sicher einen objektiven Grund, sagte er, wobei er bedeutsam hustete. – Luke ist unser bester Mann!

In der Lubjanka war alles ruhig. General Andronik Tsipun blätterte träge in dem Katalog mit den operativen Mitarbeiterinnen für Sonderaufträge. Er hatte Anweisung bekommen, Mädchen für eine heikle internationale

Mission auszuwählen. Diesmal ging es nicht um Sabotage, den Sturz einer Regierung, eine Exekution oder ein Bombenattentat. »Times change!«, wie die Grünschnäbel in der Regierung seit geraumer Zeit mit idiotischem Lächeln zu sagen pflegten. Change oder nicht, es gab Regeln, die eingehalten werden mussten. Von verschiedenen Seiten war ihm zu Ohren gekommen, dass es um ein gigantisches kosmisches Experiment ging – man konnte ihn, den alten Recken, nicht so leicht ausbremsen. Verfluchte Perestrojka! Er blätterte schweigsam die Seiten um, die Bilder nackter Mädchen zeigten, und spürte in seiner Seele die Bitterkeit der Nostalgie. Gute Mädchen waren das, wirkliche Schönheiten! Und er ... Er war alt. Da war sie, KU-754, ein gutes Mädchen! Wie viele glückliche Momente hatte er mit diesem rothaarigen, ausgelassenen Mädchen erlebt ... Ziemlich viel Wasser war seither die Wolga hinuntergeflossen. Jetzt weilte KU-754 schon nicht mehr unter den Lebenden. Man war gezwungen gewesen, sie nach dem Rückzug in Genf zu liquidieren. Auch KU-678 war nicht übel, auch sie gab es schon lang nicht mehr. Die Agenten der Guomindang hatten ihren Kopf mit der Post geschickt. Ja, solche Dinge passieren ..., dachte Tsipun traurig, während seine Finger über die Bilder glitten. Da war ja auch KU-328! Keine Frau, ein Feuer! Aber die Jahre vergingen, und jetzt war KU-328 Großmutter. Sie würde eine Reise ins Weltall nicht überstehen. Schade. Die neuen Genossinnen taugten nichts, ein schreckliches Gesindel. Nehmen wir nur einmal KU-0788A. Eine richtige kleine Hure! Letzte Woche erst hatte er mit ihr ... – kaum der Rede wert, unter uns gesagt – ... und sofort hatte sie von einer Versetzung in den Westen gesprochen. Wollen immer nur nehmen und kriegen, diese Miststücke! Sonst, das war keine Frage, sonst waren sie gutes Material. Wie aus diesem verdammten Playboy-Magazin. Er schnalzte zufrieden mit der Zunge ...

Gedämpft klopfte es an der Tür. Lev Kurjagin schlich wie eine Katze in das dämmerige Büro seines Vorgesetzten und blieb ehrerbietig vor seinem Schreibtisch stehen.

– Bitte um Erlaubnis, Meldung machen zu dürfen, Andronik Mihajlovič ...

Der General winkte nonchalant ab, doch die statutengemäße Anrede ging ihm natürlich runter wie Honig ... Ach, dieser Kurjagin! Er verstand es, sich in Stellung zu bringen, der verfluchte Hurensohn.

– Wie läuft die Untersuchung, Lev Nikiforovič?, fragte er.

– Unauffällig, Genosse General, sehen Sie selbst. Hier, die letzten Berichte, sagte Kurjagin und streckte ihm eine dünne Mappe ohne Aktenzeichen hin.

Der General nahm sie mit professionellem Respekt entgegen und begann zu lesen. Danach fixierte er den Zeitungsausschnitt, der an die Blätter geheftet war. Er zeigte das Bild einer Frau in Arbeitskleidung. Auf ihrer Wange waren Spuren von Maschinenöl zu sehen, an ihrer Brust glänzte ein fünfzackiger Stern. Sein Mund verzog sich zu einem teuflischen Lächeln. Er schlug den Katalog mit den operativen Mitarbeiterinnen zu und sagte aufgeräumt:

– Also was jetzt, Lev Nikiforovič, es ist wohl an der Zeit, dass wir loslegen? ...

– Wie wahr, Genosse General!, meldete Kurjagin.

Tsipun schickte seinen Untergebenen mit einem Nicken weg. Danach warf er einen finsteren Blick auf das rote Telefon. Sieh an, was dem Teufel einfällt! dachte er verächtlich. Dass wir mit den Imperialisten vor den Augen der ganzen Welt in die Kiste hüpfen ... Er streckte seinen knorrigen Mittelfinger aus und klopfte vielsagend auf die Wählscheibe. Na, komm schon! Du Krüppel! Danach hob er den Hörer des weißen Telefons ab und wählte eine Nummer.

– KU-13286A hört!

– Ah, du ...?, fragte er schleppend. – Warte auf mich im Hotel Rossija! Zimmer 308.

– Andronik Mihajlovič, trällerte die Stimme schmeichlerisch. – Vergessen Sie nicht, ein paar von den Rosafarbenen mitzubringen, die mit den Noppen ...

Der alte General legte angewidert auf. Alles ging den Bach runter!

Die Natur hatte Anjuta Fjodorovna mit einer starken Gesundheit gesegnet, Mütterchen Partei verlieh ihr den Titel »Held der sozialistischen Arbeit«. All das sollte ihr Schicksal bestimmen. Eines Tages rief man sie zur Untersuchung in das Arztbüro der Fabrik. Es war eine sehr lange und gründliche Untersuchung. Nach einem Monat erhielt sie ihren Einberufungsbefehl – er war rot, er glänzte, er trug das Staatswappen. Anjuta fiel es nicht leicht, ihren Ehemann Vitka zurückzulassen, sie lebten erst seit einem Jahr zusammen. Aber konnte man eine solche Ehre zurückweisen? Sie packte, nahm ihre Abzeichen und Orden, stieg in den Zug und fuhr fort, keiner wusste, wohin ... Nach einem halben Jahr erschien ihr Foto auf der ersten Seite der Prawda, begleitet von einem ausführlichen Artikel. Er berichtete vom Arbeitsleben Anjutas, von ihren Vorbereitungen für den Flug, dem Start in Baikonur und dem Andockmanöver mit der astrobiologischen Station *Circe*. Eine Woche später sollte das amerikanische Raumschiff

Hormon dazustoßen. Der Astronaut Luke Bolton und die Kosmonautin Anjuta Fjodorovna Ilišna würden anderthalb Jahre an Bord der *Circe* verbringen. Die Frage, die die Gelehrten beschäftigte, war die: Ist es unter den Bedingungen der Schwerelosigkeit möglich, schwanger zu werden? Und was geschieht danach? Die Ärzte wollten die biologischen Prozesse während des Geschlechtsverkehrs, im Augenblick der Befruchtung und die Phasen der embryonalen Entwicklung gründlich erforschen. Die Rolle der beiden Astronauten erschöpfte sich in einer einzigen Aufgabe – sie sollten Liebe machen. Und in diesem herrlichen Wort sollte die Freundschaft zwischen diesen beiden großen Völkern zum sinnfälligen Ausdruck kommen ...

Aber für Vitka, den Ehemann Anjutas, sahen die Dinge anders aus. Er schaute finster in den Himmel, der von Abgasen und Smog verschleiert war, und zischte böse: – Dreckige Hure! – Dann machte er sich auf den Weg zum städtischen Komitee der Partei, um Gerechtigkeit zu fordern. Dort zuckte man mit den Achseln, doch hinter seinem Rücken wurde gekichert. Am Ende schickten sie ihn fort. Vitka fand sich allein auf dem menschenleeren Platz wieder. Im Zentrum ragte stumm die Statue von Vladimir Ilič in den Himmel, sie war aus Bronze gegossen. Er hätte in die Kneipe gehen können, aber dort kannten ihn alle, und bestimmt würden auch sie über ihn lachen. – Ich schlage sie tot!, drohte er mit emporgereckter Faust. – Wenn sie zurückkommt, dann schlage ich ihr ein Loch in den Schädel! Und er machte sich auf den Weg in die Kneipe.

Luke Bolton war ein nicht sonderlich intelligenter junger Mann, dessen Berufung es war, sich an den Stränden Miamis herumzutreiben. Von Zeit zu Zeit ließ er sich in einem Labor sehen, wo er sein Sperma für eine Handvoll Dollar verkaufte, die er auf ähnliche Art und Weise ausgab, wie er sie verdient hatte. Einmal fragte ihn jemand: – Hey, Luke, wovon lebst du eigentlich?

Er dachte nach und antwortete: – Ich handle mit Kindern ...

Vielleicht war er ja gar nicht so dumm. Einer, der es bestimmt war, hörte zufällig, was er sagte, und verpfiff ihn bei der Polizei. Er wurde festgenommen und verhört. Alle lachten, alle mit Ausnahme desjenigen, der ihn ans Messer geliefert hatte. Die Geschichte wurde publik, und plötzlich interessierte sich die NASA für seine bescheidene Person. Die Kandidaten für den kosmischen Playboy brauchten eine harte Erektion und durften keine Geschlechtskrankheiten gehabt haben. Luke Bolton erfüllte beide Voraussetzungen, und er hatte noch einen entscheidenden Vorteil: Er war fotogen.

Er war mittelgroß, gut gebaut, hatte helles Haar und einen goldfarbenen Teint – ein Angelsachse, wie er im Buche steht. Sein Lächeln war sympathisch, und seine Hose beulte sich im Schritt viel versprechend aus. Den Reportern erklärte er, er sei Laborant. Seine Erektion wurde auf eine knappe Million Dollar taxiert. Luke stieß einen Pfiff aus und fasste sich in den Schritt, als wollte er sich versichern, dass sein Geld noch da war. – Ich werde mir eiserne Unterhosen kaufen müssen, sagte er vor Professor Bernard Woods und seinem versammelten Team. – Mit Zahlenschloss.

Rita Eck grinste besonders breit.

Die Schleuse öffnete sich mit einem leisen Zischen, Lukes Körper glitt ohne Widerstand ins Innere. Von innen erinnerte die *Circe* ein wenig an ein Schneckenhaus. Blassrosa Neonlampen sorgten für ein gleichmäßiges Licht. Die Wände waren halb durchsichtig, die Übergänge und Ecken fließend und weich. Die Kameras waren diskret getarnt, die übrigen Apparaturen unterschieden sich in nichts von der Ausstattung eines luxuriösen, modernen Apartments. An der Decke war ein riesiger Spiegel angebracht. Im Bullauge glänzte ein Teil der Erde wie der schneebedeckte Kamm eines Gebirges. Zwei aufblasbare Sessel in der Form gigantischer Pilze trieben knapp über dem Boden.

– Hey, hallo!, rief er verblüfft darüber, dass da niemand war, um ihn zu empfangen.

Schweigen. Luke sah sich beunruhigt um.

– Willkommen, Genosse Bolton, dröhnte eine Stimme aus den Lautsprechern.

Luke erschrak. Er konnte niemanden sehen, und er wurde unruhig bei dem Gedanken, dass man jede seiner Handlungen aufmerksam verfolgte.

– Befinde ich mich in Sektor *Sojuz*, meldete sich die Stimme erneut. – Kommen, mach dich keine Sorgen …

Die Schleuse öffnete sich mit dem bekannten Zischen, und vom anderen Ende der Station schwebte Anjuta auf ihn zu. Die Abzeichen funkelten rubinrot auf ihrer mächtigen Brust, die Medaillen baumelten in der Schwerelosigkeit. Unter ihrer Nase schimmerte dunkler, leichter Flaum. Ihr flaches Bauerngesicht strahlte eine angeborene Würde aus. Sie trug einen weiten, dunkelblauen Trainingsanzug, made in Bulgaria, mit dem Wappen der UdSSR auf dem Ärmel. An den bloßen Füßen

Turnschuhe, aus denen dicke, gerötete Knöchel hervorschauten. Ihr fein gelocktes Haar war von einem finsteren Reiz.

– Ich bin Luke Bolton. – Er reichte ihr unsicher die Hand.

– Anjuta Fjodorovna Ilišna, sagte sie und drückte fest seine Rechte.

– Hier ist es ziemlich warm, murmelte er nach einer verlegenen Pause. Er schälte sich aus seinem weißen Overall und stand in bunten kurzen Hosen und einem gelben T-Shirt wie ein Surfer vor ihr – nicht anders eben als in Miami. Anjuta riss die Augen auf, ein Schauer von Ekel lief ihr über den Rücken.

Während die Operatoren noch immer eifrig die neuen Daten verarbeiteten, waren im Saal bereits die ersten Anzeichen von Beunruhigung und Misstrauen zu spüren. Die wichtigste Neuigkeit ließ auf sich warten ... Draußen vor den Türen wartete ein Dutzend Journalisten, und alle fragten sich, was zum Teufel sie ihnen sagen sollten. Die Grafik schaukelte träge über den Bildschirm, wie eine Alge am Grund des Ozeans.

– Nun, Kollegen!, konnte das alte Akademiemitglied nicht an sich halten. – Nächstes Mal schickt ihr mich hoch, was?

Der General und der Berater begannen zu lachen. Oberst Spugg spürte, wie ihm das Blut ins Gesicht stieg.

– Geben Sie mir eine Verbindung mit Bolton!, ordnete Professor Woods kühl an.

Die Stimmung auf der *Circe* war knapp über dem Nullpunkt. Luke massierte mit hängendem Kopf seine Leisten, Anjuta hatte sich auf einem Sessel zusammengerollt und bemühte sich, ihn nicht anzusehen. Plötzlich leuchtete einer der Monitore auf.

– Navigator Bolton, wo liegt das Problem?, fragte der Professor streng.

– Ich bin nicht in Stimmung, Sir, räumte Luke beschämt ein.

– Das sehe ich auch!, unterbrach ihn Woods. – Woran liegt es?

Luke schaute zu der nackten Anjuta hinüber. Einen Augenblick hatte er gezweifelt, ob es tatsächlich an ihr lag, aber jetzt war er sich wieder sicher. Noch in dem Moment, als Anjuta ihren verfluchten Trainingsanzug ausgezogen hatte, war ihm klar geworden, daraus wird nichts. Der braune BH, die groben langen Unterhosen. Von der Statur ähnelte Anjuta einem Arbeitspferd – stark und kantig. Ihre Arme und Beine waren mit dichten, schwarzen Haaren bewachsen, ihr Rücken bedeckt mit dickem Flaum. Die Wolle zwischen ihren Beinen und unter den Achseln quoll hervor wie schwerer Qualm. Gefügig hatte sie eine Pose des Erwartens eingenommen, aber Luke wusste: Daraus wird nichts.

– Was ist das Problem, Bolton?, wiederholte Dr. Roberts seine Frage.

– Die Frau ..., stammelte Luke.

– Schnell, ein Bild der Frau!, kommandierte Professor Woods.

– Alles in Ordnung mit der Frau, merkte General Voroncov treuherzig an. – Sie hat alles, fehlt nur noch ...

– Warum habt ihr nicht gleich eine Kuh von der Kolchose geschickt?, kommentierte Rita Eck.

– Bitte? – Wie ein Mann drehten sich die Mitglieder der sowjetischen Delegation mit finsteren Gesichtern zu ihr um.

– Machen Sie doch aus einer Mücke keinen Elefanten, mischte sich der Berater des Präsidenten diplomatisch ein. – Morgen ist auch noch ein Tag.

Zwei Tage später, in ihrer Ausgabe vom 21. März, brachte die Prawda folgende Meldung: »Der amerikanische Astronaut Luke Bolton hat sich als vollkommen impotent erwiesen. Ein einzigartiges kosmisches Experiment im Wert von einer Milliarde Dollar ist damit aufgrund eines Versagens der Gegenseite missglückt. Das Selbstvertrauen der sowjetischen Kosmonautin Anjuta Fjodorovna ist intakt.« Trunken vor Glück trug Vitka die Zeitung in die Kneipe, um sie allen zu zeigen.

– Freu dich nicht zu früh, Vitenka, antwortete der Klempner Jakov boshaft.

Luke schaute mit offen stehendem Mund einen Porno und bemühte sich vergeblich, den sportlichen Schauer in sich wachzurufen. Die bronzefarbenen, glänzenden Körper in dem Film sahen unwirklich aus, wie aus Kunststoff. Es kam ihm so vor, als hätte er in seinem Leben noch keine echte Frau getroffen, keine aus Fleisch und Blut. Und vielleicht war ja auch mit ihm selbst etwas nicht in Ordnung? Vielleicht war er selbst nur eine von diesen Liebespuppen? ... Plötzlich begann der Bildschirm zu rauschen, violette Streifen zogen vorüber, dann füllte er sich mit Schnee, und am Ende erschien ein Gesicht. Es war ein alter Mann mit besorgtem Gesichtsausdruck und schütterem Haar. Luke sprang auf.

– Mein Sohn!, sagte der Mann, seine Stimme klang unendlich müde. – Hier ist dein Präsident. Ich weiß, du bist ein Faulpelz und sogar zu bequem, um wählen zu gehen.

Aber ich will, dass du endlich deine Verantwortung gegenüber der Nation anerkennst. Bring dein Instrument in Schwung! Ich kenne zumindest tausend Menschen in diesem Land, die dir dein Ding mit Freuden abschneiden werden, wenn du deiner Flagge weiterhin nur Schande bringst. Und ich werde sie nicht daran hindern.

Der Bildschirm füllte sich mit einer unermesslichen Menge von Menschen, Flaggen und Plakaten. Die Leute schrien wütend, schüttelten die Fäuste, und die Kamera rückte ihre Parolen ins Bild: »Kopf hoch, Luke!«, »Amerika schaut auf dich!«, »Immer aufrecht, Luke!«, »Gib's ihr!«, »Sei ein Mann!«, »Wach auf, Hurensohn!«, »Sowjetische Ratte!«, »Schwuler Eunuch!«, »Du willst ein Amerikaner sein?!« ... Eine junge Frau, die auf den Schultern ihres Freundes saß, zerriss ihr T-Shirt und streckte ihre spitzen, drallen Brüste ins Bild. Die großen Zeitungen sorgten dafür, dass sich diese Aufnahme ins kollektive Gedächtnis einprägte. Luke wurde bald zu einem Symbol, die Betroffenheit war allgemein. Er konnte sich in der Schwerelosigkeit noch nicht einmal erhängen! Das große Schneckenhaus trieb in der Ferne dahin wie ein bunter, lustloser Fisch.

Mehr als einen Monat kugelte Vitka nun schon betrunken durch die Gegend. Anjuta berichtete dreimal täglich, dass ihr Selbstbewusstsein intakt sei. Den Rest des Tages war sie traurig und gelangweilt. Manchmal presste sie ihre Nase an das kalte Glas des Bullauges, schaute stundenlang auf die Erde nieder und betrachtete die Union der sozialistischen Sowjetrepubliken. Jedes Mal kam ihr ihre Heimat noch viel größer vor ... Ihre Augen schwammen in Tränen des Stolzes und des Heimwehs, aber sie war tapfer und suchte durch die silbrigen Federwolken den rubinroten Widerschein des Kremlsterns.

Der amerikanische Astronaut schien sich aufgegeben zu haben. Obwohl er in jeder Hinsicht abstoßend war, tat er Anjuta leid. Sie hätte ihm gern irgendwie geholfen, ihn getröstet, aber sie wusste nicht recht wie. Wenn Vitka hilflos und betrunken in ihrem Schoß weinte, strich sie ihm durch sein verfilztes Haar, bis der Alkoholnebel sich verflüchtigt hatte, dann küsste sie ihn leidenschaftlich, als wollte sie ihm den letzten Tropfen Gift aus dem Körper saugen. Aber der hier war stocknüchtern, er ließ sich mit Milch vollllaufen wie ein Frosch, und sie wusste nicht, wie sie sich dazu verhalten sollte. Bis eines Tages ...

Nachdem ihre Mission bislang so kläglich gescheitert war, nahm Luke all seinen Mut zusammen. Er sagte:

– Anjuta Fjodorovna, warum rasierst du dich nicht ein bisschen?

– Ich nicht verstehe, was du willst sagen, antwortete sie überrascht.

– Ich sage, du sollst dir die Achseln und die Beine rasieren! sagte Luke direkt und ohne jede Rücksicht.

Anjuta war erschüttert. Als hätte man sie mit Dreck beworfen ... Sie schüttelte sich. Hätte sich ihr Vitka eine solche Gemeinheit erlaubt, wäre er dem Besenstiel nicht entkommen. Aber auf der *Circe* gab es keine Besen. Und auch die Situation war aus politischer Sicht heikler. Sie war gezwungen, diplomatischer zu sein. Also schluckte Anjuta den Zorn hinunter und bemühte sich, mit beherrschter Würde zu antworten:

– Ich bin eine sowjetische Frau, Mister Bolton.

Und von da an ließ sie das Schicksal von Luke Bolton absolut kalt.

– Ich weiß, was zu tun ist, erklärte Rita Eck selbstsicher.

Ihre Kollegen sahen sie ohne besonderen Enthusiasmus an. Oberst Spugg winkte niedergeschlagen ab. Niemand glaubte mehr daran, dass man etwas tun konnte. Der Agent vom FBI hatte bereits die Vermutung geäußert, dass Luke dabei war, politisches Asyl zu beantragen.

– Wir müssen eine andere Frau schicken, sagte Dr. Eck. – Das ist zwar nicht billig, aber ich denke, das ist es wert.

– Das Geld ist nicht das Problem, es geht immerhin um die Grundpfeiler des nationalen Selbstbewusstseins, wendete Berater Hoover ein.

– Ich habe eine Nichte, Glenda Rose, fuhr Rita Eck fort. – Ich denke, sie wäre die Richtige. Sie fährt voll auf Luke ab.

– Auf diesen Schlappschwanz!, brach es aus Spugg heraus. – Um Gottes Willen, die ganze Welt weiß, dass er impotent ist. Besser, wir schicken einen anderen Mann.

– Sie irren sich, entgegnete sie. – Er ist spitze!

Zwei Wochen später flog Glenda Rose mit dem Raumschiff *Hormon* ins All. Glenda war neunzehn Jahre alt, in ihren Adern floss gemischtes Blut, ein Umstand, der den internationalen Konsens befördern sollte. Glenda hatte weiche, feine Züge und volle, zärtliche Lippen. Sie kannte Luke aus den Zeitungen und von Erzählungen ihrer Tante! Sie riskierte gern etwas, und diesmal setzte sie alles auf sein sympathisches Lächeln.

Als Zeichen des Protests beorderte die sowjetische Seite Anjuta von Bord der *Circe* zurück. Am 28. Mai landete das Modul ihrer Raumkapsel in der Wüste von Kasachstan. Vitka gewann zwanzig Rubel von Jakov, dem Klempner, der steif und fest behauptet hatte, dass Anjuta schwanger zurückkehren würde. Die Prawda freilich hatte das immer kategorisch bestritten.

– Erlauben Sie, dass ich Bericht erstatte, Genosse General! – Lev Kurjagin straffte sich wie eine Saite und nahm vor dem Schreibtisch seines Vorgesetzten Aufstellung.

– Setz dich, Lev Nikiforovič, setz dich. Tee?

Aber Kurjagin blieb weiter mit fanatischem Funkeln in den Augen vor ihm stehen.

– Die Operation »Eisiger Schauer« wurde erfolgreich abgeschlossen! antwortete er zackig.

– Molodec! Ich wusste, dass wir uns nicht blamieren würden, sagte der General und rieb sich zufrieden die Hände. – Ich will, dass du mir das in allen Einzelheiten erzählst.

Kurjagin machte es sich auf dem Lederkanapee unter dem Portrait von Ilič bequem. Die Haushälterin brachte Tee, getoastetes Brot und Butter. Der General zwinkerte ihm verschwörerisch zu und zauberte eine eisgekühlte Halbliterflasche Wodka und eine Schachtel schwarzen Kaviar in der Größe einer Antipersonenmine aus seinem persönlichen Kühlschrank hervor.

– Žizń možet byť prekasnaja! Das Leben kann so schön sein! sagte er und ließ sich neben Kurjagin fallen.

Bald hallte in dem dämmerigen Büro der helle Klang von Kristallgläsern wider, begleitet von energischem Schmatzen ... Kurjagin erzählte, der General hörte zu. Von Zeit zu Zeit brach Tsipun in stürmisches Gelächter aus und unterbrach seinen Untergebenen:

– Das hat er wirklich gesagt? »Warum rasierst du dich nicht ein bisschen?«, wiederholte er mit Tränen in den Augen. – Und sie waren wohl ziemlich enttäuscht, was? Hahaha! Diese Idioten!

Kurjagin bereitete es sichtlich Vergnügen, alles noch einmal von vorne zu erzählen und dabei die Gesten der Teilnehmer an dem gescheiterten Experiment zu imitieren.

– Das kann nicht sein! – Der General schlug sich aufs Knie. – Sie hat einen fahren lassen, sagst du!?

– Und was für einen, Andronik Mihajlovič, und wie!

– Nun, mein lieber Lev Nikiforovič – der alte General legte ihm eine Hand auf die Schulter –, siehst du jetzt, was für einen Schatz wir in dem sowjetischen Menschen haben! Wir haben Gold und Öl, Uran und Diamanten, wir haben jede Menge Raketen und Panzer, wir haben hervorragende Gelehrte, Generäle und Spione, aber unsere wahre Stärke – merk dir das gut! – ist der sowjetische Mensch! Denn der sowjetische Mensch, mein Lieber, der sowjetische Mensch ist ewig und unveränderlich. Was auch immer diese Parasiten unserem Volk weismachen wollen ... Sollen sie sich den Kapitalisten ruhig in die Arme werfen, sollen sie ihre Raketen vernichten, sollen sie doch *auftauen*! Der sowjetische Mensch wird siegen. Er ist unsere Hoffnung!

Kurjagin nickte und saugte die Offenbarungen dieses Urgesteins aus den Zeiten des Kalten Krieges in sich auf. Und in seiner Seele wurde es hell und gemütlich. Er witterte die Belohnung, die ihm winkte, und leckte sich im Geist bereits die Lippen. Und tatsächlich, die Anerkennung ließ nicht auf sich warten.

– Du hast dich ausgezeichnet, Kurjagin, du hast dich ausgezeichnet, begann General Tsipun schwerfällig. – Im Augenblick kann ich dich aus verständlichen Gründen noch für keinen Orden vorschlagen, aber die Zeit ist auf unserer Seite. Ich werde dich nach Paris entsenden. Die Mission ist ausgesprochen heikel ... – Er senkte die Stimme.

– Wir verfügen über Informationen, dass die CIA riesige Summen in das Atelier von Yves Saint-Laurent investiert, um unter höchster Geheimhaltung eine neue Generation erotischer Unterwäsche zu entwickeln. Du verstehst, was das für unsere Abteilung bedeutet? ...

– Ich bin Glenda, sagte sie mit offenem Lächeln. – Hello!

Die Station präsentierte sich in einem Chaos: Kleidungsstücke und allerlei Gegenstände trieben in der Schwerelosigkeit umher, darunter auch ein riesiger brauner BH, den Anjuta vergessen haben musste. Bärtig und abgemagert beobachtete sie Luke, als wäre sie eine Außerirdische. Er hatte sich einen Pullover und einen Trainingsanzug übergezogen, doch trotzdem sah es so aus, als friere er.

– Wie warm es hier ist, stöhnte sie.

Sie zog an dem Reißverschluss und öffnete ihren weißen Overall. Ihr Haar fiel auf starke, matt glänzende Schultern. Ihre Brüste kamen zum Vorschein – glatt und fest, aufrecht und prall. Das leichte Trikot, das sie darunter trug, glitt mit einem leisen Sirren an ihrem Körper hinab und entblößte einen makellosen Bauch und lange, braungebrannte Schenkel. Ihre Haut schimmerte in dem Glanz und der Frische flüssiger Schokolade. Glenda stieß sich mit den Fingerspitzen ab, stieg sanft auf, drehte sich gelenkig und begann um Luke herumzuschwimmen.

– Ach du lieber Gott!, rief der Oberst aus.

Die übrigen schwiegen, die Zähne aufeinander gepreßt, und wendeten den Blick nicht von den Bildschirmen ab. Rita Eck rauchte mit gespielter Teilnahmslosigkeit und blies den Rauch über ihre Köpfe in die Luft. Los, meine Kleine! Sie vertraute voll auf ihre schöne Nichte, die gerade dabei war, den teuersten Videoclip der Welt zu drehen. Bald würde sie das begehrteste Fotomodell diesseits und jenseits des Atlantik sein ...

Luke spürte ein Vibrieren – wie das Stöhnen, mit dem im Frühjahr das Eis aufbricht. In seiner Brust hallten die Anfangsakkorde einer mächtigen Symphonie wider. Ihm war, als würde ihn eine kosmische Energie durchströmen, als sei er das Zentrum des Weltalls. Und die Musik wurde stärker, breitete sich aus und erfüllte ihn mit Macht. Der zarte Schokoladeschmetterling kreiste graziös um ihn herum und hauchte ihm verführerische Worte zu:

– Oh, Luke, ist es nicht herrlich zu fliegen? Ich bin so leicht, dass es mich kitzelt ... Möchtest du nicht mit mir tanzen?

In seinen Ohren klangen sie wie die reinste Poesie. Ihr nacktes Füßlein streifte seine Nase. Er packte sie am Knöchel und zog sie zu sich herab. Er spürte die Erhebung, jenes herrliche Anschwellen, Aufrichten, Hartwerden, das die Welt eng macht wie einen Kinderslip, der über den Himalaja gespannt ist.

– Bravo, Luke! Bravo!

Die Anspannung löste sich in einer Explosion von Applaus. Die Operatoren sprangen von ihren Plätzen auf und fielen einander in die Arme. Die Neuigkeit verbreitete sich blitzschnell im ganzen Land, und über den Städten öffneten sich Rosen aus Licht und Feuer. Flaggen wurden geschwenkt. Die Menschen strömten hinaus auf die Straßen und schrien ihre Freude in den Himmel hinauf. Und die Männer drohten ihm nicht mehr mit den Fäusten, während die Frauen ihm Kusshände ins Weltall schickten.

Luke und Glenda brachten ein gesundes und munteres Baby aus dem Kosmos mit, das auf den Namen David hörte. Kurz vor seiner Geburt heirateten die beiden auf der *Circe* wie zwei gottesfürchtige Christen. Die Zeremonie wurde auf allen landesweiten Fernsehsendern Nordamerikas übertragen. Selbst der Präsident wandte sich an die Nation.

– Ich kenne diese Art von Männern, erklärte er mit vor Rührung weicher Stimme. – Stolze und unbeugsame Nachfahren der ersten Siedler. Freiheit und das Wahlrecht sind ihnen heilig! Manchmal vergessen wir, dass es sie noch gibt. Bis jemand auftaucht wie Luke, bescheiden, aber beharrlich, um uns daran zu erinnern, dass diese Menschen noch immer unter uns sind und den Geist derer in sich tragen, die nach Westen gezogen sind und sich nur auf Gott und ihre Muskeln verlassen konnten! Was wäre Amerika heute ohne diese einzigartigen Menschen, die entschlossen sind, ihre Individualität und ihre persönliche Freiheit um jeden Preis zu behaupten? Was wären all unsere Reichtümer und Ressourcen ohne sie? Oh, ihr naiven Technokraten! Der Schlüssel unserer Unabhängigkeit und unserer Prosperität liegt in diesen einfachen, ehrlichen Händen!

Wie immer versammelten sich ein paar einsame Hippies vor dem Weißen Haus und verbrannten die Flagge zum Zeichen ihres Protests. Linke Studentengruppen in Paris, Berlin und Seoul schlossen sich ihnen an. Aber das hatte keinen Einfluss auf die astronomischen Honorare der kosmischen Jungvermählten … Am Kosmodrom wurden Luke und Glenda mit einer Torte in der Größe eines Elefanten willkommen geheißen, ein Geschenk der Familie Mars.

Das Schicksal Anjutas vollzog sich indes nach den rohen Gesetzen des Lebens. Einen Tag, bevor sie landete, erschien in der Prawda ein Erlass über ihre wiederholte Auszeichnung mit dem hohen Ehrentitel »Held der UdSSR«. Sie bekam diese Ausgabe nie zu Gesicht. Noch bei ihrer Landung wurde sie von einem Team des KGB empfangen, festgehalten und isoliert. Vitka wartete, er wartete, am Ende kam er dahinter, was geschehen war, und gab sich endgültig dem Suff hin. Man verhörte sie lang und breit, Anjuta blieb bei ihrer Behauptung, sie sei unschuldig, aber das verstärkte den Verdacht gegen sie nur noch … Am Ende zweifelte niemand mehr daran, dass sie einen niederträchtigen ideologischen Virus aus dem All mitgebracht hatte. Den Rest ihres Lebens verbrachte Anjuta unter Holzfällern in Sibirien, weit weg von Vitka. Sie arbeitete in einem Einschlaggebiet und war erneut Stoßarbeiterin. Sie heiratete ein zweites Mal, einen Lastwagenfahrer, der im Gegensatz zu Luke die Stärke und die Festigkeit aufbrachte, sie zu begehren.

NINIVE

Für Ilijan

– Und würdest du die Welt vernichten, wenn es von dir abhinge?, fragte der Russe, während er eine Essiggurke auf seine Gabel spießte.

– Sofort, sagte ich, ohne darüber nachzudenken. – Ich würde sie platt machen.

Der Speisewagen war sonst leer. Auf dem Tisch standen eine Flasche Wodka, ein Teller mit sauren Gurken und etwas Wurst. Ich wollte eigentlich nur ein Bier trinken, dann ließ sich dieser Mensch an meinem Tisch nieder, und ein Wort gab das andere, bis wir schließlich dort anlangten, wo wir jetzt waren. Ich fuhr nach Ruse, er wollte die Reise weiter nach Norden in Richtung seiner Heimat fortsetzen.

– Im Ernst?, fragte er und starrte mich mit seinen hellen Augen an. – Wenn du die Möglichkeit hättest, würdest du es tun?

– Oooo ja! – Ich nickte. – Wenn ich sie nur in die Finger bekomme!

– Warum?

– Weil sie schlecht ist. Und immer noch schlechter wird!, begann ich eifrig. – Ich meine, unsere Zivilisation … daraus kann nichts Vernünftiges mehr werden.

– Du hast Recht, erklärte sich der Russe einverstanden, wobei er den Blick senkte. – Schau doch nur, auch der Kommunismus ist den Bach runtergegangen. Eine schöne

Idee, aber er ist den Bach runtergegangen. Die Menschen haben sich als unwürdig erwiesen.

– Auch der Kapitalismus wird den Bach runtergehen, ergänzte ich, während ich das letzte Stück Wurst vom Teller nahm. – Schau ihn dir doch nur an!

– Ja, die Welt ist schlecht konstruiert, seufzte er. – Wenn man sie doch irgendwie reparieren könnte!

– Aber das geht nicht!, unterbrach ich ihn angriffslustig. – Und es lohnt sich auch gar nicht, weil sie immer wieder den Bach runtergeht. Wenn du mich fragst, am besten, man löscht sie aus! Aber wer interessiert sich schon für uns beide? An den roten Knöpfen sitzen doch nur Schufte, die ein Interesse daran haben, dass es nicht besser wird.

– Da täuschst du dich!, sagte er plötzlich, wobei er den Kopf hob. – Wir, die kleinen Leute, wir haben unsere Möglichkeiten.

Ich hatte seinen Namen vergessen. Der Russe war um die fünfzig, aufgegangen wie Hefeteig, sein Gesicht war gerötet und verwüstet, sein Haar trug er kurz. Unter dem aufgeknöpften Kragen seines Pullovers war ein Matrosenhemd zu sehen. Zu seinen Füßen, auf dem Gang, lag ein riesiger rosa Sack.

– Schon mal was von Stalin gehört?, fragte er mich.

– Na, wer nicht!, erwiderte ich. – Ein großer Mann. Wie Napoleon.

– Napoleon ist Pipifax, sagte er scharf. Dann wurde er ernst, so ernst, dass er fast erstarrte: Stalin habe am Ende seines Lebens befohlen, eine Maschine zu konstruieren. – Eine Wahnsinnsmaschine!

– Wofür?, fragte ich ungeduldig.

– Zur Vernichtung der Welt, antwortete er gelassen.

– Mann! – Mein Mund stand vor Staunen offen. – Das höre ich zum ersten Mal.

– Was Wunder! – Der Russe hob mahnend seinen Finger. – Das ist ein Geheimnis.

– Und woher hast du es dann?

– Das werde ich dir sagen, nickte er, beugte sich über den Tisch und begann zu flüstern. – Hör zu ... also ... es gibt einen Schacht, elf Kilometer tief, der bis an die oberste Schicht des Erdmantels reicht. Dieser Schacht befindet sich in Sibirien, er wurde von Strafgefangenen in den fünfziger Jahren ausgehoben. In dem Schacht steckt ein riesiger Nuklearsprengkörper mit einer Sprengkraft von zweitausend Megatonnen. Ein dreistöckiges Haus zirka, kannst du dir das vorstellen?

Ich konnte es mir nicht vorstellen, trotzdem nickte ich wissend. Er fuhr konzentriert fort, die technischen Parameter der Vorrichtung vor mir auszubreiten.

– Außen ist die Bombe mit einer Titanlegierung verkleidet, die eine sofortige Detonation verhindert. Der Sprengkörper befindet sich in fünf Kilometern Tiefe. An seinem oberen Ende ist ein mächtiges Raketentriebwerk befestigt, das ihn in den Schoß des Planeten jagen soll. Wie eine Spritze! Das Triebwerk katapultiert die Bombe in die Tiefe, so dass sie sich mit einer Geschwindigkeit von 1,02 Kilometer pro Sekunde in den Erdmantel bohrt. Aber sie explodiert nicht sofort, sie dringt immer tiefer ein, bis ihr Schutzmantel auseinander bricht, und erst dann – bumm! Die Detonation erhöht den Druck, die Erdkruste bekommt Risse, der Planet zerbirst. Bumm!, wiederholte er, wobei er seine Riesenarme ausbreitete.

– Genial!, rief ich. – Dazu ist nur die russische Intelligenz fähig!

– Die genialen Dinge sind immer einfach, zeigte er sich einverstanden. Dann seufzte er tief und sagte plötzlich: – Aber ich bin gescheitert.

Er griff nach seinem Glas, es war leer. Er füllte es und kippte den Wodka in einem Zug hinunter.

– Ich habe es ihnen gesagt, fuhr er fort. – Ich tauge nicht zu dieser Arbeit, Genossen. Wer bin ich, dass ich so eine Entscheidung treffe? Ein einfacher Schlosser! Aber die wissen schon, was sie tun. Genau deshalb sind wir auf Sie gekommen, Fjodor Mihalič. Das ist das Vermächtnis des Genossen Stalin. Die einfachen Mitglieder sollen entscheiden, wann und wie. Die oben sind alle verdorben. Haben sich vollgefressen, geben keinen Pfifferling darum, ob wir den Kampf gewinnen. Sie dagegen, Mihalič, Sie wird keiner bestechen wollen. Wenn Sie mit Ihrem Herzen spüren, dass alles den Bach runtergegangen ist, endgültig den Bach runtergegangen ist, dass es kein Fünkchen Hoffnung mehr gibt – nicht für den Staat noch für die Partei und nicht für einen einzelnen Menschen –, dann geben Sie den Code ein. Überlassen Sie die Welt nicht den Aasfressern!

– Sie haben dir den Code gegeben?! fragte ich verwirrt.

– Wir sind insgesamt dreizehn, fuhr er fort, verstreut über das Territorium der UdSSR, ganz gewöhnliche Menschen. Wir sind einander nie begegnet, wir kennen uns untereinander nicht, ich bin mir noch nicht einmal sicher, ob wir überhaupt dreizehn sind. Jeder von uns hat einen Teil des Codes und kann ihn in einem von ihm gewählten Moment aktivieren. Die Maschine wird aber nur in Gang gesetzt, wenn sich alle dreizehn – oder wie viele es eben sind – dazu entschließen, es zu tun.

Ich wagte es nicht, auch nur einen Laut von mir zu geben. Er schwieg lang und schwer, den Blick starr auf die trostlose Landschaft hinter dem Fenster gerichtet. Dann, ohne mich anzusehen, so als schämte er sich, sagte er:

– Ich habe mich als unwürdig erwiesen. Die Union ist zerfallen, das Volk leidet, alles ist beim Teufel, und ich tue immer noch so, als wüsste ich von nichts. Ich kann es nicht. Die Genossen haben sicher längst ihre Pflicht getan, nur mein Teil des Codes fehlt ... Ich habe mich angepasst.

Wir näherten uns Ruse, der Russe wurde plötzlich lebhaft. Unsere Blicke trafen sich.

– Hör zu, begann er begeistert, du scheinst mir ein tüchtiger Kerl zu sein. Tu es für mich! Was sagst du? Räche Russland! Wir haben euch geholfen, jetzt seid ihr dran.

Er langte in seine Tasche und zog eine kleine Karte hervor, die auf einer Seite mit silbriger Folie bedeckt war.

– Du musst die oberste Schicht abkratzen, erklärte er mir. – Darunter befindet sich eine Telefonnummer. Du rufst an und sagst »Ninive«, das ist alles.

– Warum gerade »Ninive«?

– Das ist die Parole. – Der Russe zuckte die Achseln.

Plötzlich überkam mich ein kleinbürgerliches Zaudern; ich hatte keine Lust, in etwas hineingezogen zu werden. Er wollte davon freilich nichts hören; er drängte mir das Kärtchen förmlich auf, danach tranken wir auf Stalins Wohl. Der Zug fuhr in den Bahnhof ein.

– Und vergiss nicht ... »Ninive«!, erinnerte er mich.

– Ich werd's mir merken! – Ich winkte ihm zum Abschied.

Und da bin ich jetzt, in meinem erbärmlichen Hotelzimmer. Ich bin allein, mir ist kalt, und der Wodka leistet ganze Arbeit in meinem Kopf. Wie war noch mal der verfluchte Name dieses Russen? Auch egal. Ich nehme eine Dusche, vielleicht hilft mir das auf die Sprünge. Ich ziehe mich aus, drehe die Wasserhähne auf, und ein eisiger Strahl trifft mich. Ich schreie wie am Spieß. Ich warte bibbernd darauf, dass das Wasser warm wird. Aber es wird nicht warm. Jetzt habe ich die Schnauze endgültig voll! Das wird euch noch leid tun!

Ich hole das Kärtchen hervor, kratze die Nummer frei und hebe den Hörer ab. Ich sage der Schlampe an der Rezeption, sie soll mich mit Russland verbinden, ich diktiere die Nummer.

Eine schwache Stimme am anderen Ende, so als käme sie von jenseits des Polarkreises; eine tiefe Frauenstimme, manch einer würde sie samtig nennen.

– Aljo?

Mein Herz verkrampfte sich.

– Aljooo?!

– Ninive, sagte ich unter Aufbietung aller Kraft und schloss die Augen.

Das war's, Ende.

– Oooo!, sagte die ferne Stimme und begann zu zählen: – Zehn, neun, acht, sieben, sechs, fünf, vier, drei, zwei, eins. Zündung!!!

Darauf ein Tosen, ein Stöhnen, Schnaufen, Schreie. Der Schoß der Erde öffnete sich. Wir müssen beide gleichzeitig gekommen sein.

Am nächsten Tag, dem Tag nach dem Ende der Welt, bekam ich eine fette Rechnung. Hundertzwanzig Leva für eine Sexhotline. Tja, es war mehr, als ich hatte.

AUF NACH SYRAKUS!

Schlechte Nachrichten verbreiten sich schnell wie Feuer. Du nimmst den Geruch wahr, den scharfen Rauch, dann das fiebrige Knistern, und während du dich umdrehst, brennt die Welt um dich herum bereits lichterloh und legt auch dein Leben in Schutt und Asche … Das dachte Grom, als er auf die erschrockenen Schritte des Dieners lauschte, der sich im Dunkel entfernte. Schlechte Nachrichten erweisen sich immer als echt. Ja, auch der Chemiker prophezeite eine Veränderung. Seit einiger Zeit zeigten die Proben rätselhafte Abweichungen. Unbedeutend, aber signifikant. Weil der Spielraum begrenzt war. Und die Jahre hatten die Flüssigkeit in dem Glas unmerklich bis zum Rand der Erwartung ansteigen lassen. So dass er in gewissem Sinne vorbereitet war. Aber wer kann behaupten, er sei vorbereitet, wenn die Dinge dann wirklich geschehen.

Grom ließ seinen Blick über die Regale gleiten, die sich am Ende des Korridors drängten. Von den Regalbrettern ragten kleine Kartons mit Jahreszahlen hervor, die in der Zeit zurückführten. Die Glaskolben glänzten gelblich, aufgereiht nach Jahr und Monat, wie eine phantastische Bibliothek. Jetzt war es still. Mit gewissem Erstaunen stellte Grom fest, dass er den Kolben noch in der Hand hielt, den ihm der Diener gerade ehrerbietig überreicht hatte. Er hob ihn vor seine Augen und starrte dümmlich auf die klare Flüssigkeit. Er schüttelte den Kopf. Ordinäre Pisse. Dann stellte er sie vorsichtig auf dem Regalbrett ab. Wie immer mit dem Etikett nach außen. Ordnung ist eine gute Sache.

Aber jetzt … Er zuckte unwillkürlich. Jetzt war die Ordnung beim Teufel.

Grom schloss die schwere Tür zum Lagerraum ab, steckte den Schlüssel in seinen Gürtel und ging hinaus in den Hof. Der Wind zerzauste die spärlichen faserigen Haarbüschel, die seinen Scheitel zierten. Das Fenster des Chemikers war noch erleuchtet. Aus dem Kamin flogen Funken auf. Das Labor befand sich in einem kleinen Anbau, der sich an die Wand des Lagerraums drängte. Grom stellte sich das verschwitzte Gesicht des Gelehrten vor, seine Hände in groben Gummihandschuhen, die Glutpfanne, die Reagenzgläser, die Notizbücher mit all den Formeln. Wäre es nicht vielleicht richtig gewesen, ihm die Neuigkeit mitzuteilen? Schließlich hatten sie mehr als zwanzig Jahre miteinander verbracht – der Hüter und der Chemiker. Zwanzig Jahre. Sie waren sich trotzdem nie näher gekommen. Der Gelehrte lief einfach in der Gegend herum wie der lebende Beweis für die Machtlosigkeit des Verstandes gegenüber dem Wunder. Sollte er es ihm sagen? … Was genau? Ein weit entferntes Klingeln errettete ihn aus seinen Zweifeln, und er eilte zu seiner Kanzlei. Er hob den Hörer des vorsintflutlichen Bakelittelefons ab und murmelte lustlos:

– Ja, bitte …

Es folgte ein Summen und Klicken, bis sich … eine schmierige Stimme meldete:

– Herr Hüter, Präsident Maar würde gerne mit Ihnen sprechen …

Einige Sekunden vergingen, dann hörte er ein verräterisches Atmen. Grom kannte dieses Versteckspiel:

– Ich höre, Herr Präsident.

– Ja, Grom … – Eine heisere, nervöse Stimme. – Ich habe

eine Neuigkeit für Sie. Hier sind einige Veränderungen eingetreten. Ziemlich unerwartet. Ich denke, dass Sie das direkt betrifft … als Hüter des … dieser verfluchten Dinge.

– Ich weiß, antwortete Grom trocken. – Ich wurde informiert. Gerade eben.

– Ach so? So schnell!, bebte die Stimme. – Die Nachricht verbreitet sich also bereits, was?

– Wie im Flug, seufzte Grom. – Es ist doch nicht eines der üblichen Gerüchte …

– Nein, leider nicht!, unterbrach ihn Präsident Maar energisch. – Sie ist bestätigt!

– Er hat also wirklich aufgehört?

– Noch nicht, aber er hat seine Absicht kundgetan. Und das recht deutlich.

– Er hat nach Nahrung verlangt?, vermutete Grom mit einem Unterton, der Ekel verriet.

– Schlimmer! Er hat nach der Speisekarte verlangt!

– Was für eine Speisekarte?, gab sich der Hüter erstaunt.

– Aber was wissen denn Sie? Nichts wissen Sie!, explodierte die Stimme am anderen Ende der Leitung. – Heute, gegen halb sechs, das heißt vor einer Stunde. Er habe die Wache gebeten, ihm die Speisekarte vom Imperial zu bringen. Dort herrschte, Sie wissen schon, das übliche Gedränge, und man hat all das gehört. Und dann kam auch schon ein Kellner mit der Speisekarte angerannt. Diese pseudonoblen Speisekarten mit den goldenen Lettern … Sie wissen schon. Und er hat angefangen, sie zu lesen, sie mit ernstem Äußeren zu erforschen. Offensichtlich ist er drauf und dran, etwas zu bestellen …

– Und hat er schon etwas bestellt?, zeigte sich Grom gegen seinen Willen neugierig.

– Das ist noch nicht klar!, antwortete Präsident Maar nervös. – Aber bald werden wir es wissen. Man kann davon ausgehen, dass es nichts Bescheidenes sein wird. So ist die Einschätzung hier.

– Geradezu abstoßend!

– Nicht wahr? Meine Rede! Eine an und für sich entmutigende Tatsache. Aber es liegt auch etwas Arrogantes in der Art selbst ... etwas zutiefst Feindseliges gegen die festgesetzte Ordnung. Gegen die Ordnung überhaupt!

– Und was hat er gesagt? Warum will er nicht mehr?, fragte Grom.

– Nun, eigentlich, sagte Präsident Maar verwirrt, eigentlich gibt es keine Erklärung ...

– Keinerlei Motiv?!

– Noch nicht ... wir haben keine Ahnung.

– Es ist außerordentlich wichtig, herauszufinden, was genau seine Motive sind, begann Grom streng. – Es gibt verschiedene Arten von Motivation. Manche davon könnten sich als angemessen erweisen ... Man muss entsprechend der Motive reagieren. Ja. Ihnen bleibt nichts anderes übrig.

– Ein vernünftiger Ratschlag, wirklich ... Aber was ist Ihre persönliche Meinung zu der Lage?

– Ich denke, seufzte Grom, es ist das Ende.

– Ich danke Ihnen, stimmte Präsident Maar niedergeschlagen zu. – Das denke ich auch. Ich werde Sie auf dem Laufenden halten.

Grom blieb eine Zeit neben dem Telefon stehen, dann ging er wieder hinaus an die frische Luft. Der Abend war kühl; über der Stadt schwebten dunkelgraue Wolken, eingesäumt vom rötlichen Widerschein der untergehenden Sonne. Unweit ragten die finsteren Silhouetten der bizarren astronomischen Gerätschaften in den Himmel, die

Grom vor zehn Jahren aufzustellen angeordnet hatte. Die Berechnungen gaben seiner Arbeit zusätzliches Gewicht; sie machten sie für den Verstand einfacher Leute noch rätselhafter und unzugänglicher. Bei alldem war er jahrelang geneigt zu glauben, dass zwischen den Himmelszyklen und der goldenen Flüssigkeit – dem »Sonnentau«, wie man sie nannte – eine verborgene Beziehung bestand, die sich dennoch deutlich äußerte. Zum Beispiel half die Flüssigkeit, die unter dem Zeichen der Ziege im dritten Haus des Saturn gesammelt wurde, gegen Geschwüre. Dasselbe konnte man nicht über die Serie sagen, die in der Periode der Tagundnachtgleiche im Jahr der Hölzernen Schlange geerntet wurde, obwohl sie bei Jungfrauen, die nach Mitternacht geboren wurden, gegen Herzrhythmusstörungen half ... Gicht wurde mit einer Ernte therapiert, die man in den Tagen des Skorpions während der ersten Phase des Neumonds sammelte. Die Serie des Wassermanns wiederum war vollkommen harmlos, man konnte sie vor dem Essen trinken. Oder vor dem Schlafengehen. Und so weiter ... In Übereinstimmung mit seinen Beobachtungen hatte sich Grom eine eigene Methodik erarbeitet. Er hat sie im guten Glauben angewendet.

Bis heute!

Hundert Schritte weiter zeichnete sich in der Dämmerung die einsame Gestalt eines Soldaten ab. Die Spitze der Lanze glänzte matt, nachlässig zu einer Seite gekippt. Bis zur Wachablöse blieb noch eine halbe Stunde. Grom richtete den Blick nach unten, zu den glitzernden Punkten der Straßenlaternen zu seinen Füßen. Der Speicher war auf einer Anhöhe am Ostende der Stadt gebaut. Von hier aus sah man die ganze Ebene von Sofia. Das Stadion, das Amphitheater, die löchrigen Kuppeln des alten Bades, die

Ruinen des abgebrannten Zirkus … Der Kanal von Vălko Červenkov schlängelte sich durch die Stadt wie eine träge fette Natter. Einige Boote schaukelten lethargisch an ihren Anlegeplätzen. All das sah so alltäglich aus, so bekannt, nur das weiße Quadrat des Marktplatzes im Zentrum war schwarz vor Menschen. Gegenüber erhob sich der Palast der Republik – ein grauer, geistloser Haufen von Steinen. Jetzt war das Gebäude vollkommen dunkel, so als wäre es plötzlich evakuiert worden. Aber Grom wusste, drinnen saß ein kleiner, verwirrter Mann und spähte durch die schweren Vorhänge auf den Platz hinaus. Dort, auf den weißen Steinplatten, stand ein schwarzer Käfig. Und in dem Käfig saß wiederum ein Mann. Ein groß gewachsener, sehr schlanker Mann mit langem Bart. Der Mann blätterte die schwere, in Leder gebundene Speisekarte durch, und neben ihm ragte die riesenhafte Gestalt eines Kellners mit Silbertablett und weißem Sakko auf wie ein allmächtiger Engel der Vergeltung.

– Halt! – Ein heiserer Schrei ließ ihn aufschrecken.

Grom drehte den Kopf. Der Soldat hatte sich einer Frau in den Weg gestellt, sie war Bulgarin, aus den Dörfern am Oberlauf des Iskăr – sehnig und knochig, ganz in Schwarz gekleidet. Sie trug ein Kopftuch, nachlässig verbarg es ihr grau gewordenes Haar. Sie hätte fünfzig sein können. An ihre Brust hielt sie ein kleines Kind gepresst, das in eine lumpige Decke gewickelt war.

– Lass mich durch, Soldat!, bat sie. – Mein Kind ist krank!

– Los, verschwinde!, sagte der Soldat grob, wobei er sie mit dem Schaft seiner Lanze wegschob. – Ordnung ist Ordnung, du musst dich erst anmelden. Weißt du denn das nicht?, Komm morgen wieder!

– Es ist sehr krank, Soldat, ich bitte dich! – Sie blieb stehen.

– Verschwinde! Es ist geschlossen! Morgen habe ich gesagt!

– Es wird nicht bis morgen durchhalten, ich bitte dich, lass uns durch!

Die Frau gab nicht auf. Grom näherte sich und sagte im Tonfall einer dienstlichen Anordnung:

– Lass sie durch!

Die Frau trottete ihm hinterher, wobei sie ihm überschwänglich dankte. Grom schloss das Tor zum Speicher auf. Aus dem kalten, dunklen Eingang schlug ihm der Geruch von nassem Stein entgegen. Er schaltete die Glühbirne ein und wies die Frau an, auf einer Holzbank an der Wand Platz zu nehmen.

– Wie heißt du?, fragte Grom.

– Ilijca! Ilijca aus Dolni Bogrov, antwortete sie eifrig.

Das Kind weinte kraftlos. Grom lüpfte die Decke und starrte in das gerötete kleine Gesicht. Es fiel ihm schwer zu verstehen, warum Babys auf diese Welt kamen. Mit einem Finger berührte er die heiße kleine Stirn.

– Erhöhte Temperatur ..., sagte er mehr zu sich selbst.

– Seit zwei Tagen schon, bestätigte die Frau. – Dieses verfluchte Fieber hat ihn dahinschmelzen lassen! Und er ist doch noch kein Jahr alt ... Seine Mutter ist voriges Jahr gestorben.

Eigentlich interessierte ihn das alles nicht sonderlich. Grom schlug das kompakte ledergebundene Notizbuch auf, das in der Nische bei der Tür lag, und fragte trocken:

– Name?

– Boris.

Die Schreibfeder kratze auf dem rauen Papier.

– Geburtsjahr, Tag, Monat, Stunde …

Er notierte aufmerksam die Daten, die ihm die Bäuerin gab. Er stellte seine Berechnungen an und kam zu dem Schluss, dass das Kind die Serie brauchte, die unter dem Zeichen des Saturn im Jahr des Dicken Ferkels hergestellt worden war.

– Warte hier, sagte er zu Ilijca und betrat den Speicher.

Plötzlich überfiel ihn ein Gefühl von Machtlosigkeit. Er blieb in der Mitte des Korridors stehen und sah sich um. Die Magie war verflogen. Alle Glaskolben sahen identisch aus, voll mit klarem, stillem Harn. Er hatte Lust, sich den erstbesten zu greifen und zurückzugehen, aber eine unklare Vorstellung von Berufsehre hielt ihn davon ab. Er ging weiter, bis er die entsprechende Abteilung gefunden hatte. Diese Serie war üppig! Und wie selten sie verwendet wurde … Sie hätte noch für viele Sommer gereicht, trotzdem erwachte sein Instinkt für Sparsamkeit, sobald er das Gefäß berührte. Mit gemessenen, routinierten Bewegungen leerte Grom etwas von der Flüssigkeit in ein Fläschchen, dann verschloss er den Glaskolben sorgfältig und stellte ihn an seinen Platz zurück.

Das Kind lag nackt im Schoß der Bulgarin und strampelte. Grom besprengte sein Bäuchlein und sein Gesicht, dann zog er kurz an seinem kleinen Penis.

– Aus dir wird mal was, schloss er nonchalant und gab der Frau das Fläschchen mit dem Rest der Flüssigkeit. – Einmal täglich, drei Tropfen, bis zum Ende der Woche …, lauteten die Instruktionen.

Ilijca wickelte den Kleinen in seine Decke. Sie griff in ihren Busen und brachte ein schmutziges Tüchlein zum Vorschein. Darin eingewickelt war ein silbernes Geldstück.

– Die Götter mögen dich beschützen, Hüter!, flüsterte sie, den Blick tief gesenkt.

Grom zögerte einen Moment, dann nahm er das Geldstück entgegen.

Die Ränder der Wolken waren dunkel geworden, wie angesengtes Papier. Die Bulgarin eilte den Pfad hinunter, wobei sie das kleine Bündel an ihre Brust presste. Grom stand da und sah ihr nach, bis sich ihr Kopftuch zwischen den Olivenbäumen am Fuß des Hügels verlor.

Das Telefon klingelte erneut. Grom ging zurück in die Kanzlei und hob den Hörer ab.

– Das Radio, stöhnte die gequälte Stimme des Präsidenten. – Hören Sie?

– Nein, sagte Grom.

– Schalten Sie ein! Schnell! Er bestellt ... Sie übertragen es live!

Grom seufzte voll Überdruss, ging zu dem verstaubten hölzernen Apparat in der Ecke und drückte einen Knopf. Ein blassgrünliches Schimmern erhellte ein rundes Fensterchen mit einer Frequenzskala. Der Lautsprecher knackte. Eine kraftlose Stimme kämpfte sich in dem Rauschen des Äthers an die Oberfläche:

– ... Schwanz von Meerkatze mit einer Sauce aus Wein und Garnelen, gedünstetes Gemüse ... eine Eisbombe, eine Kokostorte, Kirschkompott, Kaffee ...

– Hören Sie?!, rief Präsident Maar aus. – Das ist eine Demonstration!

– Ich weiß nicht ..., entgegnete Grom ehrlich.

– Es wird erwartet, dass er eine Erklärung abgibt. Lassen Sie das Radio an!

Die Verbindung wurde unterbrochen. Grom starrte den sprechenden Kasten an. Es gab Meldungen über Unruhen in den Vorstädten im Norden. Danach trug irgendein Politiker eine Deklaration vor, nach ihm ein anderer ... Wie aufgescheucht, sagte sich der Hüter angewidert, so als handelte es sich um Kakerlaken, die ans Licht gekrochen kamen. Er nahm die Hand aus seiner Hosentasche und öffnete die Faust. Das Geldstück klebte in seiner Handfläche. Das silberne Antlitz von Grigorij Maar glotzte ihn ungläubig an.

– Ilija! Ilija!, rief Grom und klatschte in die Hände.

Sein Diener polterte über die Stufen, dann erschien sein zerzauster Kopf in der Tür.

– Mach den Wagen fertig! Wir werden verreisen, ordnete Grom an.

– Mhm, grinste der Diener bis über beide Ohren und verschwand.

Das Brummen des Radios zog seine Aufmerksamkeit wieder auf sich.

– Waaas werden Sie Ihren Miiitbürgern nach so viiielen Jaaaahren sagen? ..., fragte eine Journalistin.

Es folgte eine lange Pause, in der man deutlich hören konnte, wie die Menschenmenge in der Nähe zischte und knisterte, so als würde man ein Feld abbrennen.

– Ich habe Hunger bekommen, sagte Edon ohne jede Rührung.

– Meeeehr niiiicht?!

– Ich habe Hunger bekommen, wiederholte er mit finsterem Vergnügen. – Lassen Sie mich in Ruhe.

Was darauf folgte, waren nichts als unsinnige Kommentare, Einschätzungen und Meinungen. Das Telefon begann zu läuten, es läutete hysterisch, aber diesmal hob Grom nicht ab. Am Ende kam die Neuigkeit: Präsident Maar war zurückgetreten. Es reicht!, ärgerte sich Grom und machte die Kiste aus. Ein Satz blieb entzweigeschnitten im Raum stehen. Das Licht erlosch.

Der schwere gepanzerte Transporter bog hinaus auf die alte Römerstraße und begann, über die spitzen Steine zu holpern. Dieselbe Kutsche transportierte auch das heilige Extrakt vom Käfig zum Speicher, um es vor gezielten oder spontanen Anschlägen zu schützen. Grom hielt ein massives Kistchen umklammert, das mit Metallbändern verschlossen war. Sein Blick irrte hin und her. Mal fixierte er forschend seinen Diener Ilija, mal starrte er auf die leere, von Unkraut überwucherte Straße, die vor allem aus Schlaglöchern bestand ... Die Kiste schepperte verräterisch. Die Straße führte steil bergauf. Der Motor knurrte. Es begann, nach verbrannten Gasen zu riechen.

– Sei vorsichtig mit dem alten Kasten, mahnte Grom. – Wir haben noch einen langen Weg vor uns!

– Geht schon, geht schon ..., murmelte der Diener, auf die Halbkreise blassen Lichts konzentriert, die die Scheinwerfer auf die Straße warfen.

Der Wagen kroch mit Mühe bis zu dem kahlen Kamm des Berges hinauf. Plötzlich trat der Mond hervor und beleuchtete einen windschiefen Galgen, an dem zwei runzlige Leichen baumelten. Von der dritten war nur noch die Schlinge übrig geblieben ... Ein wenig weiter ragte ein mit Flechten bewachsener Grenzstein empor.

– Das letzte Zeichen von Zivilisation, kommentierte Grom. – Von hier an lassen wir Recht und Gesetz hinter uns. Bist du bereit, mir zu folgen, mein treuer Diener?

– Mhm! – Ilija nickte und drückte aufs Gas.

Wohin solltest du sonst schon gehen, du Idiot?, dachte Grom. Unter ihnen breitete sich ein dichter, undurchdringlicher Wald aus. Der Wagen rollte den Weg hinunter und verschwand bald zwischen den Bäumen. Zweige schlugen an das Dach. Grom kauerte sich in der Ecke der Kabine zusammen und hielt die Kiste noch fester umschlossen. Ilija beugte sich über das Lenkrad. Von Zeit zu Zeit streifte eine Fledermaus die Windschutzscheibe, und die beiden Männer wichen erschrocken zurück. Zu beiden Seiten des Weges standen dicke, schwarze Stämme dicht an dicht. Die Finsternis saugte das schwache Licht der Scheinwerfer auf wie ein Schwamm. Grom hatte das Gefühl, er bewege sich in einem riesigen unterirdischen Tempel ... Plötzlich kippten die Vorderräder in ein Loch. Der Wagen begann, auf der Stelle zu pflügen. Im nächsten Augenblick war ein schrecklicher Knall zu hören. Rauch und Flammen erfüllten die Kabine. Die Tür stand weit offen, und Grom kugelte aus dem Wagen, ohne das wertvolle Kistchen loszulassen. Seine Nase stieß gegen ein Paar hohe, schlammige Stiefel.

Nach kurzer, heftiger Gegenwehr wurde ihm das Kistchen abgenommen. Im Licht des brennenden Transporters erkannte Grom eine Gruppe von etwa zehn Personen in Tarnkleidung, bärtig und furchterregend. Einer von ihnen schwenkte triumphierend einen langen, rauchenden Gewehrlauf in der Luft. Einige Schritte abseits schwankte der Diener Ilija mit angesengten Augenbrauen und aufgeschlagener Lippe herum. Zwei Männer hielten ihn umklammert.

– Wer ist hier der Anführer?, rief Grom.

Statt einer Antwort bekam er eine Ohrfeige. Dann verbanden sie ihnen die Augen und führten sie weg ...

Sie gingen einige Stunden zu Fuß, ohne anzuhalten, durchquerten Schluchten, Bäche und Sümpfe. Von Zeit zu Zeit durchbrachen seltsame Geräusche die Stille; Grom nahm an, dass die Räuber einander Signale gaben. Danach ging es plötzlich bergab. Ein kalter, feuchter Luftzug umwehte ihn, so als steige er in den Schacht eines Brunnens hinab ... Er zählte ... 130 Schritte ... dann spürte er eine angenehme Wärme, und der Geruch von Gebratenem kitzelte ihn in seinen Nasenlöchern. Sie nahmen ihm die Augenbinde ab. Er befand sich in einer geräumigen Höhle mit einem wilden Feuer in der Mitte. Am Feuer saß ein junger Mann mit spärlichem Bart, der mit einem langen Stock ziellos in den Kohlen herumstocherte. Auf seiner Mütze funkelte ein kleiner, roter, fünfzackiger Stern. Zwei Personen legten ihm die Beute zu Füßen. Irgendjemand trat gegen den Deckel. Die Kiste sprang auf, sie war bis oben hin voll mit Silbermünzen. Der Mann pfiff durch die Zähne. Er nahm eine Handvoll Silber und fixierte Grom zornig.

– Wer bist du, und wie bist du zu diesem Reichtum gekommen?!

– Ich heiße Grom und ich bin ein einfacher Urinhändler, gab er zurück.

Er hatte sich diese offenen, ehrlichen Worte den ganzen Weg über gründlich überlegt. Es hatte keinen Sinn mehr, jemanden täuschen zu wollen ...

Es wurde totenstill. Nur das Knistern der Holzscheite hallte unter der steinernen Kuppel wider. Dann brachen die Männer in schallendes, ungezügeltes Gelächter aus. Sie lachten so lange, bis der junge Anführer die Hand hob. Die anderen verstummten. Sein Gesicht blieb ernst und finster.

– Machst du dich über uns lustig, Dicker?, fragte er gereizt.

– Nein, Herr, ich spreche die Wahrheit!, rief Grom aus und wollte vor ihm auf die Knie fallen.

Ein Paar starker Arme hielt ihn davon ab.

– Was heißt hier »Herr«?! Was für ein Unsinn!, wurde der junge Mann zornig. – Wir sind Freiheitskämpfer. Ich heiße Ernesto Guevara, und dies sind meine treuen Gefährten. Wir sind Guerillas, wir hassen Herren. Es lebe der bewaffnete Kampf!

Sein Ausruf wurde mir sichtbarer Begeisterung aufgenommen.

Grom wartete, bis die Leidenschaft sich gelegt hatte, dann begann er umgänglich:

– Entschuldigen Sie, verehrte Guerillas, ich wollte Sie nicht beleidigen. Ich komme aus einem Staat, in dem es bis vor kurzem überhaupt kein politisches Leben gab. Ich habe keine Ahnung von der zeitgenössischen Terminologie. Ich will Sie nicht belügen – ich habe tatsächlich jahrelang Urin verkauft. Wenn Sie mir nicht glauben, fragen Sie meinen Helfer. Er ist ein Vertreter des Volkes, Sie können ihm voll und ganz vertrauen.

Alle Blicke richteten sich auf Ilija. Er grinste dümmlich und nickte:

– Mhm. Er ist der Hüter des Sonnentaus.

– Tau!, rief Guevara. – Ich verstehe gar nichts mehr!

– Eine rhetorische Figur ..., mischte sich Grom ein. – Sie ist beim Volk sehr beliebt.

– Dahinter verbirgt sich doch eine Verschwörung. Wohin willst du denn zu der Zeit mit so viel Geld? Bist du auf der Flucht?

– Die Dinge in meiner Heimat sind ziemlich durcheinandergeraten, seufzte Grom. – Auch der Urin ist nicht mehr das, was er einmal war ... Deshalb bin ich unterwegs nach Syrakus, wo seit einigen Jahren der Tyrann Dionysius herrscht. Er hat eine Reihe von ausgesuchten Persönlichkeiten eingeladen, darunter Platon höchstpersönlich, sich seinem Hof anzuschließen.

Ernesto hob verwirrt die Brauen.

– Armer Teufel. Ich sehe, dass die ungerechten sozioökonomischen Bedingungen, in denen du gelebt hast, dein Urteilsvermögen völlig getrübt haben. Berichte der Reihe nach und von Anfang an. Dann werden wir entscheiden, ob du unser Feind bist oder ob du Gnade verdienst.

– Ich weiß Ihren Wunsch, mich anzuhören, zu würdigen, begann Grom, gierig schnuppernd. – Doch ich will Sie warnen. Nach dieser Geschichte, so lehrreich sie sein mag, wird Ihnen der Appetit vergangen sein. Die Zeit schreitet voran, deshalb schlage ich vor, vorher einen Happen zu essen.

– Gut gesprochen, nickte Ernesto Guevara. – Wir sind alle hungrig.

Die Guerillas machten sich sofort ans Werk: Sie nahmen das Gebratene vom Feuer und brachten Schläuche voll Wein. Eine Weile war die Höhle nur von Schmatzen und Trinksprüchen erfüllt. Danach legten sich alle um das Feuer, inmitten eines Kreises von angesengten Knochen, und spitzten die Ohren. Grom betastete zufrieden sein Bäuchlein.

– Damals, im Jahre dreiundneunzig, hatten wir noch demokratische Institutionen, sagte er und rülpste. – Grigorij Maar war soeben zum Präsidenten der Republik gewählt worden, und wir glaubten, dass die Dinge endlich ins Rollen kommen würden. Ja, wir hatten große Hoffnungen in diesen Mann gesetzt. Er war nicht wie die anderen. Das dachten wir zumindest. Der Ruhm ließ ihn kalt. Er war nicht habgierig. Er hatte Achtung vor den Göttern. Von wegen! Nach einem Jahr stand er bis zum Hals in der Scheiße. Und was für Scheiße! Stellen Sie sich vor, er hat die eine Hälfte des städtischen Stadions für sich reserviert, damit seine pickeligen Geschwisterkinder Federball spielen konnten! ... Unter den Führern verschiedener Parteien, die als die Elf bekannt waren, brach Unruhe aus. Sie sagten: »Es reicht! Das ist untragbar. Er soll weg!« Gut, aber wir hatten ihn gewählt, für ganze fünf Jahre, diesen armseligen Hund. Und was sollten wir jetzt machen – gut oder schlecht, es war, wie es war ... Schließlich lebten wir in einem Rechtsstaat. Meine jungen Freunde, genau hier liegt der Unterschied zwischen euren edlen Herzen und unserem sklavischen Verstand. Denn das edle Herz kann Ungerechtigkeit nicht auch nur eine Stunde länger ertragen, nachdem es hinter den Schleier der Heuchelei einen Blick getan hat. Es besteht auf sofortige Wiederherstellung des moralischen Gleichgewichts. Zu jener Zeit war ich gerade einmal 23 Jahre alt, und durch einen Zufall arbeitete ich im Stab der Elf. Ich erinnere mich, dass ich noch nicht einmal Schuhe besaß, und natürlich nahm mich niemand ernst. Ich war das Mädchen für alles – geh dorthin, komm hierher, hol dies, bring das ... Ich war bitterarm, und sie hatten mir Schuhe für den Winter versprochen. Die Freude darauf hielt mich aufrecht. Es war im Hochsommer ... Eines Morgens war plötzlich alles anders. Die Männer eilten aufgeregt hin und her, wechselten Blicke, sprachen in Andeutungen und lauerten durstig auf jedes Gerücht. Erst gegen Mittag erfuhr ich, was geschehen war. Der edle Edon hatte aufgehört zu essen. Edon war einer der Elf, und er war berühmt für seinen noblen, festen Charakter. Viele fürchteten seine Kritik und vermieden es, mit ihm zu streiten. Edon war ein erklärter Gegner des Präsidenten. Wie es genau dazu gekommen war, lässt sich inzwischen nur noch schwer feststellen. Man erzählt, er sei am Abend zuvor sehr verärgert von einer Versammlung zurückgekehrt und habe die Tür seines Zimmers zugeschlagen. Seitdem habe er seinen Dienstboten zufolge keinen Bissen mehr in den Mund genommen. Sofort seien Freunde und Verwandte gekommen, besorgt um seine Gesundheit, aber er habe nur beharrlich geschwiegen und ein finsteres Gesicht gezogen. Und dann, wie auf ein Zeichen, hatten alle beschlossen, dass Edon aus Protest gegen Präsident Maar in Hungerstreik getreten war.

Sicherlich gab es Grund zu der Annahme. Gut möglich, dass Edon selbst bei dieser Versammlung eine Andeutung über einen solchen Schritt gemacht hatte, weil ihn die Nachgiebigkeit seiner Mitstreiter so erzürnt hatte ... Wie dem auch sei, diese Frage muss offen bleiben. Offensichtlich war niemand vorbereitet auf diese dramatische Wendung, es herrschte ein fürchterliches Durcheinander. Ich kann mich noch gut an diesen Tag erinnern; ich rannte in der größten Hitze herum und verteilte Proklamationen in der ganzen Stadt. Es war, als würden meine Füße auf dem Asphalt gebraten werden.

Spät am Abend fand auf dem Forum ein gigantischer Fackelzug statt.

Noch am nächsten Tag trat Präsident Maar mit einer Erklärung an die Öffentlichkeit. Er machte klar, er würde sich dem Druck der Straße nicht beugen, vielmehr würde er fortfahren, im Einklang mit dem Gesetz seine Pflicht zu tun. Von damals stammt der schreckliche Käfig in der Mitte des Forums, und Edon zog um, um darin zu leben, gleichsam um der Macht Tag für Tag ihre Schmach vor Augen zu führen. Ich erinnere mich an die unendliche Schlange von

Menschen, die sich daran vorbeischoben. Edon schenkte ihnen überhaupt keine Beachtung: Er saß mit untergeschlagenen Beinen da, vertieft in seine Mission, manchmal las er, oder er schlief, trank Wasser … sprach. Seine hagere Gestalt strahlte eine ruhige Entschlossenheit aus. Ohne sich ihrer begrenzten Möglichkeiten bewusst zu sein, gingen viele ebenfalls hinaus, um zu hungern. Man konnte sie auf den Plätzen sehen, hingestreckt auf lumpige Strohmatten, die Augen weit aufgerissen unter der brennenden Sonne. Es war offensichtlich, dass sie nicht wussten, was sie taten, sie waren einfach nur jämmerliche Epigonen. Die meisten von ihnen gaben noch in der zweiten Woche auf, stillschweigend rollten sie ihre Strohmatten zusammen und verschwanden im Schutz der Nacht. Aber einige erwiesen sich als fürchterlich hartnäckig. Sie liegen in dem kleinen Park hinter dem Bad begraben. Es gibt dort sogar irgendein Denkmal, das an sie erinnert …

Mit jedem Tag, der verging, wuchs das Interesse für den körperlichen Zustand des Hungernden. Ein Team von Heilkundigen kümmerte sich um ihn, er wurde regelmäßig gewogen und abgehört. Und sie analysierten auch seinen Urin … Die Resultate wurden jeden Abend feierlich vor einer schweigenden Menge verlesen. Meine Aufgabe war sehr einfach: Ich ging morgens zu ihm, nahm eine Probe von seinem Urin und brachte sie zum städtischen Labor. Ich wartete auf die Resultate, dann rannte ich zum Stab, wo die Klugscheißer daran waren, alle möglichen Pläne zu schmieden. Zu jener Zeit zweifelte niemand am unglücklichen Schicksal des edlen Edon; die Stimmung war voller Pathos und Tragik, jeder wollte ein Held sein, sogar ich. Ich war verarmt, obwohl das Geschlecht, aus dem ich abstamme, sehr alt ist und obwohl ich eine anständige Ausbildung vorzuweisen habe. Das Amt des Urinboten missfiel mir natürlich. Ich erinnere mich, ich bin jeden Morgen aufgebrochen, das noch warme Gefäß mit vor Scham gesenktem Haupt in Händen. Oh, wie sehr hasste ich ihn in diesem Augenblick, diesen edlen Hundesohn! Und er nahm mich noch nicht einmal wahr! Er holte lässig seinen schlaffen Schwanz aus der Hose und pinkelte in das Gefäß, während sein Blick sich in den Wolken verlor. Er machte sich nicht einmal die Mühe, ordentlich zu zielen! Hoffentlich würde er bald verrecken, das wünschte ich ihm aus vollem Herzen.

Mein Weg führte mich jeden Tag durch dieselben Straßen, so dass ich bald zu einer Berühmtheit in der Stadt geworden war. Aber wie groß war mein Erstaunen, als ich bemerkte, dass mir die Menschen mit Achtung und Respekt begegneten statt mit Gelächter und Häme. Ja, all die Gastwirte, Bäcker, Schnurmacher, Weinhändler und Stoffhändler, die auf meinem Weg lagen, spähten voll Bewunderung und Ehrfurcht aus ihren Läden, und die Passanten machten mir Platz. Sogar die schweren Pferdekarren verlangsamten ihre Fahrt vor meiner bescheidenen Person. Oft hefteten sich Trauben von Straßenkindern an meine Fersen und folgten mir die ganze Strecke bis zum Krankenhaus. Viele Menschen machten absichtlich einen Umweg, um diese ungewöhnliche Prozession zu sehen. Und die Tage reihten sich aneinander wie Perlen an einer Schnur, unbarmherzig heiß, klar und blau, wie die Tage eines Pestsommers. Schließlich der kritische vierzigste Tag, an dem alle das Schlimmste erwarteten. Aber nichts geschah: Edon pinkelte wie jeden Tag in sein Gefäß, und ich machte mich auf den Weg meines wachsenden Ruhms ... Dann trat eine beklemmende Stille ein. Der

Zustand des Hungernden veränderte sich nicht: Obwohl er bis zur Unkenntlichkeit abgemagert war, zeigte sein Organismus keine Anzeichen für irgendein Versagen. Die Analyse des Urins zeigte im Gegenteil das Bild einer bemerkenswerten inneren Ausgeglichenheit. Offensichtlich hatten die Götter ihre Finger im Spiel ...

Weitsichtige Interpreten der Geschichte haben mit Recht darauf hingewiesen, dass es Wunder sind, die den Untergang der Demokratie markieren. Die demokratische Einrichtung des Staates ist eine Frucht der Vernunft oder, genauer gesagt, des Glaubens an die Vernunft ... Wunder dagegen sind Zeugnisse für das Gegenteil. Aber damals wollten das nur wenige einsehen. Beide Parteien übertrafen sich darin, größtmöglichen Nutzen aus der Situation zu ziehen. Die Anhänger von Edon rühmten sich lautstark, dass die Götter ihre gerechte Sache unterstützten. Aus dem Lager des Präsidenten Maar hielt man dagegen, dass dieser Wink der Götter eher ein Zeichen der Missbilligung sei. Die einen behaupteten, dass der Hungernde sich mit seinem Selbstopfer den Heiligenschein aufgesetzt habe. Die anderen waren der Meinung, dass es keinen Heiligenschein gebe, weil es kein Selbstopfer gebe. Edon selbst hatte für diese unsinnige Diskussion nur Verachtung übrig, so als würde er sich immer weiter vom Chaos der Welt entfernen und sich in der Sphäre seiner moralischen Überlegenheit einschließen. Nur das Volk erfasste mit der ihm eigenen Intuition die dialektische Natur dieses Gegensatzes. Jetzt, da die hehre Idee der bürgerlichen Gesellschaft auf dem Platz triumphierte, war es mit noch mehr Vergnügen bereit, das Joch der Macht zu schleppen. Weil es keine gerechte Macht gab, jede Macht war lasterhaft und in ihrem Wesen unmoralisch, und die einfachen Leute hielten sich gleichsam instinktiv davon fern. Aufgrund meiner eigenen Lage fühlte ich mich dem Volk viel näher als der sogenannten Elite, ich teilte seine Einsichten. Der Verdacht ließ mich nicht los, dass zwischen Edon und Maar eine rätselhafte Abhängigkeit entstanden war, unbewusst, aber lebensnotwendig. Käfig und Schloss waren gleichsam in einer gigantischen unsichtbaren Acht miteinander verbunden, in der sich Macht und Moral überkreuzten, Schande und Tugend, die sich gegenseitig reinigten und auseinander Kraft schöpften. Ich hatte Angst, dies könnte ewig so bleiben ...

Nicht weniger als siebzig ganze Tage waren mittlerweile an der Gebetskette von Chronos abgezählt, ohne dass wir es merkten. Kühle Winde wehten die ersten gelben Blätter herbei. Die Fischmonate begannen. Auf den Märkten standen Händler mit Schnurrbärten und riesigen Körben, die von Aalen, Stockfischen, Makrelen, Meeräschen und anderen namenlosen Geschöpfen überquollen. Zwischen den silbrigen Körpern krochen dazu noch kleine Krebse herum. Auf den Balkonen hingen Ketten von trocknenden Fischen. Hunde schleiften Fischköpfe durch die Straßen. Der Geruch von Salz und Algen erfüllte die Stadt. Vor dem Gasthaus von Stavropoulos hatte man an einem Haken eine Sirene aufgehängt, die an den Ufern der Wolfsinsel ins Netz gegangen sein soll. Sie war dick und alt, die Spitze des Hakens ragte ihr aus der Nase, und der Schwanz schleifte auf dem Boden. In Massen versammelten sich die Leute vor dem Gasthaus, um ihre blassen, von Fliegen bedeckten Brüste zu bestaunen. Danach kochte Herr Stavropoulos sie mit viel Zwiebeln ... Warum erzähle ich all das? ... Nun ja, das Leben ging weiter. Die Leute widmeten sich ihren Geschäften. Sie zeugten Kinder. Verschiedene Turniere gingen über die Bühne. Der Ruhm der Politiker verwelkte schnell im Schatten der hohen Prinzipien, die die Sphäre des Politischen in Besitz genommen hatten. Die üblichen Spiele, Kompromisse und Koalitionen waren inzwischen überholt. Wo waren sie jetzt, diese gewieften und arroganten Demagogen? Verstoßen irrten sie herum, sie hängten sich an irgendwelche Gruppierungen an und versuchten, sie mit vagen Versprechungen zu locken. Aber die Leute wandten sich ab und gingen in verschiedene Richtungen davon. Keine Versprechungen, kein Programm, keine Losung und keine Parole konnten unsere Gesellschaft von diesem Zustand erlösen, der von den Göttern zur Lehre und als abschreckendes Beispiel verhängt worden war wie eine Strafe. Das politische Leben war erloschen. Und inmitten der Asche von Leidenschaften und Ambitionen ging ich meines Weges, der letzte und kleinste Diener der Geschichte, das ewig gleiche Gefäß in Händen ...

Gut erinnere ich mich noch an jene geheimnisvolle Geste, mit der mich der Weinhändler zu sich rief. Eine Weile zögerte ich, ob ich ihr folgen sollte, aber in seinem Blick lag so viel Flehen und Leid, dass ich nicht widerstehen konnte, und ich überschritt die Schwelle seines dämmrigen Ladens. Wir stiegen in den ersten Stock hinauf in ein dunkles Zimmerchen. Dort wartete ein seltsames Wesen, in einen schwarzen Schal gewickelt, mit bleichem, fast durchsichtigem Gesicht und einem unsteten Blick. Es war seine Tochter. Das Mädchen leide an Ohnmachtsanfällen und vertrage kein Sonnenlicht. Sie sei in Behandlung gewesen, sie hätten alles versucht – ohne Erfolg. Und da, es bleibe ihnen nur diese eine Hoffnung – der Urin des gottesfürchtigen Mannes, eine Wahrsagerin habe ihnen geraten, es damit zu versuchen … Seine Bitte brachte mich in Verlegenheit. Mir schien, es wäre nicht richtig, das zu tun. Andererseits sah ich ihr Leid, und mich kostete es schließlich nicht viel; ich musste ihn ja nicht trinken. Also zeigte ich mich nicht herzlos. Ich goss ein wenig von dem Urin in ein Glas und beobachtete, wie das Mädchen es trank, ohne dass sich der Ausdruck ihres maskenhaften Gesichts veränderte. Wir schwiegen, ohne den Blick von ihr abzuwenden, so als erwarteten wir eine augenblickliche Heilung. Dann brach ich auf. Beim Hinausgehen steckte mir der Weinhändler etwas in meine Tasche, und ich tat so, als hätte ich es nicht bemerkt.

So beginnt die Geschichte meines Aufstiegs. Am nächsten Tag hielt mich ein weiterer Unglücklicher mit der Bitte auf, ihm zu helfen, nach ihm ein zweiter, ein dritter … Am Ende waren in dem Gefäß nur noch ein paar Tropfen übrig, und meine Taschen waren voller Geldstücke. Mir wurde klar, dass ich mit der wertvollen Flüssigkeit sparsamer umgehen musste. Am selben Tag noch kaufte ich mir Schuhe, und endlich fühlte ich mich wie ein vollberechtigtes Mitglied der Gesellschaft. Doch in Wahrheit verachtete ich mich. Ich glaubte nicht an die heilenden Eigenschaften des Urins, selbst wenn die Quelle, aus der er stammte, maßgebend war. Und trotzdem, als ich dann jenes zierliche Mädchen vor der Badeanstalt traf, begann ich an meiner Skepsis zu zweifeln. Ich erinnere mich, wie sie sich mir mit Tränen und Rufen der Dankbarkeit zu Füßen warf. Sie war soeben aus dem heißen Wasser gestiegen, ihr Gesicht war leuchtendrot und glänzend feucht. Auf einmal erkannte ich in ihr jenes wächserne Geschöpf wieder, das in der finsteren Kammer dahinvegetierte. Innerhalb von zwei Tagen war es zu märchenhafter Schönheit aufgeblüht. Geheilt! Sie war vollkommen geheilt! Zumindest sah es so aus … Das Gerücht von dem Wunder verbreitete sich blitzschnell in der ganzen Stadt. Bald wurde ich von Bittstellern belagert. Zu meiner Überraschung waren bei weitem nicht alle krank oder verkrüppelt. Viele hatten es eilig, das Modeheilmittel zu probieren, nur für alle Fälle. Sie waren sogar geneigt, mich zu bestechen. Ich war also gezwungen, eine gewisse Ordnung einzuführen. Ich teilte die Wartenden in Gruppen ein, stellte Listen auf, führte ein strenges Limit ein – so viel zur Behandlung, so viel für die Forschung, so viel als Reserve. Meine Tätigkeit wurde komplizierter, ich war zu einer Institution geworden. Ich hatte das alles nicht geplant, zumindest nicht am Anfang. Diese unersättliche Menge der Wundergläubigen machte mir Angst. Ich bemühte mich, die Aufmerksamkeit von mir abzulenken, indem ich mich im Labyrinth der Bürokratie verbarg. Ich konnte die vor Neid verzerrten Gesichter meiner ehemaligen Herren sehen. Plötzlich war ich zu einem wichtigen Mann geworden.

Eines Tages kam ein Gesandter aus dem Schloss zu mir. Maar höchstpersönlich bestehe darauf, sich mit mir zu treffen. Ich hatte keine Ahnung, was er wollte. Ich fürchtete, man könnte mich vergiften, wie es in den höheren Kreisen üblich war. Ich betrachtete meine neuen Schuhe, die Hacken waren noch nicht einmal abgelaufen, und ich bemitleidete mich im Stillen … In der Hoffnung, den Herrscher gnädig zu stimmen, nahm ich ein Fläschchen mit. Ich trug es vor mir her wie ein Amulett, welches die Gefahr bannen sollte. Ich war zuvor noch nie im Schloss gewesen. Man bat mich in einen ovalen, dämmrigen Saal mit jeder Menge Nischen, aus denen mich die Marmorbüsten von Philosophen und Poeten mit leeren Augen anstarrten. Auf dem

Tisch stand eine riesige Schale mit Obst. Präsident Maar ließ nicht lange auf sich warten. Er schlich mit leichten, katzenhaften Schritten herein, die seinen heuchlerischen Charakter verrieten. Sein kleiner Körper war in einen groben Wollumhang gekleidet. Offenbar versuchte er, den Stoikern nachzueifern, was Respekt verdient hätte, wenn es wirklich aufrichtig gewesen wäre. Es folgte ein Austausch von förmlichen Liebenswürdigkeiten. Der Hausherr zeigte lebhaftes Interesse an meinem Gastgeschenk. Er entstöpselte das Fläschchen und roch daran. Voll Abscheu runzelte er die Stirn, dann starrte er im Schimmer eines einsamen Lichtstrahls, der durch die heruntergelassenen Vorhänge fiel, lang in die Flüssigkeit. Er fragte mich, ob sie tatsächlich heilkräftig sei, wie man sich erzählte. Ich antwortete unbestimmt – mal so, mal so. Ich selbst war nicht sicher. Ich hatte doch keine Ahnung, was im Körper des großen Einsiedlers vor sich ging. Ich sah, wie er Wasser trank, Tag für Tag, Liter für Liter. Wenig später rann das Wasser am anderen Ende wieder aus ihm heraus – leicht eingefärbt und angewärmt. Der Rest war ein Geheimnis. Ich stellte mir vor, wie das Wasser sich durch die verzweigten Kanäle seines Körpers bewegte und Teile seiner göttlichen Aura auswusch wie Goldsand. Leider hielt dieses poetische Bild einer medizinischen Analyse nicht stand. Die Chemiker konnten keinerlei ungewöhnliche Bestandteile entdecken. Die Konsistenz blieb unverändert – kein Bodensatz, kein Zucker, kein Eiweiß ... Gesunder, sauberer Urin. Das war alles. »Ja, die Wissenschaft ist machtlos, wenn sie sich einer Erscheinung von moralischer Qualität gegenübersieht«, seufzte Präsident Maar. Er trat ans Fenster und gab mir ein Zeichen, ihm zu folgen. Edon lag in seinem Käfig hingestreckt wie ein Reptil. Über seinem Kopf spazierte ein großer weißer Vogel umher und klopfte mit dem Schnabel gegen die Gitterstäbe. Eine Gruppe von Bürgern beobachtete den Hungernden voller Respekt und Ehrfurcht. »Ich bewundere ihn nicht weniger«, sagte Maar mit verschwörerischer Stimme. »Ich will nicht, dass es aufhört. Endlich herrscht Harmonie in unserer Gesellschaft. Das Gewissen der Bürger ist ruhig, die Verwaltung funktioniert besser als je zuvor ...« – »Es gibt keine Garantie, dass das so weitergeht«, wandte ich vorsichtig ein. »Ich weiß«, entgegnete er, »aber sehen Sie einen anderen Ausweg?« Ich musste ihm Recht geben, auch ich sah keinen anderen Ausweg. Dann fragte er mich, ob ich etwas brauchte. Ich sagte ihm, dass ich keinen Platz hatte, um Reserven anzulegen. »Das ist ein ernsthaftes Problem«, nickte er und versprach, sich darum zu kümmern.

Mit dem Bau des Speichers wurde noch vor dem Winter begonnen. Ich hatte bereits einige Helfer, die vor dem Käfig Dienst taten. Ich wollte nicht einen Tropfen verlieren. Wie immer legte Edon unseren Bemühungen gegenüber eine bemerkenswerte Gleichgültigkeit an den Tag. Menschen kamen von weit her, schrieben sich in Listen ein und warteten demütig. Das alles beunruhigte ihn überhaupt nicht. Er beharrte vor allem nicht auf seinem Eigentumsrecht. So vergingen ganze drei Jahre. Der Speicher füllte sich stetig und etablierte sich als mächtigste Institution des Landes. Ich war sein Oberpriester. Ich begann, besondere Kleidung zu tragen – eine lange rote Tunika, auf deren Brust eine goldene Sonne aufgestickt war. Ich erhielt Privilegien. Ich wurde rundlicher. Und siehe da, es kam die Zeit für Neuwahlen. Doch es sollte keine Wahlen geben. Man sagte, dass Präsident Maar von höchster Stelle in seinem Regierungsamt bestätigt sei ... Natürlich begehrten die Aristokraten insgeheim auf, doch das Volk blieb untätig. Edon selbst zeigte kein besonderes Interesse für das Schicksal der Demokratie; er starrte weiterhin in die lockenden Tiefen des Fastens, aus denen Glück und Ruhe hervorströmten.

Wenn ich die Lage während der folgenden zwanzig Jahre auf den Punkt bringen soll, würde ich sagen, es war verhältnismäßig gut, alles in allem, eine absolute Alleinherrschaft. Macht und Moral blieben getrennt, was die Tyrannei erträglicher machte. Der Staat funktionierte, ohne dass er versuchte, die Seelen seiner Bürger zu retten. Die Moral suchte nicht den Schutz der Macht, um die Menschen im Zwang zu erziehen. In diesem Sinne waren die Verhältnisse absolut klar. Man zahlt Steuern und bekommt Straßen. Man trinkt Urin und erhält Segen. Wie Präsident Maar immer wieder betonte: Das ist die goldene Formel für soziale Harmonie. Er machte sich wohl kaum bewusst, wie fragil diese Harmonie war. Ich denke, er hatte es einfach vergessen. Deshalb fühlte er sich auch so hilflos, als Edon plötzlich erklärte, er würde mit dem Hungern aufhören. Er hatte doch so viele Jahre auf diesen Menschen vertraut! Und jetzt? Er habe Hunger, sagte er. »Ich bin hungrig.« Meiner Ansicht nach lag darin eine subtile Form der Rache ... Während all dieser Jahre war er weit weg von uns. Wahrscheinlich hatte er in Gesellschaft der Götter und ihrer Mätressen geschmaust. Er hatte darauf gewartet, bis wir uns an das Wunder gewöhnt hatten. Dass wir uns in Sicherheit wiegen. Und dann ist er zurückgekehrt ... Um mit einem einzigen Streich den Kult zu vernichten. Unseren Kult. Ich weiß nicht, nichts ist mehr wie zuvor: Der Hungernde hungert nicht, der Herrscher herrscht nicht. Der Appetit der Massen kehrt zurück, das

Chaos zieht herauf. Eines ist sicher – mich braucht hier keiner mehr. Deshalb gehe ich fort …

Eine Weile sprach niemand ein Wort. Das Feuer hatte sich in einen riesigen Haufen schwelender Knochen verwandelt. Auf den Wänden tanzte rötlicher Widerschein. Die Hälfte der Männer war eingeschlafen, manche umklammerten noch ihre halbleeren Weinschläuche. Ilija schnarchte auf dem Rücken, den Guerilla neben ihm brüderlich umarmt. Ernesto hob den Blick von den Kohlen und starrte Grom an.

– Deine Erzählung hat mich tief beeindruckt, sagte er. – Jetzt weiß ich, dass ich auf dem richtigen Weg bin. Passiver Widerstand ist kein Mittel gegen die Macht der Tyrannen. Nur der bewaffnete Kampf kann den unheilvollen Knoten von Ignoranz, Aberglaube und Apathie durchschlagen. Hört ihr, meine Gefährten!, rief der junge Kommandant mit leuchtenden Augen. – Zu welchen Ungeheuerlichkeiten der Opportunismus der Intelligenzija führt!!!

Einige Männer gähnten schläfrig. Sichtlich gereizt sprang Ernesto Guevara auf und trat seine schlafenden Genossen.

– Auf! Bewegt eure Ärsche!

Die Männer erhoben sich schnaufend und rieben sich die geschwollenen Augen.

– Was gibt's? Was ist los?

– Wir machen Revolution, sagte Ernesto ungeduldig. – Die Zeit ist reif!

– Wo? Wo? – Die anderen spitzten die Ohren.

– Ihr werdet schon sehen. Es ist ein Land, wo schreckliches Durcheinander herrscht, und die Massen sind bereit, sich zu erheben! Ist es nicht so, mein Freund?, wandte er sich an Grom.

– O ja! So ist es!, bestätigte der Hüter. – Sie können es kaum erwarten.

– Hört ihr?, rief Ernesto. – Los! An die Macht!

Die Männer machten sich freudig an ihren Waffen zu schaffen.

– Grom, du bist frei, sagte der Kommandant. – Das Geld wird zum Wohle der Revolution konfisziert. Hadere nicht, du wirst neues Geld verdienen – die Medizin bietet unbegrenzte Möglichkeiten. Gute Reise!

– Aaaaah! Ich werde Guerilla! erschallte es über ihren Köpfen.

Ilija, der treue Diener, war auf einen Felsen gestiegen und fuchtelte mit einem langen alten Gewehr herum. Sein Haar flog wild in alle Richtungen. Stürmischer Beifall antwortete ihm.

– Gratuliere, murmelte Grom.

Man sagte ihm, er solle bis hundert zählen, bevor er die Augenbinde abnahm ... Ihre Schritte verloren sich allmählich in dem Rauschen der Blätter. Er war vollkommen allein. Zu seinen Füßen lag eine Tasche mit Proviant. In seiner Hand hielt er einen schweren Stock. Der morgendliche Wind strich ihm ums Gesicht. Er befand sich am Ende des Waldes. Die alte Römerstraße schnitt durch die Hügel, die vor ihm lagen. Grom warf sich die Tasche über die Schulter und schritt voran. Auf ins gelobte Land der Tyrannen!

BERICHT ABGELIEFERT

Zu jener Zeit war ich stolz, bei der Staatssicherheit zu arbeiten, auch wenn mein Posten völlig unbedeutend war. Morgens, so gegen neun, machte ich eine Runde durch die Büros, sammelte die Berichte ein und lieferte sie im Empfangszimmer ab. Nachmittags, so gegen fünf, machte ich erneut eine Runde, um die verbrauchten Farbbänder der Schreibmaschinen zu wechseln und neues Papier einzuspannen. Ich fuhr mit einem Elektrowägelchen den Korridor entlang: Es machte mir Spaß, auf dem glatten Mosaikfußboden ordentlich Gas zu geben und die kleinen dicken Reifen in den Kurven zum Quietschen zu bringen. Das war alles.

Tagsüber hielten sich in dem ganzen riesigen Gebäude der Staatssicherheit nicht mehr als drei Personen auf: Der Pförtner, Ani und ich. Es war ein wenig bedrückend, aber dafür hatten wir beim Arbeiten unsere Ruhe. Der Pförtner verließ nur selten sein Glashäuschen neben dem Eingang – ein finsterer Typ in einer grauen Uniformjacke ohne besondere Kennzeichen. Seine Anwesenheit war eher eine Formalität, denn das Sensorsystem am Eingang überprüfte sorgfältig den Abdruck meiner Handfläche, bevor es mich passieren ließ. Der Pförtner ging abends gegen acht, schloß die Tür ab und legte eine dicke, rostige Kette vor. Ich hatte mir ausgerechnet, dass er täglich mehr als zwölf Stunden in seinem Kabuff verbrachte. Wann aß er? Wann machte er Pause? Vielleicht handelte es sich ja auch um zwei Personen, die sich einfach ähnelten? Manchmal dachte ich dasselbe über mich und Ani ... Ani hätte als echte Schönheit durchgehen können, wäre da nicht ihr leerer, unsteter Blick gewesen. Sie war groß, schlank, blond ... Für ihre Tätigkeit allerdings wurden ganz andere Qualitäten geschätzt. Sie war blind. Und sie hatte die längste Zunge, die man sich vorstellen kann. Manchmal glitt sie aus ihrem Mund und hing ihr übers Kinn, rosig, Speichel glänzend. Ani kam morgens gegen sieben, ganze zwei Stunden vor mir, und begann ihre Runde durch die Zimmer, wobei sie sich an den Wänden entlang tastete. In der Mitte jedes Büros stand ein kleiner Schreibtisch mit einer Schreibmaschine – die beschriebenen Blätter lagen rechts, die leeren links. Anis Aufgabe war es, die beschriebenen Blätter in einen großen gelben Umschlag zu geben. Dann war ihre saftige Zunge dran. Klatsch! Das war nötig, damit nicht jemand von den Angestellten in Versuchung geriet, einen Blick auf die Berichte zu werfen. Und Ani hätte gar nicht erst gekonnt, selbst wenn sie gewollt hätte. Einmal fragte ich sie: – Sag mal, Ani, bist du es nicht leid, Umschläge abzulecken?

Sie lächelte, dann holte sie eine Schachtel mit Dragées aus ihrem Kittel – so kleine, in Blau. Ich probierte eines davon – es war so sauer, dass sich mein Mund sofort mit dichtem, klebrigem Speichel füllte.

Ani war eine mustergültige Angestellte, doch selbst die größten Profis sind nicht gegen Fehler gefeit. Eines Morgens, ich war gerade dabei, meinen üblichen Pflichten nachzugehen, da stieß ich auf etwas Entsetzliches! Ein Blatt Papier auf dem Fußboden. Ein fallengelassenes Blatt! Eine Weile starrte ich das weiße Stück Papier an, durch das die schwarzen Zeilen auf der Rückseite hindurchschimmerten. Dann hob ich es vorsichtig auf. Es bestand kein Zweifel – es war Teil eines Berichts. Ani musste das Blatt, ohne es zu merken, fallen gelassen haben, eine andere Erklärung fand ich nicht. Ich spürte ein Brennen auf meinen Fingern – dies waren Geheiminformationen. Strengstens geheim! Mein Blick blieb an dem großen gelben Umschlag mit der Nummer des operativen Mitarbeiters hängen. Mir kam der Gedanke, ihn zu öffnen und das Blatt einfach hineinzustecken. Doch dann wurde mir klar, das wäre ein noch größeres Vergehen gewesen ... Ich hätte das Blatt zerknüllen und irgendwo draußen in einen Mülleimer werfen können. Aber der, für den der Bericht bestimmt war, würde wahrscheinlich bemerken, dass eine Seite fehlte. Man würde eine Untersuchung einleiten – wie, wann und wo war das Blatt verloren gegangen. Und früher oder später würden sie bei uns landen: Ani war von Geburt an blind, also wäre ich der einzige, der daran ein Interesse haben könnte. Ani hatte es fallen lassen, aber ich hatte es gestohlen! Sie würde man entlassen, mich würde man vor Gericht stellen! ... Man würde mich zerquetschen wie eine Laus! Schon die Tatsache, dass ich eine ganze Seite mit Geheiminformationen gelesen hatte – denn niemand würde mir glauben, dass ich es nicht getan hatte –, wäre dafür Grund genug.

Diese bedrückende Vorstellung ließ mich den ganzen Tag über nicht los. Ich konnte dieses verfluchte Blatt nicht wegwerfen, aber noch weniger konnte ich es behalten. Ich wusste nicht, wo ich es hätte abgeben sollen. Für mich war es immer ein Mysterium gewesen, wer diese Berichte abfaßte. Und wann? Ich vermutete, die operativen Mitarbeiter kamen erst spätabends, nach Mitternacht, denn tagsüber waren sie bestimmt damit beschäftigt, Feinde zu überwachen. Das schien mir die einzig mögliche Erklärung zu sein. Ich stellte mir vor, wie nachts Leben in das Gebäude kam. Die Schreibmaschinen ratterten, geschäftige Männer liefen eilig die Flure auf und ab ... Plötzlich kam mir eine rettende Idee. Ich würde das Blatt dem operativen Mitarbeiter bringen, aus dessen Bericht es herausgefallen war! Ich würde es ihm persönlich übergeben und ihm den Vorfall erklären. Obwohl es ausdrücklich verboten war, dass sich jemand vom Personal nach acht im Gebäude aufhielt, schien mir das die akzeptabelste Lösung zu sein. Darüber hinaus hatte ich einen objektiven Grund. Vielleicht bekäme ich eine Belobigung? Vielleicht war sogar eine Beförderung drin?

Die roten Bremslichter des Elektrowägelchens tauchten den Korridor in ein Licht, als würde es brennen. Am Ende des Flurs hing ein riesiger fünfzackiger Stern aus geschmiedetem Kupfer. Ich befand mich im fünften Stock vor der Tür des Büros, in dem ich das heruntergefallene Blatt gefunden hatte. Es war zehn Uhr vorbei. Das Gebäude war menschenleer. Zwischen den kalten Betonwänden lastete eine dumpfe Stille. Ich hatte Angst. Ich dachte daran wegzulaufen. Doch ich blieb, fasziniert von der Stille und dem Halbdunkel, fixiert von den roten Augen des Elektrowägelchens. Ich lauschte. Ich erwartete, dass die eiligen Schritte der operativen Mitarbeiter jeden Augenblick durch die leeren Korridore hallen würden. Doch niemand kam. Die Minuten flossen langsam dahin. Die Stille wurde immer dichter. Vielleicht hatten sie heute ihren freien Tag? ... Plötzlich war da ein schneidendes, kratzendes Geräusch, das mir das Blut in den Adern gefrieren ließ. Die finstere Silhouette des fünfzackigen Sterns am Ende des Korridors begann, sich zu bewegen. Er drehte sich träge, bis der Stern auf dem Kopf stand. Erneut wurde es still. Aber jetzt war nichts mehr wie vorher. Ich spürte, wie eine unsichtbare kalte Strahlung jede Pore meiner Haut durchdrang. Der Stern erinnerte jetzt an einen schrecklichen Schädel, zwischen dessen beiden dicken Hörnern sich eine dunkle Macht konzentrierte. Es verging noch eine Weile in angespannter Erwartung, als hinter der nahen Tür endlich das Rattern einer Schreibmaschine zu hören war. Er musste sich eingeschlichen haben, ohne dass ich es bemerkt hatte! Ich hielt mein Ohr ans Schlüsselloch: Die Schreibmaschine ratterte wie ein Maschinengewehr. Ich nahm all meinen Mut zusammen und klopfte. Aber niemand antwortete, von drinnen war nur das Klappern der Tasten zu hören. Bestimmt konnte er nichts hören, während er tippte. Es war mir peinlich, dass ich seinen Arbeitsrhythmus stören würde. Dennoch drückte ich die Türklinke. Ich trat ein ... Das enge Büro war in bläuliches Licht getaucht, das von einer Leuchtdiode kam. Ich hob gerade dazu an, eine Entschuldigung zu stammeln, als mir bewusst wurde, dass niemand hinter dem Schreibtisch saß. Das Zimmer war leer! Doch die Schreibmaschine tippte trotzdem mit rasender Geschwindigkeit; die Tasten hüpften auf und ab, der Schlitten sauste hin und her, der Tabulator klingelte stählern am Ende jeder Zeile. Ich hatte keine Ahnung, wie ich wieder nach draußen gelangt war. Meine Zähne klapperten. Ein rasendes Trommelfeuer von dutzenden, hunderten Schreibmaschinen nahm mich in Empfang. Am Ende des Korridors tauchte die unheimliche Silhouette des Kopf stehenden Sterns wieder auf. Verzweifelt stürzte ich zur nächsten Tür: Das Zimmer war leer, doch die Maschine nagte gierig am Papier. Im nächsten Büro – dasselbe. Ich irrte über den Korridor, wahllos öffnete ich Türen. Die eifrigen Maschinen tippten und tippten. Die

Tasten trommelten auf das Papier, sie trommelten auf meinen Kopf. Die Türen standen weit offen, aber in den Zimmern war keine Menschenseele, nur das gespenstische Leuchten der Neonlampen. Ich musste von hier weg. Um jeden Preis! Ich rannte zum Aufzug und stach meinen Finger in den nachgebenden Knopf.

Die Metalltür öffnete sich lautlos. In der hell erleuchteten Kabine stand ein Riese von einem Mann. Er musste zwei Meter groß sein und trug eine prachtvolle bläuliche Uniformjacke mit glänzenden Schulterklappen. Tief in die Stirn gezogen trug er eine Schirmmütze mit einem rubinroten fünfzackigen Stern, der auf dem Kopf stand.

– Was hast du hier zu suchen, mein Junge, um diese Zeit?

Seine Stimme klang weder erstaunt noch verärgert. Eine ruhige, ein wenig dumpfe Stimme, ausdruckslos.

– Genosse General, stammelte ich und begann konfus in meinen Taschen zu wühlen, – ich habe ein Blatt gefunden und möchte es abgeben.

Ich konnte den Blick nicht von seinem Gesicht abwenden: Der Kiefer, die Nase und die Wangenknochen waren mit einem weichen rostroten Fell bewachsen. Seine Augen waren nicht zu sehen. Endlich hatte ich das Blatt gefunden, zitternd reichte ich es ihm. Aber er interessierte sich gar nicht dafür. Er sah aus wie ein Mensch, der alles wusste.

– Komm mit!, sagte er.

Ich trat in die Kabine. Der Aufzug brachte uns in die oberste Etage. Eine Wendeltreppe aus Metall führte aufs Dach. Dort oben ging ein kalter Wind, und der Himmel hatte eine schmutzige, ziegelrote Färbung. Die Wolken bewegten sich rätselhaft, als würde jemand ein gigantisches Puzzle legen. Auf dem Flachdach glänzten dort und da trübe einige längliche nasse Flecken. Die Stadt war dunkel, nur die Straßenlaternen bildeten ein flackerndes bläuliches Netz. Das Rattern der Schreibmaschinen hallte fern durch die Nacht, wie das Echo eines heftigen Regengusses.

– Mein Junge, du hast gegen die Vorschriften verstoßen, wandte sich der General an mich, – trotz deiner Beweggründe ...

Ich klammerte mich an die Seite des Berichts, sie war meine einzige Rechtfertigung.

– Außerdem warst du in Kontakt mit streng geheimen Informationen, fügte er hinzu. – Was soll ich denn jetzt mit dir machen?

Mir liefen eisige Schauer über den Rücken. Ich erwartete mein Urteil ... Der General schwieg, seine riesenhafte Gestalt erhob sich drohend über mir.

– Was bleibt mir anderes übrig, als dich zu befördern? Trotz allem, du bist kein schlechter Kerl.

Ich spürte, wie meine Knie weich wurden. Eine Beförderung, ich konnte es nicht fassen, und doch hatte er es gesagt: Du bist kein schlechter Kerl, was bleibt mir anderes übrig? Also? ...

– Wirst du mir treu ergeben sein?, fragte er streng.

– Ja!, antwortete ich erregt.

– Und wirst du tun, was man dir sagt?

– Ja, ja!, wiederholte ich dümmlich.

– Dann unterschreibe hier, sagte er energisch, wobei er ein in Leder gebundenes Notizbuch aus seiner Gesäßtasche zog.

Er packte meine Hand und hob sie an seinen Mund. Ich spürte seine Zähne, die sich wie spitze Nadeln in meinen Zeigefinger bohrten. Ein höllischer Schmerz durchfuhr mich. Die Zähne zerrissen die Haut, das Fleisch und drangen bis auf den Knochen. Er hatte Blut auf seinen dünnen Lippen. Dann presste er meinen blutenden Finger auf das Papier. Ich kritzelte irgendeine Hieroglyphe ...

– Gratuliere!, beglückwünschte er mich. – Von heute an bist du Auge und Ohr des Staates. Abends kommst du her und schreibst Berichte darüber, was du gesehen und gehört hast. Du wirst dein eigenes Büro und deine eigene Schreibmaschine haben.

Ich sah ihn verständnislos an, schaudernd vor Schmerz und Entsetzen.

– Freust du dich denn nicht?, fragte er.

Der General lächelte, seine dünnen, spitzen Zähne waren mit gelblichem Schimmel bedeckt. Ein schwerer, stinkender Atem schlug mir entgegen. Plötzlich streckte er seine Pranken aus, packte mich um die Taille und hob mich über seinen Kopf. Ich ruderte mit Armen und Beinen wie ein hilfloses Insekt. Für einen Augenblick durchbohrten mich die flammenden, purpurroten Blitze seiner Augen. Die Borsten in seinem Gesicht sträubten sich. Er ging mit großen Schritten auf den Rand des Daches zu und schleuderte mich mit enormer Kraft in den Abgrund.

Noch bevor ich auf dem Zementboden aufschlug, war ich vor Angst gestorben. Ich schlüpfte aus meinem Körper, der wie ein Stein zu Boden fiel. Ich war leicht und wendig. Wie ein Nachtfalter kreiste ich um die Straßenlaternen. Noch war ich einigermaßen verwirrt. Doch schon bald stellte ich fest, dass ich nicht allein war. Wir waren viele! Und meine Genossen halfen mir, mich in der neuen Situation zurechtzufinden und mich an die ungewohnte Lage zu gewöhnen. Inzwischen bin ich einer von ihnen. Ich schlüpfe durch

Wände, setze mich an die Tische der Leute und höre zu, worüber sie reden. Oder ich verstecke mich in Telefonhörern. Manchmal lasse ich mich auch auf der Schulter eines Menschen nieder, der mich dann den ganzen Tag mit sich herumträgt, ohne es zu merken. Ich trenne mich weder auf dem Klo noch im Bett von ihm. Ich bin wachsam ... Und spätnachts, wenn ich den Ruf des umgedrehten Sterns höre, fliege ich zusammen mit allen anderen zu dem riesigen Gebäude im Zentrum der Stadt. Dort ist mein Büro. Die Schreibmaschine erwartet mich, die Hilfskraft hat bereits ein neues, blütenweißes Blatt eingespannt. Der Bericht braucht nur noch getippt zu werden.

– Verzeihung, Nummer 33?

– Dritte Querstraße, das dritte Haus.

Ganz genau, das ist er also – alles in Ordnung. Die weißen Schnürsenkel in den schwarzen Schuhen, die Zeitung mit der umgeknickten rechten Ecke schaut zu zwei Dritteln aus der linken Tasche hervor, das ist Stierers Mann.

– Nennen Sie mich Max, nickt er mir zu.

– Sagen Sie Alex zu mir.

Die Namen sind fiktiv. Die Umgebung ist ruhig: Himmel, Häuser, Kopfsteinpflaster, parkende Autos ... und Leute vor dem Supermarkt – obwohl, was für Leute sind das? Richtige Menschen haben immer etwas im Sinn, sie bleiben nie lange an einem Ort stehen, und wenn sie einkaufen, dann tun sie es nicht so offenkundig. Richtige Menschen lauern verborgen mit einer Antenne unter einem Kanaldeckel oder in einem Mülleimer, wenn es sein muss sogar in einem Blumentopf.

– Ich werde jetzt in den ersten Eingang hineingehen, erklärt Max vorsichtig. Folgen Sie mir, sobald Sie sich davon überzeugt haben, dass die Luft rein ist.

Er scheint Erfahrung zu haben, obwohl er erst seit Kurzem bei uns ist. Ich schaue mich um und verschwinde in dem angewiesenen Eingang. Ich reiche ihm das Feuerzeug, um die Patrone ist eine sympathetische Folie gewickelt, die eine kodierte Information enthält. Der Entwickler ist in der Patrone des Feuerzeugs versteckt.

– Ich erwarte Instruktionen, flüstere ich diensteifrig.

– Sie werden sie mit einem Brief von Ihrer Tante bekommen, wie üblich auf der Rückseite der Briefmarke. Ich gehe jetzt, warten Sie ein bisschen, bevor Sie nach mir hinausgehen.

Max wird sich mit Stierer treffen, vielleicht wieder auf der Straße, vielleicht in einem Hauseingang – er wird ihm das Feuerzeug übergeben und von der Bildfläche verschwinden, bis er wieder gerufen wird. Stierers Aufgabe wird es sein, die Information zu unserem geheimen Laboratorium zu bringen und sie Peter zu übergeben. Eine diskrete Operation, von der nur wenige wissen, außer Stierer, dem Chef und Judy. Wer ist Judy? Ganz einfach, Judy ist der zweite Kanal. Sie lebt mit Peter zusammen, auch wenn niemand ahnt, wie hörig sie dem Chef ist – wahrscheinlich eine ehemalige Geliebte.

Und ich, ich gehe nach Hause. Ich lebe allein, halblegal – offiziell bin ich an einer nicht existierenden Adresse gemeldet. Ich nehme die schwarze Perücke ab, entferne den künstlichen Schnauzer. Zum Glück habe ich eine unauffällige Figur, dünn, mit verschwimmenden Konturen, und füge mich überall gut ein. Oft kommt es mir vor, als würde ich kein Gesicht mehr haben, wenn ich den Schnauzer oder den Bart abnehme.

Stierer ist zum geheimen Laboratorium unterwegs. Es befindet sich im Zentrum, um dorthin zu gelangen, braucht man kein Fortbewegungsmittel. Trotzdem wird er nach Vorschrift mit der Autobuslinie 904 bis zu den Wohnkomplexen am Rande der Stadt fahren, von dort mit der U-Bahn zum Hauptbahnhof und noch einmal mit dem Autobus, der Linie 104, zum Stadtpark, dann zu Fuß – so wird er, falls notwendig, eventuelle Verfolger abschütteln.

Das Gebäude ist vierstöckig, von außen, aber das ist nur die Fassade – es gibt noch zwei weitere Etagen, von denen niemand etwas ahnt. Auch Stierer nicht. Einmal lang und zweimal kurz läuten, das ist das verabredete Signal – Judy wird öffnen. Parole: »Doktor Kubrick?« – Stierer. »Es tut mir leid, eine Familie von Adventisten des siebten Tages« – Judy. In der Zwischenzeit wird sie den Behälter mit der Information in ihrem Dekolleté verschwinden lassen, wird warten, dass er zwei Etagen nach unten geht und vorsichtig die Tür schließen. Judy wird sich zu dem großen Venezianischen Spiegel im Wohnzimmer begeben, wird mit den Fingernägeln leicht über das Glas kratzen. Peter wird die Geheimtür einen Spalt weit öffnen, und sie wird zu ihm hineinschlüpfen. Nach einer halben Stunde zirka wird die Information in einer allgemein zugänglichen Form vorliegen, er wird ins Bad gehen, um sich die Hände zu waschen. Währenddessen wird Judy das Material kopieren. Nur dass Peter nicht von gestern ist – er gehört zu denen, die noch ganz am Anfang angeworben wurden. Er könnte Judy misstrauen, wenn er bemerkt, wie sie um seinen Arbeitstisch herumschleicht. Und damit der ganze Plan doppelt abgesichert ist, damit nicht auch nur der Hauch eines Verdachts bei Peter entsteht, wird sie mit ihm schlafen ...

Dann werden sie sich wieder anziehen. Stopp! Laut Vorschrift müssen sie es angezogen tun – Fallen und Hinterhalte lauern auf Schritt und Tritt, man darf sich nicht überrumpeln lassen. Ich ziehe meinen Notizblock hervor und schreibe in die Kontrollrubrik: »Information – halten die Mitarbeiter die normativen Verordnungen unter Punkt drei des Statuts ein: Arten von Sex, Überbau auf konspirativer Basis. Informant I.D. 333a.« All das kodiere ich mit folgendem Text: »Veilchen mögen keine starke Sonneneinstrahlung.«

Es ist höchste Zeit, dass Peter mit Judy fertig wird – wie attraktiv sie auch sein mag. Schließlich ist auch der Chef selbst im Interesse der Sache so vorgegangen. Es wird Zeit, dass er Mike anruft, um ein Treffen innerhalb der nächsten zwei Stunden zu verabreden. Sie werden wie zwei einander völlig Fremde bis zur letzten Haltestelle der Linie 303 fahren, wo sie die Information austauschen werden. Währenddessen wird Judy die Wohnung verlassen und zu Block 33 gehen, nur drei Querstraßen von hier, sie wird die Negative in den Briefkasten von Wohnung 23 werfen und nach Hause zurückkehren. Nur zehn Minuten nach Judy wird Mike im Eingang des gleichen Blocks auftauchen, mit dem Unterschied, dass er die Information im Briefkasten von Dr. Zach deponieren wird. Dann wird er den Chef anrufen ...

Moment, es klingelt.

– Hallo, ist da die Vertretung von Kodak? – Das ist die Parole.

– Sie haben sich verwählt, ich lege auf.

Alles in Ordnung: Ich muss nur noch holen, was mich in den Briefkästen von Block 33 erwartet, ein Kinderspiel. Es ist wohl kaum nötig zu erklären, dass ich der Chef bin, das A und O der Organisation. *Ich* habe mir das ganze Spiel ausgedacht. Ich werde hingehen und mir die Information holen, obwohl ich genau weiß, worum es geht: der Alltag von Bürger 03, sein Verhalten, seine Einkünfte, Leute, die ihm nahe stehen, Freunde, Verabredungen, Gespräche, seine Post, ja, sogar seine Gedanken. Die Verwirrung ist berechtigt – Briefe, Gespräche, wie dem auch sei, aber seine Gedanken?

Ganz einfach, ich selbst bin Bürger 03. Ja, ich.

Die Idee, mich selbst auszuspionieren, kam mir ganz plötzlich, vor einem Jahr, einige Wochen nachdem sie mich pensioniert hatten. Damals schöpfte ich das erste Mal Verdacht gegen mich, wegen meiner ... meiner Zuverlässigkeit. Das mag lächerlich klingen, aber für einen ehemaligen Ausbilder der Spezialabteilung stehen die Dinge ein bisschen anders. Der Feind erscheint im feindlichen Lager nie als Feind. Im Gegenteil, er nutzt die schlauesten Vorwände und die besten Empfehlungen. Wie das Sprichwort sagt: »Ein großer Heiliger ist auch Gott nicht lieb«, so gibt es nichts Verdächtigeres als Zuverlässigkeit. Ich begann, in meiner Biographie zu wühlen, meine Worte aufzuzeichnen, meine Gedanken zu erforschen. Und schon stieß ich auf seltsame Details, ungeklärte Umstände – all das würde einem Uneingeweihten lächerlich und unbedeutend vorkommen, aber für mich waren das die Stationen einer Entwicklung, an deren Ende Verrat stand. Ich schwor mir, diesen niederträchtigen Typen zu enttarnen, bevor es dazu kam! Zu diesem Zweck verwende ich meine ganze Pension, ich habe sogar die Villa, die ich von meiner Tante geerbt habe, mit einer Million belehnt.

Da ist etwas, was mich in letzter Zeit beunruhigt: Alex weiß zu viel, er weiß soviel wie der Chef! Sie werden sagen, der Chef und Alex sind eine Person, nicht wahr? Aber wo positionieren Sie jenen Alptraum 03? Seine Nähe zu Alex ist mehr als verdächtig. Es würde mich nicht wundern, wenn er längst angeworben worden wäre und alles wüsste. Alles! Das darf natürlich nicht sein – wer ist denn schließlich hier der Chef?

Ich greife zum Telefon.

– Hallo, Mike!

– Ich höre, Chef!

– Morgen um drei unter der Uhr am Hauptbahnhof wird ein Mann stehen, an der rechten Hand wird er einen gelben Handschuh mit abgerissenem Daumen tragen. Sie werden ihn leicht erkennen: mittelgroß, rötlicher Bart und Hut, ein Schlapphut.

– Ja, Chef.

– Diese Person ... Sie müssen diese Person liquidieren.

– Verstanden, Chef, liquidieren!

KEINE LEICHTE BEICHTE

... irgendwas war heute anders im Klub. Seltsam. Es herrschte Durcheinander. Die Stühle waren verrückt, auf dem Parkett waren Spuren von Dreck zu sehen, die Portraits an den Wänden waren verschwunden. So als wäre ein Sturm über den Saal hinweggezogen. Geodon untersuchte misstrauisch die Reste von Nahrung, die auf dem Sitzungstisch verstreut lagen, die leeren Flaschen, die Zigarettenkippen ... Wer hatte hier gewütet? Was? Es war kühl. Er fühlte sich unsicher. Der Saal erschien ihm plötzlich riesig. An seinem Ende stand einsam eine enge, kleine Kabine aus rotem Stoff. Er steuerte schnell auf sie zu, so als suchte er einen Unterschlupf, um sich vor der Unordnung, die um ihn herum herrschte, in Sicherheit zu bringen. Das Parkett quietschte traurig.

Die kleine Kabine war in der Mitte abgeteilt. An der Wand stand ein hoher, grober Hocker. Geodon setzte sich und näherte sein Gesicht dem kleinen vergitterten Fensterchen, das in die Sperrholzwand eingelassen war.

– Genosse, flüsterte er schüchtern, ich bin da.

Er erwartete keine Antwort, und doch wartete er eine Minute, bevor er mit seiner langen, schwierigen Beichte begann. Was für eine alptraumhafte Woche! Die Leute waren geradezu verrückt geworden. So viele leichtfertige und böswillige Worte. So viele nicht durchdachte und gefährliche Taten! Mein Gott, was für ein Müll überall ... Warum, warum waren die Leute nur so böse und heuchlerisch und hatten dann nicht den Mut, vor dem barmherzigen Beamten zu erscheinen und ihm von ihren Worten und Taten zu erzählen, ihm ihre geheimen lästerlichen Absichten zu offenbaren? Er zweifelte nicht daran, dass es sie erleichtern würde. Aber sie zogen es vor (offenbar war das die Natur der Sünder), sich in ihren Rattenlöchern zu verstecken, sich heimlich zu versammeln, zu später Stunde, und zu lästern, während sie sich ängstlich umblickten. Alles das zu lästern, auf das die Welt sich stützte. Zu lästern. Immer nur zu lästern.

Aber es gibt sie, ja, es gibt eine Vorsehung, die über den Menschen wacht und ihn vor dem Untergang bewahrt. Und siehe da, er, Geodon, war ein Teil von ihr geworden, hatte aus freien Stücken das Kreuz auf sich genommen, fremde Sünden zu beichten. Schon seit zwanzig Jahren. Jeden Sonntag. Sein Gehirn hatte sich in ein Tonbandgerät verwandelt – sein Gedächtnis hielt jedes fallengelassene Wort fest, jede zufällige Geste. Manchmal kam es ihm so vor, als erinnerte er sich an viel zu viele Dinge, auf den ersten Blick harmlose, nutzlose und unbedeutende Dinge – Informationen, die der Beamte zurückweisen konnte. Aber das war nie geschehen. Im Gegenteil, der Mann auf der anderen Seite des Fensterchens war unersättlich. Immer wollte er alles wissen, immer mehr und noch mehr. Er stellte Fragen. Er löffelte sein Gedächtnis bis zum letzten Rest aus, bis der Löffel am Boden kratzte.

Heute war der Beamte seltsam schweigsam. Geodon sprach langsam, unsicher. Die Worte wanden sich wie ein enger Pfad durch den Sumpf seines Gedächtnisses – glitschig, voller Fallen, gefährlich. Er bewegte sich vorsichtig von Wort zu Wort, blieb stehen, kehrte zurück und ging erneut weiter, prüfte jedes einzelne davon – würde es ihn auch nicht täuschen? Es fehlten ihm die wegweisenden, gutheißenden Fragen. Das Verständnis. Das Interesse. Es war, als wäre jene unsichtbare Verbindung, die es brauchte, damit die Information nicht stockte, unterbrochen worden.

– Genosse ..., flüsterte er flehentlich.

Aber niemand antwortete ihm. Er fühlte sich verlassen, verraten. Er versuchte fortzufahren, aber er stotterte, verhaspelte sich, er begann zu stammeln. Die Wörter prallten von einer Wand aus Schweigen in seinen Kopf zurück.

– Genosse!, wiederholte er verzweifelt.

Für Minuten blieb er regungslos sitzen, sein Kopf wog schwer von den vielen Wörtern. Bis er einen Entschluss fasste. Er stand auf, umrundete die kleine Kabine und warf einen Blick in die andere Hälfte. Dort war niemand. Der Hocker lag mit den Beinen nach oben da, auf dem Boden ein großer Scheißhaufen. Es stank. Vandalen! Er schleppte sich bis zur Mitte des Saals und ließ sich auf einen Stuhl fallen. Der Kopf tat ihm weh. Sinnlose Sätze gingen ihm im Kopf herum, kreisten durch die Windungen seines Gehirns wie Spielzeugeisenbahnen – sie klingelten, pfiffen, ratterten. Ein nicht enden wollender Kreislauf ...

Normalerweise kam er in feierlicher Stimmung zum Mittagessen nach Hause. Sein Gehirn war dann blitzblank wie nach einem Festtagsputz. Oh, was für herrliche, einfache Gedanken sein Kopf dann gebar! Aber jetzt ...

– Was ist los mit dir?, fragte ihn seine Frau. – Du bist doch nicht etwa verliebt?

Verliebt? ... Er war am Ende. Er schloss sich im Schlafzimmer ein und zog die Vorhänge zu. Er wollte nichts sehen. Er wollte nichts hören. Er wollte sich auf den Rücken legen und alles vergessen. Er lag da und stellte sich vor, sein Kopf sei leer. Ein leeres, dunkles Loch. Das half nicht, weil es nicht der Wahrheit entsprach: In ihm wimmelte es von Tausenden von Dingen. Tausende von unsinnigen Dingen. Nein, was für ein Unsinn! Seine Sinne waren in Habtachtstellung. Durch die Wand hörte er das Signal eines feindlichen Radiosenders. Die Nachbarn kommentierten lautstark, was sie hörten. Das vorsintflutliche Tonbandgerät in seinem Kopf sprang an: Die schweren Rollen begannen sich zu drehen, sie quietschten rhythmisch. Sie häuften Wörter an. Noch mehr Wörter in seinem armen Kopf. Er konnte sie nicht abwehren. Die Rollen drehten sich. Er zog zwei Kissen zu sich heran und presste sie sich auf die Ohren.

Statt zur Arbeit zu gehen, machte sich Geodon am nächsten Morgen erneut auf den Weg zum Klub. Er war unausgeschlafen und sah gemartert aus. Sein Gehirn hatte die ganze Nacht gesummt und gebrummt wie ein Bienenstock im Alarmzustand. Er ging schnell, mit kleinen, harten Schritten, wie ein mechanisches Spielzeug, das auf hohen Touren läuft. Es war ein windiger Novembertag mit Schwärmen toter Blätter, die über den Gebäuden wirbelten. Der Straßenstaub legte sich über die Schuhe. Der Klub war geschlossen. Geschlossen und versiegelt. Geodon konnte es nicht glauben, einige Male drückte er die Klinke. Vergebens. Er presste sein Gesicht an eines der Fenster und schaute hinein. Es war nicht einmal aufgeräumt worden ... Die Kabine stand verzagt im Hintergrund, aber Geodon wusste: dort war niemand. Sein Atem hinterließ eine traurige Trübung auf der Scheibe. Er kauerte sich in seiner Joppe zusammen und erstarrte in einer Nische unweit des Eingangs. Er wartete – eine Stunde, vielleicht zwei. Der Wind wehte Blätter über die Dachziegel, die Tauben flogen träge von Giebel zu Giebel und gurrten. Gu-gu-gu ... Was wollten sie damit sagen? Aus Trägheit sprang sein Gehirn wieder an und nahm ihr Gurren auf. Gu. Gu. Gu. Zum Teufel! Ich werde wohl langsam verrückt, dachte Geodon bei sich.

Er verbrachte den Rest des Tages damit, durch Straßen und Parks zu streifen. Aber wo er sich auch herumtrieb, am Ende führten ihn seine Schritte unweigerlich zum Klub zurück. Er drückte die Klinke – abgeschlossen. Die Aufkleber mit den Siegeln unberührt. Und wieder machte er sich auf den Weg – endlose, ziellose Rundgänge. Mit hochgeschlagenem Kragen und tief ins Gesicht gezogener Schirmmütze. Und unter der Mütze schepperten die Wörter, sie schepperten wie Muttern in einer Metallkiste.

Sie aßen zu Abend, ohne zu sprechen. Kurz bevor sie sich an den Tisch gesetzt hatten, hatte seine Frau gesagt:

– Du siehst müde aus.

– Du auch ..., hatte er erwidert.

Er hatte das Gefühl, als kaue er Papier. Die nackte Glühbirne in der Mitte der Decke gab ein farbloses Licht. Die Wände der winzigen Küche waren mit Regalbrettern voll, die Regalbretter bogen sich unter dem Gewicht von Einmachgläsern. Durch die trübe Salzlake waren die plattgedrückten Fratzen von Paprikaschoten und Gurken zu sehen.

– Ich werde mich mal ins Bett legen, sagte er, nachdem er mit dem Abendessen fertig war. Zwischen seinen Zähnen hatten sich Fasern von dem zähen Fleisch verfangen. Was für Dreck man ihnen in letzter Zeit andrehte! Ihm wurde bewusst, dass dieser Gedanke unpassend und gefährlich war, und er beeilte sich, ihn wieder zu vergessen. Aber der Gedanke wollte nicht verschwinden, er blieb in seinem Kopf kleben wie eine Fliege auf Fliegenpapier. Die Rollen drehten sich.

– Na, dann leg dich hin ..., ermunterte ihn seine Frau.

– Gehst du denn noch nicht ins Bett?, fragte er mechanisch.

– Nach dem Abwasch, antwortete sie.

Sie schliefen schon lange nicht mehr miteinander. Sie lagen nebeneinander wie zwei Sandsäcke auf der groben Waage der Stahlmatratze. Sie wogen etwa gleich viel. Wenn der eine zu schnarchen begann, senkte sich sein Körper allmählich weiter nach unten, schwer von Träumen und Müdigkeit. Bald darauf schlief für gewöhnlich auch der andere ein, und die Waage war wieder im Gleichgewicht ...

– Schläfst du, Lukrecija? flüsterte er in der Dunkelheit.

Ihr massiger Körper bewegte sich unter der Bettdecke. Es roch ein wenig nach abgestandenem Fleisch.

– Lukrecija, ich muss dir etwas sagen, sagte er.

Sie drehte sich schwerfällig auf den Rücken. Ihr Ohr gähnte ihn an.

– Sag schon, brummte sie im Halbschlaf.

Geodon zögerte. Immerhin waren das geheime Informationen ... Aber er wusste, dass sein Kopf platzen würde wie ein Eitergeschwür, wenn er jetzt nicht sprach. Natürlich würde er nicht alles ausplaudern. Bei weitem nicht alles und nicht das Wichtigste. Nur einen kleinen Teil, gerade so viel, um den Druck in seinem Schädel zu vermindern.

– Lukrecija, begann er vorsichtig, die Nachbarn hören schon wieder ausländische Radiosender ... Der alte Runev gibt den ganzen Tag mit seinen importierten Turnschuhen an. Und sein Sohn sitzt vor dem Haus und erzählt Witze.

Die Tochter von Kufov singt auf Englisch. Dimităr aus der Arbeit hat mir unter dem Siegel der Verschwiegenheit anvertraut, dass er hundert Dollar gekauft habe. Die Tauben gurren nicht richtig, Lukrecija ...

Seine Worte schlüpften in das gähnende Ohr seiner Frau, kreisten eine Weile in ihrem dämmrigen Gehirn und schlüpften durch das andere Ohr wieder hinaus. Eine Zeitlang flatterten sie in der Dunkelheit umher wie aufgeschreckte Schmetterlinge, dann kehrten sie in seinen Kopf zurück.

– Lukrecija, hörst du mir zu? flüsterte er.

– Du redest Unsinn, sagte sie mit steinerner Stimme.

– Nein, das ist kein ..., gab er sich streitlustig, aber niemand erwiderte ein Wort. Die Federn auf der anderen Seite begannen langsam einzusinken.

Schon am Morgen fiel ein feiner, eisiger Nieselregen. Nasse Straßen. Nasse Autos. Schirme. Sie schlugen verzagt im Wind wie die Flügel eines erfrorenen Pterodactylus. Geodon saß in der Kneipe in seinem Viertel, allein an einem Tisch am Ende des Raums, und leerte Glas für Glas. Schon wieder war er nicht in der Arbeit. Er konnte es nicht ertragen: Seine Kollegen taten nichts anderes, als zu intrigieren und zu verleumden. Nicht auch noch heute! Er nahm einen ordentlichen Schluck. Das half. Im Moment. In seinem Kopf war ein dichter Vorhang gefallen. Dahinter vernahm er gedämpftes Rauschen. Wie Ameisen in einer Streichholzschachtel. Die Kneipe füllte sich allmählich, nicht zuletzt mit Rauch. Plötzlich stellte er fest, dass er nicht mehr allein am Tisch saß. Ihm gegenüber hatte sich ein unbekannter Mann niedergelassen. Er sah so aus, als hätte er schon von Anfang an hier gesessen. Ein Bein über das andere geschlagen, die stachlige Wange auf die Hand gestützt. Er war jung. Seine Finger tanzten nervös über die Wände seines vollen Glases, sein Blick war unruhig.

– Hallo, wie geht's?, fragte er lebhaft, als er spürte, dass er bemerkt worden war.

Geodon blinzelte verdutzt.

– Prost! – Der Unbekannte erhob sein Glas.

Geodon erhob das seine. Kannten sie sich? Oder kannte nur jener ihn? Woher? Plötzlich kam ihm ein sonderbarer Verdacht. Er selbst hatte in all den Jahren den Beamten nie gesehen, vor dem er die Schatztruhe seines Gedächtnisses ausleerte. Er hörte seine Stimme, spürte seinen Atem – nicht immer angenehm –, aber der Mann selbst war dabei im benachbarten Abteil der Kabine vor seinen Blicken verborgen geblieben.

– Wie geht's?, wiederholte der Unbekannte. – Was treibst du so, meine ich ... Was gibt es Neues hier in der Gegend?

Es fiel ihm schwer einzuschätzen, ob er die Stimme kannte. Der Beamte hatte nicht immer dieselbe Stimme, woraus Geodon geschlossen hatte, dass sie sich abwechselten. Oder dass sie abgelöst wurden. Worauf wollte er mit seinen Fragen hinaus? Sein Atem war widerlich. Er hatte schlechte Zähne. Sahen so die Beamten aus? Oder tarnte er sich vielleicht mit einem falschen Äußeren? Die Mauer zwischen ihnen stand also noch. Wie immer. Das, was uns trennt, ist das, was uns miteinander verbindet. Ein seltsamer Gedanke, nicht wahr?

– Warum sagst du denn nichts?, fragte der Unbekannte verblüfft. – Hast du so wenig zu sagen? ...

Er! Ausgerechnet er!

– Nun ..., begann Geodon verschwörerisch. – Die Nachbarn hören schon wieder ausländische Radiosender. Der alte Runev prahlt mit seinen importierten Turnschuhen. Sein Sohn erzählt Witze. Die Tochter von Kufov singt auf Englisch. Dimităr aus der Arbeit hat hundert Dollar schwarz gekauft. Die Tauben, Dings, auch sie ...

– Was redest du denn da?, unterbrach ihn der Mann. – Was redest du denn da für einen Unsinn?

Er tippte sich mit dem Finger an die Stirn. Geodon schwieg beschämt. Der Vorhang hatte sich gehoben: Die Ameisen krochen unter seiner Schädeldecke herum. Sein Haar sträubte sich kaum wahrnehmbar. Seine Lider begannen nervös zu flattern. Der Unbekannte warf ihm einen langen Blick zu, nahm sein Glas und setzte sich an einen anderen Tisch. Der Lärm nahm allmählich zu. Ohne es zu wollen, begann Geodon, die Gespräche an den Nebentischen aufzusaugen. Die groben, lauten Stimmen fielen in seinen Kopf ein wie eine Horde betrunkener Cowboys. Sie traten, schlugen, schossen. Die Rollen des alten Tonbandgeräts begannen zu quietschen. Seine Schädelwände drohten zu bersten. Er bezahlte und stürmte davon.

Im Stiegenhaus wäre er fast mit Runev zusammengestoßen. Er trug gerade den Müll hinunter. Schneidig, vital, ein ehemaliger Schwimmtrainer. Er hatte demonstrativ seine neuen importierten Turnschuhe angezogen.

– Sind eins a!, bemerkte er, wobei er seine Füße betrachtete.

Geodon wollte sich gerade an ihm vorbei nach oben schleichen, aber der stellte sich ihm mit dem stinkenden Eimer in den Weg.

– Das nenn' ich einen Schuh ..., sagte Runev schwärmerisch. – Schau nur, was für ein Leder! Was für eine Sohle ...

Klasse, nicht? Wir werden noch nicht einmal in hundert Jahren in der Lage sein, solche Laschen zu produzieren. Ja, denk an meine Worte: nicht in hundert Jahren! Das ist es. Eine Kunst, Bruder! Eine Kunst …

Seine Stimme dröhnte immer noch in Geodons Kopf, lange nachdem er mit seinem verdammten Eimer nach unten weitergegangen war.

Lange, qualvolle Tage, einer nach dem anderen. Er wagte es nicht, seine Nase nach draußen zu stecken, aus Angst, auf etwas zu stoßen, was ihn belasten würde. Aber auch allein zuhause zu bleiben, den ganzen Tag lang, war keine Lösung. In seinem Kopf spielten sich unerklärliche, beunruhigende Dinge ab. Die Informationen, die sich angesammelt hatten, schienen langsam zu verfaulen und seine eigenen Gedanken zu vergiften. Manchmal sagte er zu sich Dinge wie: »An allem ist das System schuld.« Oder: »Der Fisch beginnt am Kopf zu stinken«, oder etwas in der Art. Niemals zuvor waren ihm solche Gedanken gekommen, und das machte ihn unendlich traurig. Aber noch schlimmer war, dass sein Gehirn alle diese Einfälle akribisch aufzeichnete, als hätte er sie von einem Passanten aufgeschnappt. Sie lagerten sich in seinem Gedächtnis ab und nahmen keine Rücksicht auf die Schmerzen und das Knacken in den Nähten seines Schädels.

Die Rollen drehten sich. Und selbst wenn er allein war, vollkommen allein, seinen Kopf aus Verzweiflung zwischen die Hände gepresst, vernahm er ihr jämmerliches Quietschen … Es waren seine eigenen Gedanken, die er aufzeichnete. In solchen Augenblicken zog er es vor, draußen zu sein – zwischen den Bäumen im Park des Viertels herumzurennen oder Mülleimer auf den Straßen umzuwerfen. Das machte ihm Freude, der Knall, das Dröhnen und der ganze Müll, der wie ein ausgeweidetes Gedächtnis auf den Pflastersteinen verstreut lag. Aber manchmal kam es vor, dass ihm jemand zuvorgekommen war, dass jemand anderer vor ihm alle Mülleimer umgedreht hatte. Vergeblich spähte er in Höfe und Eingänge. Es war die Zeit der umgedrehten Mülleimer …

Er ließ sich schwer atmend auf eine Bank fallen. Er nahm seine Mütze ab und wischte sich den Schweiß von der Stirn. Die Bank war nass. Es hatte geregnet. Zu seinen Füßen sah er eine kleine Pfütze, in dem Regenwasser schwamm ein braunes Blatt. Durcheinandergewirbelt, zerschlagen in Buchstaben und Silben, ordneten sich die Wörter in seinem Kopf neu, wie Atome, die ungeheuerlich komplexe Moleküle bildeten. Ein Köter sprang zwischen den Bäumen hervor, näherte sich ihm und begann, an ihm zu schnuppern. Ein großes, schlammbedecktes Tier. Soweit er es beurteilen konnte – ein Setter. Der Hund stellte sich auf die Hinterpfoten und starrte ihm ins Gesicht.

– Du bist doch nicht etwa verlorengegangen, oder?, murmelte Geodon.

Von der Zunge des Hundes stieg Dampf auf.

– Du bist doch nicht etwa fortgelaufen, oder?, fuhr Geodon mit seinem Verhör fort.

Das Tier schwieg und starrte ihn mit seinen klugen Augen an.

Plötzlich beugte sich Geodon zu dem Hund hinunter, hielt sich die Hand an den Mund und flüsterte:

– Ich werde dir etwas erzählen, aber du wirst schön stillhalten!

Der Setter nickte.

– Die Nachbarn, begann er leise, die Nachbarn hören

ausländische Radiosender. Ich habe einen anderen Nachbarn, der ... – Seine Stimme wurde lebhaft. Er sprach schnell und abgehackt, so als würde er vor einer höheren Instanz Bericht erstatten.

Erstaunt über das Vertrauen, das man ihm entgegenbrachte, blieb der Hund eine Weile in der Pose des eifrigen Zuhörers sitzen. Danach stand er ohne ersichtlichen Grund auf, zog den Schwanz ein und rannte irgendwohin davon.

Geodon verstummte und sah ihm verdutzt hinterher.

Die leeren Alleen schimmerten grau in der Abenddämmerung. Vom Boulevard her waren Autobusse zu hören, die unter ihrer Last knurrten. Streifen langer gelber Lichter flogen wie Pfeile zwischen den Bäumen hin und her. Es war kalt. Geodon saß auf der Bank – steif, zusammengekauert in seiner Joppe. Die Rollen quietschten leise und gedehnt in seinem Kopf. Wie Grillen, die sich irgendwo verfangen hatten. Er saß da und rührte sich nicht. So als hätte man ihn ausbluten lassen und mit Quecksilber aufgefüllt. Ein Eichhörnchen huschte hinter ihm vorbei und kletterte flink auf einen Baum. Plötzlich war ihm, als stünde jemand hinter seinem Rücken und beobachtete ihn. Ungelenk drehte er den Kopf. Sein Hals knackte. Er erblickte die verschwommene Silhouette eines großen Mannes.

– He, was starrst du mich so an?, brummte er heiser.

Der Mann schwieg.

– Was willst du von mir?, fragte Geodon und fügte angewidert hinzu: – Ich bin ein Mann, klar?

Der andere schwieg eisern. Er stand einfach nur da und sah ihn an. Er war recht groß. Ziemlich gut gebaut.

Geodon richtete seinen steif gewordenen Körper mit Mühe auf und näherte sich dem Unbekannten.

– Hm, schnaufte er und kratzte sich am Kopf, der zum Bersten voll war.

Ihm gegenüber erhob sich ein Denkmal. Doch das machte keinen besonderen Eindruck auf ihn. Er lehnte sich an die steinerne Hand, die einen Gegenstand unklarer Bestimmung umklammert hielt, und sagte:

– Seltsame Dinge gehen in letzter Zeit vor sich ... Die Nachbarn hören ausländische Radiosender. Die Tochter von Kufov hat wieder begonnen, auf Englisch zu singen. Und Runev mit seinen importierten Turnschuhen ...

Er verstummte. Er hob den Blick zu dem steinernen Gesicht empor. Es wirkte ruhig und konzentriert. Das Gesicht eines Menschen, der zuhört. Ermutigt fuhr Geodon fort zu sprechen, den ganzen Müll, der sich in seinem Gedächtnis angesammelt hatte, vor seinen Füßen auszuleeren. Er sprach lange. Er sagte alles. Der Mann hörte zu.

Er war ein guter Zuhörer. Und Geodon kannte nicht einmal seinen Namen. Die bronzenen Buchstaben waren abgefallen, im Stein waren nur noch die kleinen Löcher zu sehen, wie das Alphabet einer außerirdischen Zivilisation. Geodon kam immer wieder. Jede Woche. Am Freitag nach fünf, wenn der kleine Park endlich menschenleer war. Er kam hierher und beichtete. Was dieser gesagt hatte, was jener getan hatte. Die Leute waren so unvorsichtig und böswillig! ... Der Mann hörte zu. Geodon sprach.

Und es schien, als wäre das alles.

Eines Tages kam Geodon wieder in den Park. Wie immer am Freitag nach fünf. Sein Gehirn sprühte Funken und knackte wie ein überlastetes Stromnetz. Die Rollen quietschten. Aber das Denkmal war nicht da. Er konnte es nicht glauben. Lange starrte er das Postament an. Wie konnte das sein? Warum? Es war still. Schneeflocken wirbelten durch die Luft. Unter einem dünnen Schleier von Schnee lagen modrige Blätter. Auf dem Boden waren tiefe, schwarze Fußspuren zu erkennen. Die Schritte eines schweren Mannes.

DERRIDA KOMMT!

Malamir Malamov las gerade Birnen auf, die vom Baum gefallen waren, als die Gartentür hinter seinem Rücken knarzte und Stojna, die Postbotin, auf ihn zustürzte. Hager wie eine Hyäne und einer Hyäne auch gar nicht unähnlich, mit hoch aufgeschossenen, grauen Koteletten und einer durchgescheuerten blauen Uniformjacke. Sie griff in die unförmige Tasche, die sie über der Schulter trug, und sagte bedeutungsschwer:

– Es ist was für dich gekommen, Malami!

Malamov haßte es, so genannt zu werden, für ihn hörte es sich an wie *Salami*, aber die Neugierde überwog, und er streckte instinktiv die Hand aus. Wer mochte wohl an ihn denken, hier in dieser Einöde?

– Gibst du einen aus?, grinste Stojna, ohne ihre Hand aus der Tasche zu nehmen.

Er gab ihr eine Birne. Sie händigte ihm den Umschlag aus, rieb die Frucht an ihrem Ärmel ab und biß hinein. Malamov zerschnitt das Logo des französischen Kulturinstituts im rechten oberen Eck und hob vielsagend die Brauen. Woher, zum Teufel, hatten sie seine Adresse? Der Umschlag enthielt eine Informationsbroschüre, gedruckt auf teurem Papier, und einen Brief, der an ihn persönlich adressiert war. Er las ihn aufmerksam. Dann las er ihn noch einmal, mit verändertem Gesichtsausdruck. Stojna kaute auf ihrer Birne herum, ohne ihn aus den Augen zu lassen. Saft rann ihr über das Kinn.

– Süüüße Birnen ..., schmatzte sie genüsslich.

Malamov blinzelte verwirrt. Er bückte sich, hob noch einige Früchte auf, drückte sie ihr in die Hand und drängte sie entschlossen in Richtung Gartentor.

– Wenn du mich brauchst, weißt du ja, wo ich zu finden bin …, rief sie ihm von der Straße aus noch zu.

– Dich werd ich brauchen, zischte er leise. Er ging ins Haus und setzte sich an den Ofen. Es hatte ihn plötzlich gefröstelt. Und wie hätte es anders sein können. Derrida kam nach Bulgarien. Jacques Derrida persönlich! Der Denker, der Philosoph, der Dekonstruktivist, der Vater der Postmoderne. Derrida. Oh mein Gott!

Er ließ seinen Blick über die Regale gleiten, die sich unter der Last der Bücher bogen. An einem prominenten Platz standen gewichtig die Werke Jacques Derridas. Die dreisten Ideen, die dieser helle Geist von seinen Abstechern in die erschöpften Gründe der Geisteswissenschaften ans Licht brachte, hatten Malamir Malamov schon vor zehn Jahren gefangen genommen. Zu jener Zeit war er ein junger und vielversprechender Literaturwissenschaftler gewesen. Der Kommunismus hatte sich gerade wie ein Furz von der historischen Bühne verflüchtigt, und die Namen, die man bis vor kurzem nur in den unausgeleuchteten Ecken der Universität *geflüstert* hatte, hielten feierlich Einzug auf den Seiten des Feuilletons. Malamov begann unverzüglich, das Verpasste aufzuholen. Die neuen Ideen bearbeiteten seinen jungfräulichen Verstand wie ein Hammer das Blech. Jahrelang kämpfte er aufopferungsvoll mit dem komplizierten französischen Gedankengut, bis er schließlich zu einem seiner bestbeschlagenen Interpreten geworden war. In der Zwischenzeit hatte sich seine finanzielle Situation drastisch verschlechtert, und seine Frau flüchtete zusammen mit der gemeinsamen Tochter nach Italien.

Malamov beschloß, seine Wohnung in Sofia zu vermieten und ins väterliche Haus aufs Land zu ziehen. Er übersiedelte seine Bibliothek, verkaufte die Waschmaschine, um sich mit einem alten Computer auszustatten, und begann einfach und gesund am Fuße des Balkangebirges zu leben wie seine würdigen Vorväter. Von Zeit zu Zeit tauchten seine tiefschürfenden Texte in der Fachpresse auf und erinnerten daran, dass er noch lebte. Nur wenige lasen sie, aber davon waren offenbar viele begeistert. Der Beweis lag auf der Hand. Er war zu einem Kolloquium eingeladen, an dem Jacques Derrida persönlich teilnehmen würde ...

Malamov fasste sich an den Kopf. Derrida – in Sofia? Lächerlich! Dort, wo Derrida war, waren Lacan, Baudrillard, Ricœur, Foucault nicht weit – von ihren olympischen Wohnsitzen aus sendeten diese neuen Götter Botschaften an die Menschheit, die nur Berufene zu entziffern in der Lage waren. Das Bewusstsein seiner Berufung schmeichelte ihm, und die Entfernung, aus der der Ruf ihn erreichte, beruhigte ihn. Aber jetzt geriet alles durcheinander. Der Besuch hatte etwas von einer Inspektion. Vielleicht war Derrida verärgert? Vielleicht hatte ihm jemand gesteckt, dass in dieser armseligen Provinz unwissende und selbstvergessene Eingeborene seine Texte zu frei interpretierten, und siehe da, jetzt kam er, um Ordnung zu schaffen. Um selbst seine Vertreter zu benennen und die Scharlatane zu eliminieren, die seine Lehren verdrehten.

War das eine Ehre oder eine Falle?

Für einen Augenblick war Malamir Malamov versucht, den Brief ins Feuer zu werfen und die ganze Angelegenheit zu vergessen. Dann aber machte er sich klar, dass man *so etwas* nicht vergessen konnte. Es würde bis zum Ende seiner Tage an ihm nagen. Angsthase, Angsthase! Nein, so einer war er nicht! Er würde sich vor Derrida hinstellen, koste es, was es wolle. Der Einsatz war zu groß. Es war klar, dass dies kein gewöhnliches Kolloquium sein würde. Allein die Tatsache, dass es im Hotel Hilton abgehalten wurde und nicht in einem unansehnlichen Hörsaal der Universität, war ein beredtes Zeugnis von der Art und der Bedeutung des Ereignisses. Hier gaben sich normalerweise Staatsmänner und Vertreter der Wirtschaftselite die Ehre, um über die Zukunft Südosteuropas zu beratschlagen. Das war ein Zeichen. Er musste sich vorbereiten – und zwar gründlich.

Malamov stellte verärgert fest, dass der Brief mehr als zwanzig Tage unterwegs gewesen war. Es war überhaupt ein Wunder, dass er bis zu ihm gelangt war! Das Ereignis sollte in zwei Wochen stattfinden. Dem Reglement zufolge waren die Wortmeldungen auf fünf Minuten beschränkt – eine Anforderung, die seine Aufgabe nicht gerade leichter machte. Ganz im Gegenteil. Fünf Minuten sind hervorragend dazu geeignet, mit seiner Dummheit hervorzustechen. Und viel zu kurz, um mit der Tiefgründigkeit seines Verstandes zu glänzen. Besonders, wenn einem Derrida gegenübersteht. Er versuchte, sich das ironische Lächeln des großen Franzosen vorzustellen ... Es war schrecklicher noch als die Guillotine!

In der gleichen Nacht hatte Malamov einen Alptraum. Derrida lauerte hinter der Tür des Saals, in dem das Kolloquium abgehalten werden sollte, und warf jeden hinaus, der versuchte, ihn zu betreten. Malamov schaffte es nicht einmal, sein Gesicht zu sehen. Aus dem Halbdunkel schnellten zwei starke Arme mit aufgekrempelten Ärmeln hervor, packten ihn und warfen ihn die Treppe des Hotels hinunter. Er wachte schweißüberströmt auf. Der grelle

Mondschein lugte beim Fenster herein. An die Arbeit!, rief Malamov sich zu.

Die Arbeit ging aber nicht voran. Malamov las unermüdlich, machte Notizen, unternahm lange Spaziergänge im Freien. Einmal betrank er sich sogar in der Hoffnung, sein Denken zu entfesseln. Umsonst! Oft war er drauf und dran aufzugeben, dann bezwang er sich von neuem. Er schaltete den Computer ein und starrte auf den Bildschirm. Aber alles, was er sah, war das ironische Lächeln Derridas. So verging eine ganze Woche. Dann brachte ihm eine Frau aus dem Dorf ein ofenfrisches Stück Kürbis. Malamov inhalierte den heißen Dampf, und in seine Seele kehrte Frieden ein. Er setzte sich vor den Computer und begann zu schreiben. Innerhalb von zwei Tagen schaffte er fast fünfzig Seiten. Er las sie, es kostete ihn mehr als eine Stunde. Er hatte aber nur fünf Minuten zur Verfügung. Er begann zu kürzen. Am Schluß warf er alles fort. Das Kolloquium sollte morgen eröffnet werden. Er machte sich von neuem daran zu schreiben, danach las er mit der Uhr in der Hand. Er kürzte. Er las wieder. Draußen war das Krähen eines Hahns zu hören.

Genau fünf Minuten, stellte er triumphierend fest.

Aus dem morgendlichen Nebel tauchte eine Gestalt auf einem Fahrrad auf. Ein heiseres Klingeln drang zu ihm herüber. Indem sie sich geschickt um die Schlaglöcher schlängelte, eierte Stojna auf die Autobushaltestelle zu, die mit einem verrosteten, schiefen Pfosten gekennzeichnet war. Malamov stapfte einsam auf der Stelle. Die Kälte biss ihn in seine frisch rasierten Wangen. Sie taxierte ihn, roch an ihm und hob die Augenbrauen:

– Wohin machst du dich denn auf, in dieser Aufmachung?

– Ich fahre nach Sofia, erklärte er finster und schaute auf seine Uhr.

– Aah, brauchst nicht zu warten, winkte sie ab. – Die sind schon in der Früh auf die Jagd. Sie haben den Bus genommen, um in die Schonung zu fahren …

– Was für eine Jagd denn?, schrie Malamov. – Wer bringt mich denn jetzt zum Bahnhof? Das sind fünfzehn Kilometer! Ich werde den Zug verpassen!

– Ja, warum hast du dann gestern Abend nicht angerufen, um zu sagen, dass du fahren willst?, empörte sie sich.

– Aber es gibt doch einen Fahrplan, verflucht!

Sie schwieg weise. Malamov starrte in ihr hässliches Gesicht, dann griff er entschlossen nach der Lenkstange des Fahrrades.

– Gib her, sagte er. – Ich gebe es dir heute Abend zurück.

– Mm-mmm! – Stojna klammerte sich an den verbeulten Rahmen. – Was gibst du mir dafür?

– Dir werd ich's geben …, murmelte Malamov undeutlich, aber überzeugend und riss ihr das Zweirad aus den Händen.

Er schwang sich auf den Sattel und sauste den Weg hinunter. Der Zug fuhr um 8 Uhr 30 ab. Mit ein bisschen Glück konnte er ihn noch erreichen. Im Notfall würde er den Personenzug um 11 Uhr 25 nehmen und zur Nachmittagssitzung da sein. Er hatte sich noch nicht entschieden, ob er zum Abendessen mit Derrida bleiben sollte. Er konnte kein Französisch und hatte Angst, sich zu blamieren. Wichtig war, dass er auf der Einladung stand … Wie man es auch betrachtete, das konnte ihm keiner mehr streitig machen.

Plötzlich machte der Lenker einen Ruck. Malamir verlor die Kontrolle. Das Fahrrad flog aus der Kurve und stürzte in die Talschlucht. Die Welt überschlug sich vor seinen Augen, dann war es aus. Sein Bein war unnatürlich zu einer Seite hin geknickt. Dann bemerkte er den Wolf, er stand nur einen Meter von seinem Kopf über ihm und starrte ihn mit gelben Augen an. Seinen Nasenlöchern entströmte Dampf. Malamir Malamov wagte es nicht, sich zu bewegen. Plötzlich knallten über den kahlen Bäumen Schüsse. Das Tier zog den Schwanz ein und trollte sich. Malamir rollte sich auf den Rücken und richtete seinen Blick in den klaren Himmel. Die Jäger fanden ihn erst am frühen Abend. Sie gossen ihm Schnaps in den Mund und luden ihn zusammen mit den Resten des Fahrrades in den Bus.

– Wird schon wieder, mein Junge! – Der Fahrer klopfte ihm auf die Schulter und startete den Motor.

Der Begriff *Dekonstruktion*, der im Westen viel von seiner Strahlkraft verloren hat (und der zumindest als Thema für Konferenzen niemanden mehr hinter dem Ofen hervorlockt), hallt in den zerklüfteten Schluchten des Balkan noch immer wie ein ermutigender Schlachtruf wider.

Andreas Rosenfelder, Zeitung Kultura

SIMIĆ IST TOT

Als ich erfuhr, dass Simić bei einer Bombenexplosion umgekommen war, fühlte ich nichts Besonderes. Ich bin, um es geradeheraus zu sagen, von seiner Existenz noch nie sonderlich überzeugt gewesen, genauso wenig wie von der Existenz der übrigen Welt. Ich denke, das ist normal. Ich bin das Gefühl nie losgeworden, dass mit meinem Tod die ganze Welt mit mir zusammen verschwinden wird. Das mag ein Zeichen einer gewissen Unreife sein, aber Tatsache ist: bisher hat mich auch noch nichts vom Gegenteil zu überzeugen vermocht. Weil es eben so ist, als würden die Dinge in Abhängigkeit von meiner Anwesenheit an diesem oder jenem Ort auftauchen und wieder verschwinden.

Dieser Simić hatte vor zwei Jahren eine meiner Erzählungen ins Serbische übersetzt. Als ihm die Bombe auf den Kopf fiel, habe er gerade an einer anderen Erzählung von mir gesessen, er sei fast bis zum Ende gekommen – teilte mir seine Schwester Stunden nach dem Vorfall am Telefon mit. Ich habe keine Ahnung, woher sie meine Nummer hatte und warum sie glaubte, wir stünden einander nahe. Simić und ich kannten uns nicht einmal persönlich, wir hatten auch nie Kontakt miteinander aufgenommen – weder brieflich noch telefonisch oder per E-Mail. Das E-Mail-Programm hatte keine kyrillischen Zeichen – *Simic je mrtav* hätte die Antwort in diesem Fall wahrscheinlich gelautet. Vor einem Jahr brachte mir ein Freund die Ausgabe der Zeitschrift mit, in der Simićs Übersetzung veröffentlicht worden war. Ich konnte mich nicht daran erinnern, ein Honorar bekommen zu haben, aber alles in allem war ich zufrieden. Man sagte mir, die Übersetzung sei ordentlich und der Text in Jugoslawien (dem, was noch davon übrig war) gut angekommen. Was braucht ein Schriftsteller mehr? Damals dachte ich, es wäre vielleicht angebracht, mit Simić in Verbindung zu treten, es hätte ihm ja einfallen können, noch andere Texte von mir zu übersetzen. Aber wie es so geht, schob ich es immer wieder auf, bis ich irgendwann seine Kontaktdaten verschlampt hatte. Auch er meldete sich nicht, und so fand unser Kennenlernen nie statt. Jetzt ist Simić tot.

Eines von diesen Dingern, die vom Himmel fallen, sei ihm auf den Kopf gefallen. Die Dinger, die vom Himmel fallen, sind prinzipiell verflucht treffsicher und nicht für Ziele wie Simić vorgesehen. Aber wenn man von unten auf diese Dinger schießt, spielt ihre Elektronik verrückt, und sie fallen dort vom Himmel, wo sie nicht vom Himmel fallen sollen. So gesehen lag der Fehler offensichtlich bei der jugoslawischen Luftabwehr, die stur auf diese Dinger schoss, obwohl man sie über die eventuellen Folgen aufgeklärt hat – und zwar aus den maßgeblichsten Quellen. Da seht ihr, wohin die Sturheit der Serben führt!

Wie ich bereits gesagt habe, die Nachricht von Simićs plötzlichem Tod berührte mich nicht sonderlich, weil ich schon zu seinen Lebzeiten nicht das Gefühl gehabt hatte, dass er wirklich existierte. Ich wusste nur, wenn ich den Telefonhörer abgehoben und seine Nummer in Kragujevac gewählt hätte (solange ich sie noch nicht verloren hatte), dann hätte ich möglicherweise seine Stimme gehört. Es hing einzig und allein von mir ab – die paar Ziffern zu wählen, die Simić aus dem Nichts geholt, die ihm Dichte und einen Schatten gegeben hätten.

Jetzt hatte ich seine Telefonnummer wieder; seine Schwester hat sie mir gegeben, ohne dass ich danach gefragt hätte, und ich notierte sie mechanisch auf dem Rand der Zeitung. Ich fragte mich, was passieren würde, wenn ich sie wählte, genau jetzt. Es kam mir verrückt vor, aber die Freiheit zu tun, was mir gerade einfiel, war sehr verlockend. Ich wählte die Nummer und sagte mit verstellter Stimme, dass ich mit Simić sprechen wolle.

– Simić ist tot, sagte jemand finster und legte auf.

Ich hoffte, ich wäre unerkannt geblieben.

Noch bevor es mir gelungen war, mich an den Gedanken zu gewöhnen, dass Simić real und sozusagen unabhängig von mir existiert haben musste, hatte ich mich damit abzufinden, dass er nicht mehr da war – nicht weniger real und von mir unabhängig. Das Telefon konnte ihn nicht wieder zum Vorschein bringen. Seine Nummer hatte sich geändert, wahrscheinlich kannte sie jetzt nur der liebe Gott.

Die Telefonnummern der Toten werden im Notizbuch des heiligen Petrus aufbewahrt. Wenn der Tag gekommen ist, wird der liebe Gott sie alle anrufen, und sie werden sich schon nach dem dritten Klingeln erheben. Die Drähte werden heißlaufen!

Eine unangenehme Situation. Weiß der Teufel, was das letztlich zu bedeuten hatte: Weder hatte er gelebt, noch war er gestorben, und während dieser Zeit war er wenigstens so schlau gewesen, etwas von mir zu übersetzen. *Jebem ti materi!* wie Simić selbst sich vermutlich ausgedrückt hätte. Das war einfach nicht fair! Es war nicht meine Schuld, dass ich um ihn nicht weinen konnte, aber ich hatte Lust, mit äußerster Bestimmtheit festzustellen, was von ihm übriggeblieben war. Um glauben zu können, dass er wirklich gestorben war, was ein Beweis dafür gewesen wäre, dass er zuvor auf Erden gewandelt hatte, und um begreifen zu können, was für ein Unterschied zwischen dem einen und dem anderen Zustand war.

Ich schaltete den Fernseher ein. Ich schaute nacheinander CNN, BBC, Europe News, DW, Kanal 1, Nova TV. Überall liefen Reportagen über den Krieg in Jugoslawien, aber es fiel mir schwer zu glauben, dass es mehr war als nur bewegte Bilder. Simić war tot. Ich ging in die Küche, um mir ein Sandwich zu machen.

Während ich darauf herumkaute, wurde eine Karte von Jugoslawien (das, was noch davon übrig war) eingeblendet, übersät mit Sternchen und Pfeilen, die die Treffer der Dinger, die vom Himmel fallen, anzeigten. Auch wenn sie einem diese Karte dauernd vor Augen hielten, davon wurde Jugoslawien auch nicht realer – nicht ein bisschen. Ich war auf dem Weg nach Wien vor vier Jahren durch Jugoslawien gefahren und verfügte über sichere Beweise, dass ein Land dieses Namens tatsächlich existierte. Jetzt aber hatte ich das schale Gefühl, dass von einem erfundenen Territorium die Rede war. Ich schaltete um auf Cartoon Network, wo sich »Die Maske« gerade mit Volldampf austobte. Die Maske ist der Wahnsinn – hast du sie auf, können dir die Dinger, die vom Himmel fallen, egal sein; du kannst dich zu einer Ziehharmonika zusammenfalten oder flach wie ein Pfannkuchen werden, mit deinem Kopf Basketball spielen und eine Menge anderer kleiner Tricks, die unverzichtbar sind, wenn ständig irgendwelche Gegenstände vom Himmel fallen. Mir fiel ein, dass Simić noch leben würde, wenn er rechtzeitig die Maske aufgesetzt hätte.

Ich beschloss, dass man nach Kragujevac fahren und vor Ort überprüfen musste, was genau geschehen war. Ich hatte überhaupt keine Lust dazu, aber ich sah einfach keinen anderen Weg. Unterm Strich war es nicht gar so weit, zirka 400 bis 500 Kilometer, wenn man den Karten glauben konnte. Ich nehme also den Zug, ich fahre nach Kragujevac, ich überzeuge mich davon, dass Simić gestorben ist (wenn es sein muss, werfe ich sogar einen Blick in den Sarg), und kehre sofort wieder um. Ich würde keinerlei Gepäck mitnehmen, außer zwei, drei Stangen Zigaretten, für den Fall, dass es an der Grenze Probleme gab. Ich erkundigte mich am Bahnhof, wann es einen Zug nach Belgrad gab und wie die Verbindungen nach Kragujevac aussahen. Mit einer gewissen Verwunderung teilte man mir mit, dass es tatsächlich Züge gab. Ich hätte nicht geglaubt, dass es so einfach sein könnte.

Ich zögerte, ob ich nicht Simićs Schwester anrufen sollte, bevor ich aufbrach, dann entschied ich, dass es besser sein würde, sie zu überraschen. Ich sagte niemandem, wohin ich fuhr, um nicht etwa Panik zu verbreiten und damit man nicht versuchte, mich davon abzubringen. Wenn mir jetzt etwas auf den Kopf fällt, dachte ich, wie Simić vor mir, dann werden sie sich schön wundern, wo ich abgeblieben bin. Der Zug war leer. In den Gängen blies ein starker Wind, und die Abteile waren eiskalt, obwohl wir Mitte April hatten. Die Waggons dröhnten ohrenbetäubend wie leere Blechkanister. Es war keine besondere Herausforderung, mir vorzustellen, dass ich in ein Land reiste, das es nicht gab.

Die ersten Menschen, die ich nach etwa einer Stunde Schaukelei sah, waren Grenzpolizisten. Es machte den Eindruck, als erwarteten sie nicht, jemanden in dem leeren Zug anzutreffen. Sie fragten mich, ehrlich interessiert, warum ich nach Jugoslawien fahren wolle. Ich sagte, ich müsse zur Beerdigung eines Freundes. – Aha, nickten sie, deine

Sache, aber besser, du bleibst zuhause. Sie drückten mir einen Stempel in den Pass, *ausgereist*, und gingen weiter. Der Zug bewegte sich noch rund hundert Meter und blieb dann im Niemandsland stehen. Langsam wurde es interessant, ich öffnete das Fenster und schaute hinaus. Es war eine stille und klare Nacht; der grelle Mondschein ließ die Sterne verblassen. Jugoslawien war dunkel, und ich sagte mir: So, jetzt bin ich wohl am Ende der Welt angelangt. Ein Köter begann zu bellen, dann hallten weit entfernt Schüsse wider, so als würde ein anderer, noch größerer Hund irgendwo von hinter den Hügeln antworten – wau, wau! Der Zug stand in einer Kurve, versilbert im Mondlicht; hier und da flackerten in den Abteilen Neonlampen, man sah leere Sitze. Wau, rief der kleine Hund. Wau, wau, antwortete ihm der große. Dann begannen die Räder zu quietschen, und wir legten wieder hundert Meter zurück. Serbische Polizisten stiegen ein. Sie sahen sich meinen Pass an und wollten wissen, was ich in Jugoslawien verloren hatte. Ich erzählte ihnen von Simić, ich fuchtelte sogar mit der Zeitschrift herum, in der die Übersetzung meiner Erzählung veröffentlicht worden war (gut, dass ich daran gedacht hatte, sie mitzunehmen). Es zeigte sich, dass die Zeitschrift zwischenzeitlich wegen der Kriegszensur verboten worden war, die Ausgabe wurde auf der Stelle konfisziert. Aber dass ich mich aufgemacht hatte, um Simićs Beerdigung beizuwohnen, das beeindruckte sie über die Maßen. Sie nahmen die Zigaretten, verpassten mir einen Stempel, *eingereist*, und rieten mir, mich vor den Bomben in Acht zu nehmen.

In Kragujevac war ich irgendwann gegen Mittag. Vom Bahnhof aus rief ich Jasna an, Simićs Schwester; ich sagte ihr, ich sei da. Sie war einigermaßen überrascht, wenn auch nicht nur angenehm. Sie sagte, ich solle nicht allzu lange am Bahnhof bleiben, damit man mich nicht als Spion verhaftete. Sie würde mich in einer halben Stunde abholen kommen. Ich fühlte mich seltsam, ich war müde von der Reise, aber ich hatte keine Lust zu schlafen. Ich bemühte mich, das Geheul des Krieges zu hören, der doch in der Umgebung stattfinden sollte, den Geruch der Brände, aber es war still und die Luft duftete nach blühenden Bäumchen. Eine Frau fegte den Bahnsteig. Jasna erschien pünktlich. Sie sah nervös aus.

– Das ist Wahnsinn!, begrüßte sie mich.

Ich entschuldigte mich für die Aufregung, erklärte ihr, dass ich nur für ein paar Stunden hier sei, um Simić zu sehen, dann würde ich wieder fahren.

– Ihn zu sehen? – Sie machte große Augen. – Was wollen Sie sehen?

Ich hatte mich ordentlich in die Nesseln gesetzt, deshalb schwieg ich. Die Situation war nur zu retten, indem ich sie sprechen ließ.

Nichts sei übrig geblieben von Simić. Man habe einige Dinge eingesammelt, aber ob sie von ihm waren oder von einem der anderen Opfer, das wusste nur Gott.

Ich fragte mich, woher sie dann wissen wollten, dass er tot war. Er könnte sich ja auch nur irgendwo versteckt haben. Trotzdem, ich hielt mich zurück. Sie wussten es halt einfach irgendwie.

Wir gingen an einer Kirche vorbei; die Türen waren offen, im Dunkel flackerten Kerzen. Auf einem Tisch stand ein Sarg, einige Frauen machten sich um ihn herum zu schaffen. Das konnte Simić wohl nicht sein. Ich fragte seine Schwester, warum keine Soldaten auf der Straße zu sehen seien, ob sie alle an der Front seien.

– Halten Sie sich da raus!, blaffte sie mich an.

Wir gingen zu ihr nach Hause, ich hatte noch einige Stunden, bis der nächste Zug fuhr. Die Familie lebte in einem großen Haus mit Garten, sie zeigten mir sein Zimmer. Simić hatte sich vor einigen Jahren scheiden lassen und war wieder zu seinen Eltern gezogen. Er war einundvierzig Jahre alt gewesen. Bücher, ein Schreibtisch, ein alter Computer. Das alles interessierte mich nicht sonderlich. Dann die Fotos. Dabei wollte ich eigentlich nur wissen, wo sich sein Grab befand, ob es überhaupt ein Grab gab, doch nach allem, was ich gehört hatte, war es mir unangenehm, danach zu fragen.

Wir setzten uns. Ihr Vater, ein von der Sonne und vom Wind gegerbter Balkanbewohner, lud mich ein, Schnaps zu trinken. Er begann auf der Stelle, mir die internationale Lage auseinanderzusetzen, da heulten plötzlich die Sirenen, und Simićs Mutter meinte, wir müssten schnell in den Keller hinunter. Als ich ihnen sagte, ich hätte keine Lust dazu, mich im Keller zu verstecken, ich wollte lieber nicht, schauten sie mich nur an, als wäre ich verrückt geworden. Möglicherweise ging ihnen auch durch den Sinn, dass ich etwas stehlen könnte, während sie unten waren. Um ihnen diese Sorge zu nehmen, schnappte ich mir die Flasche mit dem Schnaps und ging hinaus in den Garten.

Ich setzte mich unter einen blühenden Zwetschgenbaum. Es war warm, ich zog meine Schuhe aus, damit meine Füße sich erholen konnten, und hielt mir die offene Flasche an die Nase, um meine Socken nicht riechen zu müssen. Im Gedenken an Simić verschüttete ich einen Schluck auf dem Boden. Die Sirenen heulten immer noch. Simić war tot, der Tod hatte ihn geholt und mit seinem Körper auch gleich das Geheimnis seiner Existenz davongetragen. Ich konnte ihn nicht anfassen, mein Ohr an seine Brust legen, um das Flüstern der Würmer zu hören, die in seinem Fleisch geboren wurden. Niemals würde ich erfahren, was es hieß, dass Simić am Leben war, und was es hieß, dass er tot war. Nie würde ich den Unterschied zwischen beidem erkennen.

Am Himmel war ein Donnern zu hören, es musste wohl ein Flugzeug gewesen sein. Ich schaute durch die üppig blühenden Zweige nach oben, sah aber nichts. Wenn mir jetzt etwas auf den Kopf fiel, würde der Pilot nicht einmal etwas merken, es würde ihn nicht einmal am Ohr jucken. Wenn sie jetzt das Flugzeug trafen und der Pilot in Flammen aufging, würde ich meinerseits nichts davon merken. Zwischen mir und den anderen gab es eine Wand, die nicht überwunden werden konnte, eine Wand, an der aller Schmerz und alles Klagen zerschellen. Der Mensch kann nur seinen eigenen Tod erkennen, und nur weil das so ist, kann er wohl auch den Tod anderer ertragen. Der Alarm war vorüber, ich zog mir meine Schuhe wieder an und ging ins Haus zurück, um mich von Simićs Familie zu verabschieden.

Der Zug war so leer wie bei der Hinfahrt. Ich saß im letzten Waggon und sah zu, wie sich Jugoslawien hinter mir entfernte, kleiner wurde, verblasste. Ich ging fort und nahm die Welt mit mir; ich rollte sie zusammen wie einen kleinen Gebetsteppich und klemmte sie mir unter die Achsel. Da, eine Bombe fällt auf die Brücke, über die der Zug eben noch gerollt ist. Die Brücke geht in Flammen auf. Es gibt keinen Weg zurück.

PERLEN VOR DIE SÄUE

Hey, Poeten,
ihr verfluchten Sauproleten!
Warum putzt ihr nicht Toiletten?
Hipodil

Jeder bulgarische Schriftsteller, der auf sich hält, glaubt fest daran, dass er eines Tages aus Stockholm einen Anruf erhält oder aus Hollywood, im Notfall auch aus Paris, um zu erfahren, dass seine Werke von wichtigen Leuten gelesen worden seien, dass man sie gebührend würdigen wolle und dass ihm ein Geldsegen ins Haus stehe. In Erwartung dieses Anrufs, der mit einem Schlag all seine Probleme lösen wird, fristet er sein Leben, bis die dichte Nacht des Balkans seinen Namen für immer in Finsternis hüllt.

Der Dichter Milan Teofanov hatte das große Los gezogen. Der Anruf kam kurz nach seinem sechzigsten Geburtstag, der in den Medien ein bescheidenes Echo gefunden hatte. Nun ja, es war nicht gerade Stockholm, aber der Mann war wichtig ... Bodilkov sprach ohne Umschweife, mit einem heiseren Timbre, und er duzte ihn. Er stellte sich als »agrikultureller Großproduzent aus Nordbulgarien« vor. Teofanov war perplex. Was konnte er mit jemandem wie Bodilkov gemeinsam haben? Nun, es sollte sich zeigen ...

Bodilkov behauptete, er sei ein glühender Verehrer seiner Poesie. Wortreich versicherte er ihm, dass sie ihn »in einer schweren Stunde gerettet«, ihm »unendlich viel gegeben«, ihn »bereichert« habe, nicht nur ideell, sondern auch sonst (wie, das präzisierte er jedoch nicht ...). Er sei »ein ganz Großer«, bauchpinselte er ihn, »ein Magier der Worte«, »eine mächtige Kraftquelle« ... Worauf er ohne weitere Umschweife zum geschäftlichen Teil überging, und der war tatsächlich nicht zu vernachlässigen. Der Agrarmagnat bot ihm an, seine gesammelten Schriften herauszugeben und ihm die Urheberrechte für einen Zeitraum von zehn Jahren gegen eine einmalige Zahlung von zehntausend Euro abzugelten. Eine phantastische Summe! Er würde ihm außerdem hundert Exemplare zum freien Gebrauch überlassen.

Teofanov kam nachmittags gegen halb sechs am Bahnhof in Ruse an. Es war Anfang Dezember, es war dunkel, und vom Himmel tropfte nasser Schnee wie durch ein undichtes Dach. Am Bahnsteig erwartete ihn ein kugelrunder Mann mit einer Joppe und dem unvermeidlichen Blumenstrauß.

– Im Namen von Herrn Bodilkov!, sagte er und überreichte ihm die Blumen.

Sie stiegen in einen riesigen Jeep, der von oben bis unten mit Schlamm bespritzt war. Bald fuhren sie aus der Stadt hinaus und bogen auf eine enge, verlassene Straße ab. Die Heizung blies ihm heiße Luft ins Gesicht, die Dunkelheit hinter den Fenstern war noch immer so dicht wie vor tausend Jahren. Sie waren fast eine Stunde unterwegs, als sich vor ihnen in Umrissen ein flacher Hügel abzeichnete, der mit kleinen Lichtern übersät war. Auf seinen Hängen reihten sich niedrige rechteckige Gebäude aneinander, die wie Baracken aussahen. Über allem thronte ein seltsames Gebilde in der Form eines Lutschers.

– Die größte Schweinefarm auf dem Balkan!, erklärte der Fahrer.

Bodilkov erwartete sie zwischen den Säulen am Eingang eines imposanten weißen Hauses, umgeben von einem kleinen Gefolge. Er war ein Riese, sein Schädel kahl, sein grimmiger Bart hatte die Form eines Vorhängeschlosses. Über seine Schultern hatte er einen zottigen, pelzgefütterten Wintermantel geworfen. Er packte die zarte Hand Teofanovs, schüttelte sie einmal heftig durch, wie man eine gebratene Lammkeule schüttelt, damit das Fleisch abfällt, und drückte ihn an seine breite Brust.

– Ach, mein Dichterfreund!, sagte er und klopfte ihm voll Rührung auf den Rücken.

Danach stellte er ihm seine Entourage vor: den Buchhalter, den Verwalter, den Tierarzt, eine Schauspielerin aus dem Theater von Ruse, einen Popen mit Tränensäcken unter den Augen und zwei holländische Studenten, die im Rahmen eines Programms von SAPARD zu Gast waren. Indes bog ein schäbiger Gabelstapler um die Ecke, er schob eine riesige Palette Bücher vor sich her. Die Maschine wackelte und wankte, stieß Gase aus, als hätte sie Blähungen, und lud die Palette vor ihren Füßen ab. Bodilkov riss eines der Pakete auf und überreichte ihm einen dicken Band.

– Nun, was sagst du?!

Teofanov schlug das Buch auf, las seinen Namen und roch an dem Papier. Es war echt. Bodilkov nickte dem Popen zu. Er trat vor, holte wie ein Zauberer ein Kreuz und ein Sträußchen Basilikum aus den Falten seines Priesterrocks hervor und begann, die Bücher mit Weihwasser zu besprengen. Was für ein Schwachsinn, dachte Teofanov bei sich, während er vor Kälte mit den Zähnen klapperte.

Freilich wagte er nicht, das Ritual zu stören und das Spiel zu verderben. Die Weihe zog sich in die Länge ...

Danach trieb Bodilkov sie zum Wirtshaus vor sich her. Teofanov kippte auf die Schnelle einen Wodka hinunter, um sich aufzuwärmen. Er war den ganzen Tag im Zug gesessen, er war mit all dem hier überfordert, und der Alkohol stieg ihm sofort zu Kopf. Im Kamin prasselte ein mächtiges Feuer, und die Tische bogen sich. Die Schauspielerin gab einige seiner Gedichte zum Besten, alle applaudierten. Bodilkov hielt eine kurze Ansprache, ganz im Sinne ihres ersten Telefongesprächs, und überreichte ihm ein Sparbuch der Bank Biochim mit einer Einlage von zehntausend Euro. Der Dichter bedankte sich stotternd und suchte verzweifelt nach dem ersten Satz seiner Rede. Er hatte sie vorbereitet, bevor er aufgebrochen war, und sie war ihm durchaus gelungen ... Er merkte, dass er zu schwitzen begann.

– Ha, Prost!, rief jemand aus.

Sie reichten ihm ein Glas, und er stürzte es in einem Zug hinunter.

Von hier an erinnerte er sich nur noch an Bruchstücke ...

Der mächtige Oberschenkel der Schauspielerin, ein Netzstrumpf. Sie wurde Chevy gerufen, die Kurzform von Chevroletta ... Was für ein Name! Chevy saß neben ihm, ihr Rock geschlitzt, ihre Gesichtszüge verwaschen. Sie war wohl knapp vierzig und hatte eine samtweiche, kehlige Stimme.

– Sie sind ein wahrer Gentleman, sagte sie zu ihm, – Sie haben mich nicht ein einziges Mal gekniffen!

Dann kamen die beiden Holländer, um ihre Begeisterung für seine Gedichte zum Ausdruck zu bringen, wobei sie unentwegt von »methodes, methodes« redeten ...

– My methodes!, korrigierte sie Bodilkov, wobei er bis zu den Ohren grinste, und er drückte ihm einen fetten Schmatz auf die Stirn.

Dann kamen wieder andere Leute, ein Mädchen stieg auf den Tisch, der Verwalter führte ihm einen Zaubertrick vor, bei dem ein Glas eine Rolle spielte ...

Teofanov musste aufs Klo, er verirrte sich und fand sich, ohne zu wissen wie, unter dem winterlichen Himmel wieder. Er machte sich daran, auf den Hügel zu steigen, als er plötzlich die lockende Stimme der Schauspielerin hörte. Er lauschte, sie kam aus dem nahegelegenen Gebäude ... Er konnte den Eingang nicht gleich finden, sprang über einen Zaun und landete im Dreck. Die Tür war sehr niedrig, er musste auf allen Vieren hindurch kriechen. Im Inneren brannte ein schwaches, bläuliches Licht. In dem gespenstischen Halbdunkel rezitierte jemand ein Gedicht. Seine Verse!

Der Todesstuhl ist leer,
mein Schatten sitzt darin ...

– Chevy, Chevy! raunte er erregt.

Er befand sich in einer Art Käfig. In der Ecke lag ein Körper von riesigen Ausmaßen. Da schau an, sie nannten sie wohl nicht umsonst Chevroletta ... Seine Augen gewöhnten sich allmählich an das dämmrige Licht. Er sah einen Rüssel. Der Rüssel reckte sich in die Höhe, als würde er die Wörter aus der Luft saugen ... Teofanov richtete sich auf. Der ganze Raum war in Kabinen unterteilt, dazwischen verlief ein schmaler Pfad. Die Stimme kam aus einem Lautsprecher, der an der Decke befestigt war. Die Schweine schimmerten bläulich, die Szenerie war unwirklich. Auf einer Seite liegend, mit halbgeöffneten Augen, lauschten sie seinen Versen. Von Zeit zu Zeit zuckten ihre Ringelschwänzchen, und er hatte das Gefühl, dass seine Worte ihre Herzen berührten. Eine seltsame Ruhe erfasste ihn, es war etwas wie Glück. Er setzte sich in eine Ecke des Käfigs, streckte die Beine aus und schloss endlich die Augen.

Im Wirbel eines schrecklichen Durcheinanders wurde er wieder wach: Schritte, Rufe, das Klappern von Eimern. Jemand packte ihn an der Schulter und schleppte ihn aus dem warmen Schweinestall in die Kälte der Ernüchterung hinaus.

– Wo warst du denn nur? Du hast uns einen mächtigen Schrecken eingejagt! Ts-ts-ts ... Du musst ja ganz schön getankt haben!

Teofanov schwieg stolz. Sie brachten ihn ins Bad und drückten ihm Arbeitskleidung in die Hand, auf der das Logo der Farm prangte. Er zog ein finsteres Gesicht, aber er hatte keine Wahl. Bodilkov erwartete ihn in seinem Büro. Er wirkte leicht beunruhigt.

– Alles in Ordnung?

Der Dichter nickte zögerlich. Er wollte gerne etwas fragen, aber es gelang ihm nicht, die richtige Formulierung zu finden, und schließlich ließ er es sein.

Über dem Schreibtisch hing das Bild einer jungen Frau in einer eleganten Uniform. Bodilkov klopfte auf den Rahmen.

– Meine Tochter. Sie hat mir die Augen für die Poesie geöffnet! Sie war übrigens dein größter Fan ... – Er kicherte hinterlistig. – Mittlerweile ist sie davon losgekommen. Jetzt ist sie Stewardess.

Teofanov wunderte sich, sagte aber noch immer nichts. Seltsame Vögel diese Mäzene ...

Der Zug nach Sofia füllte sich von Station zu Station, je näher er seinem Ziel kam. Der Dichter döste am Fenster. Die Erinnerung an Bodilkov verschwand langsam hinter dem Horizont seines Bewusstseins, und zusammen mit ihr die Zweifel und Fragen, die er mitgenommen hatte. Die sorgsam verpackten Schwarten seiner gesammelten Schriften füllten das Gepäcknetz über seinem Kopf. Das Sparbuch mit den zehntausend Euro in der linken Brusttasche wärmte sein Herz. Das sind die Dinge, auf die es ankommt, beruhigte er sich. Der Rest sind nur Träume und alkoholschwangere Phantasien.

Irgendwann betrat ein hagerer Mann mit schütterem Dreitagebart und Springerstiefeln voller Dreck das Abteil. Er ließ sich in den Sitz neben der Tür fallen und starrte den Dichter unverwandt an. Teofanov bemerkte ihn trotzdem nicht, bis er von ihm angesprochen wurde.

– Ich sehe, Sie arbeiten für Bodilkov? tastete sich der Mann vor. – Ist es wahr, was man sich erzählt? Dass er ... na ja ... dass er seinen Schweinen Gedichte vorlesen lässt, damit sie schneller wachsen?

– Wie bitte? – Teofanov zog die Augenbrauen hoch.

– Diese Gedichte seien etwas ganz Besonderes. Sie stammten von irgendeinem bulgarischen Dichter, fuhr jener fort. – Sie sollen besondere Vibrationen hervorrufen und die Drüsen im Magen anregen, mehr Säfte abzusondern. Um die Wahrheit zu sagen, ich glaube ja nicht alles, was die Leute reden, aber wer weiß ... Dieser Bodilkov war vor fünf Jahren ein Niemand. Und jetzt ... Man sagt, seine Tochter habe nichts anderes getan, als immer nur Gedichte zu lesen, und auf diese Weise sei sie hundert Kilo schwer geworden. Da habe sich Bodilkov gesagt: Wenn es bei ihr anschlägt, vielleicht wirkt es dann auch bei den Schweinchen … Er habe sogar eine Schauspielerin angeheuert, damit sie den Ferkeln vorliest. Kennen Sie den Namen dieses Dichters?

Teofanov zuckte die Achseln. Die Scheibenwischer ruckten quietschend über die Heckscheibe seines Gedächtnisses. Der Zug stoppte abrupt, ein Paket rutschte aus dem Gepäcknetz und fiel auf den Boden. Irgendwo hinter ihm, in der bläulichen Dämmerung des Schweinestalls, erklang immer noch die Poesie seiner Verse.

Über Hovav sagte man, er sei stark, streng, schweigsam und fest in seinem Glauben. Man sagte auch, dass er ein Sonderling sei … Ich bin sein Sohn und kann bezeugen, dass dies der Wahrheit entspricht.

Damals, so war es Gottes Wille, bewohnten wir ein Plattenbaughetto am Rande von Sofia, Družba-2 hieß die Siedlung. Wir waren zu viert: Vater Hovav, meine Mutter, ich und mein kleiner Bruder. Wir lebten in einer nicht allzu großen Wohnung mit schiefen Wänden im siebten Stock. Wohnzimmer und Küche schauten aufs Feld hinaus, die anderen zwei Zimmer waren den Nachbarblöcken zugewandt. Jeden Morgen zog mein Vater sich an, trank ein Glas Milch und ging zur Arbeit. Er kam erst am frühen Abend zurück und sah so aus, als sei er gerade erst gegangen. Ein Gesicht wie aus Stein gemeißelt, ein dunkler Gehrock, polierte Stiefel, ein hoher Hut … Ich hatte keine Vorstellung davon, womit er sich beschäftigte, er sprach zu Hause nicht gern darüber. Es gab Gerüchte, dass er mit Holz handelte. Meine Mutter widersprach dem nicht. Sie war eine runde, kleine Frau und ihrem Mann fanatisch ergeben. Ich sehe sie vor mir – immer adrett, mit einer karierten Schürze und einer weißen Stoffhaube. Meine Mutter war Hausfrau. Hovav verdiente genug, dass es uns an nichts mangelte. Mein Bruder und ich besuchten die Schule im Viertel. Wir hatten Freunde, mit denen wir allerhand anstellten. Äußerlich unterschied sich unser Leben in nichts von dem der anderen. Doch es gab Momente der Prüfung, von denen niemand etwas ahnte ...

Der November war der Monat des Sauerkrauts. Für meinen Vater war das die schönste Zeit des Jahres, wichtiger noch als Weihnachten, Ostern und alle übrigen Feiertage zusammen. Oh, er verstand es wahrlich, Sauerkraut zu machen! Er wusste, was er tat – es war eine alte Familientradition, die er unbeirrbar pflegte. Sein Sauerkraut war einzig in der Welt, es war mehr als nur Kraut. Es war eine Weltanschauung. Wenn ich an die bernsteingelben Krautköpfe denke, fest und knusprig, wird mir flau im Magen. Der Sauerkrautsaft erst. Nektar! Leicht rosa, sauer-herb und frisch wie Tau, Allmächtiger! Auch die Väter meiner Mitschüler legten Kraut für den Winter ein, aber wie weit waren sie von der Vollkommenheit meines Vaters entfernt! Das ihre sah verfault aus, hatte die Farbe von Schimmel und stank. Und wie es schmeckte! Mal war es versalzen, mal salzlos, meist zu sauer und manchmal zu Alkohol vergoren ... Im Frühling stieg ein Gestank aus ihren Kellern, der den gesamten Block verpestete.

– Wie die Leute, so ihr Kraut, kommentierte mein Vater gerne, die Hände fromm im Schoß gefaltet. – Es geht nichts über den Bottich!

In der Küche fand ich ein altes Kochbuch, darin war beschrieben, wie man Sauerkraut zubereitet. Ich beschloss, vor meinem Vater damit zu glänzen, wie viel ich wusste.

Er fragte mich: – Welches sind die Elemente des Sauerkrauts?

Ich antwortete hochmütig: – Wasser, Salz und Kraut.

Hovav betrachtete mich spöttisch. – Und? ...

Ich schwieg.

Er hob drei Finger und knickte sie einen nach dem anderen: Sauberkeit, Geist und Hingabe. – Wiederhole!, befahl er.

Sauberkeit, Geist, Hingabe.

Das Hobby meines Vaters war kein einsames, vielmehr waren daran unter der kundigen Dirigentschaft Hovavs alle Familienmitglieder nach Kräften beteiligt. Er selbst hatte erst damit begonnen, Kraut einzulegen, als er geheiratet hatte und Vater geworden war. Bis dahin hatte er immer nur seinem Vater geholfen, in der Hoffnung, er würde eines Tages selbst einen Bottich haben und Herr darüber sein. Und so kam es dann auch. Zur Hochzeit hatte er einen nagelneuen Bottich bekommen. Der Alte hatte ihn aus den weit entfernten Gebieten im Norden des Landes geholt.

Und so erschien meine Mutter jedes Jahr Anfang November mit dem Attest eines befreundeten Doktors in der Schule und befreite uns bis zum Ende des Monats vom Unterricht. Das erweckte natürlich Neid unter unseren Mitschülern, obwohl sie sicher nachsichtiger gewesen wären, wenn sie gewusst hätten, was uns erwartete. Aber mein Bruder und ich hatten vor dem Vater geschworen, mit der Hand auf dem Bottich, dass wir nicht verraten würden, was zu Hause geschah. Inzwischen ist dieses Verbot aus vielen Gründen gefallen, was mir die Freiheit gibt, zu reden.

Ich erinnere mich, wie wir auf den Markt gingen, das Kraut zu kaufen. Zu diesem Anlass mussten wir uns feierlich kleiden: mein Bruder und ich im Anzug, Mutter legte die Schürze ab und setzte einen neuen Hut auf. Wir stellten uns der Größe nach hintereinander auf und machten uns auf den Weg. Vorneweg, versteht sich, schritt mein Vater voraus – gesetzt, solide, in seiner Hand schwang ein schwerer Spazierstock mit rundem Messingknauf. Seine Stiefel glänzten wie immer wie frischer Teer. Er trug einen langen, schwarzen Gehrock, zugeknöpft bis zum Kinn, ein Hut in der Form eines gestürzten Eimers schmückte seinen Kopf. Die Leute drehten sich mit Befremden nach uns um, doch wir schritten weiter stolz voran. Wir gingen Kraut kaufen! Unser Bottich faßte zwanzig mittelgroße Krautköpfe. Vater wählte sie sehr sorgfältig aus: Sie mussten gleich groß, sie mussten fest und ihre Blätter durften nicht löchrig sein. Von großer Bedeutung war vor allem die Sorte des Krauts. Auf unseren Märkten gibt es zwei Arten davon: Das eine ist weiß, rund und zart, das andere ist grüner und auch zäher, weshalb es nur für Krautrouladen verwendet wird; Hovav nannte es »Schweinskopf« und kaufte nie davon. Er behauptete, das weiße Kraut würde sich von Licht und Güte ernähren, deshalb sei es so süß und frisch wie das Herz eines Engels, Vater nannte es »Seelenkraut«. Der »Schweinskopf« hingegen sei voller Erdsaft und Bosheit, deshalb schmecke es scharf und kratze zwischen den Zähnen. Es soll verflucht sein! Die Händler hatten von meinem Vater einiges zu erdulden, aber sie wagten nicht zu protestieren, vom Spazierstock und der grünlichen Flamme in seinen Augen eingeschüchtert. Wir kehrten vom Einkaufen in der gleichen Prozession zurück: weit vorne der Vater mit zehn Krautköpfen, dann Mutter mit fünfen, ich mit dreien und hintennach schlurfte mein kleiner Bruder mit zwei Krautköpfen unter den Armen einher.

Am Nachmittag holten wir den Bottich, Vater nahm den Deckel ab und stellte ihn »zum Atmen« auf den Balkon. Es war ein schöner Eichenbottich, im Laufe der Zeit dunkel geworden, mit starken eisernen Reifen. Er duftete zart nach Sauerkrautsaft und Holz und hallte hell wie eine Glocke. Als ich klein war, erschien er mir riesig. Vater hatte die Angewohnheit, mich hochzuheben und hineinzustellen. Er wollte, dass ich mich an ihn gewöhne, seinen Duft aufsauge, dass ich spüre, wie er mich umschließt ... Vergebens heulte ich und streckte meine kurzen Arme nach ihm aus. Hovav blickte durch die runde Öffnung auf mich herab und musterte mich, streng und unerbittlich. Als ich größer war, begann er, dasselbe mit meinem Bruder zu tun.

– Die Welt ist ein großer Bottich, mein Sohn!, lehrte er mich, während der Kleine schrie wie am Spieß. – Gott stellt uns in den Bottich, damit wir reifen.

Zu dieser Zeit des Jahres konnte man viele bulgarische Männer auf den Balkons beobachten. Die Ärmel aufgekrempelt, schrubbten und spülten sie fleißig große Kunststoffkanister. Vater hatte für diese irregeleiteten Seelen nur Verachtung übrig. Für ihn gab es nichts Primitiveres, als das Kraut in einen Kanister zu tun. Wut und Schmerz erfüllten sein Herz, aber was konnte er schon ausrichten? Er knirschte mit den Zähnen und gab sich seiner Pflicht noch eifriger hin, um gleichsam auch für die Ehrlosigkeit der anderen zu büßen. Wir aßen früh zu Abend. Bevor wir ins Bett gingen, wickelte Mutter das Kraut mit einer Decke ein, damit es nicht einfror, falls es über Nacht kalt werden sollte. Am nächsten Tag erwartete uns viel Arbeit.

Als ich dreizehn Jahre alt geworden war, geschah etwas Aufregendes. Vater wollte, dass ich mit ihm komme, um einen Stein auszusuchen. Bis dahin hatte er das immer allein gemacht; er ging in der Früh weg, und meine Mutter, mein Bruder und ich sahen zu, wie er auf dem Feld immer kleiner und kleiner wurde. Erst am frühen Abend kam er zurück, todmüde und ausgehungert ... Es ist wohl nicht nötig zu sagen, wie wichtig der Stein ist! Wenn man das Kraut nicht richtig preßt, schwimmt es auf und verdirbt. Unwissende benutzen zum Beschweren, was ihnen gerade in die Hände kommt – Ziegel, Pflastersteine ... Aber natürlich wissen sie nicht, was sie tun. Wie würden Sie sich fühlen, wenn man Ihnen statt eines Kissens einen Ziegel unter den Kopf schiebt? So mag es auch das Kraut bequem, damit es frisch bleibt. Für diesen Zweck eignet sich der Flussstein am besten. Rund und glatt legt er sich weich auf die Krautköpfe, ohne sie zu erdrücken. Es ist, als würde er sie davon überzeugen, zu ihrem eigenen Besten unter Wasser zu bleiben. Jedes Jahr ging mein Vater also zum Fluss, einige Kilometer vor der Stadt, um so einen Stein zu suchen. Zu Hause hatten wir schon ein ganzes Dutzend davon, aber Vater bestand darauf, dass wir jedes Mal einen neuen verwendeten. In seiner Familie existierte eine Tradition, die so gesammelten Steine auf dem Grab aufzuschichten, wenn ein Mann starb. Hovav prahlte mit einem Urgroßvater, der ganze hundert Krautsteine auf seinem Grab hatte. Ein Heiliger!

– Ach, gebe es Gott einem jeden!, seufzte Vater im Wissen, dass dieser Lohn einzig von der Gnade des Allmächtigen abhing.

An jenem denkwürdigen Tag richtete Mutter Proviant für zwei. Sie gab mir das Bündel und ließ mich schwören, dass ich Vater folgen würde. Mein Bruder begann zu weinen und zu jammern, dass er mitkommen wolle, aber Hovav sah ihn an, wie nur er es konnte, und das Jammern verstummte sofort. Damals war er acht Jahre. In seinem Alter war ich auch zu Hause geblieben; ich hatte der Mutter geholfen, den Bottich zu waschen, denn auch das ist eine verantwortungsvolle Aufgabe. Man verwendete dazu heißes Wasser und Natron, danach wird der Bottich mit Weihrauch gereinigt, um Bakterien und Mikroben zu töten. Das Waschen des Bottichs ist ganz und gar Aufgabe der Frau, und ich weiß nicht, warum sich manche einbilden, es sei eine besondere Heldentat, wenn sie sich damit abgeben. An dem Mann ist es, den passenden Stein zu finden!

Ich erinnere mich, wie wir uns auf den Weg machten, dem finsteren Pfad an einer Reihe verzagter Pappeln vorbei folgten. Mutter und Brüderchen standen auf dem Balkon und winkten uns nach. Das Feld war übersät mit Gruben und Schutthaufen – ein trauriger Anblick. Früher hatte mein Vater davon geträumt, darauf Kraut anzupflanzen, aber er war schnell zu dem Schluss gekommen, dass das Vorhaben wegen dem Geist, der in der Gemeindeverwaltung herrschte, zum Scheitern verurteilt war. Wenn er jetzt so über das Feld ging, schien er nichts zu bemerken, so versunken war er in Gedanken. Wie Knetmasse klebte Schlamm an meinen Schuhen. Es war kühl. Die Sonne verbarg sich hinter grauen Wolken. Der Weg führte unter der Bundesstraße hindurch, von dort gingen wir weiter auf der Landstraße Richtung Samokov, am See von Pančarevo entlang. Auf dieser Strecke verkehrten auch Busse, aber Vater bestand darauf, zu Fuß zu gehen. Wir kamen gegen Mittag an unser Ziel. Der Fluss rauschte in der Talschlucht links vom Weg. Wir gingen einen Pfad hinunter ans Ufer und ließen uns nieder, um Brotzeit zu machen. Das Wasser schoss an uns vorbei und riss Blätter und Hölzer mit sich; die runden Steine am Grund schimmerten in einem matten, gelblichen Glanz. Vater kaute langsam das Essen, das Mutter uns eingepackt hatte. Er kaute immer so langsam, als würde er sich jede einzelne

Kalorie einverleiben. Nie sprach er dabei. Das Mittagessen war bescheiden: Brot, ein Stück Käse, ein Apfel. Nachdem wir gegessen hatten, dankte Vater Gott und schnürte seine Schuhe auf. In diesem Moment erreichte uns von den bewaldeten Abhängen das Echo einer Glocke. Hovav blieb unbeeindruckt. Er hieß mich die Schuhe ausziehen.

Der Fluss war nicht tief, aber in das kalte Wasser zu steigen, fühlte sich an, als würde man auf Glasscherben treten. Der Grund war glitschig, und ich konnte nur mit Mühe das Gleichgewicht halten. Mein Vater hob Flusssteine aus dem Wasser, einen nach dem anderen, wog sie konzentriert in seiner Hand und ließ sie dann wieder ins Wasser fallen. Ich stand inmitten der Strömung und zitterte. Meine Hosenbeine waren klitschnass. Es war offenbar keine leichte Aufgabe, einen geeigneten Stein zu finden ...

– Ist er zu leicht, werden sie ihn abwerfen, doch wenn er zu schwer ist, wird er sie erdrücken, murmelte Vater vor sich hin. Sein Schatten war wie ein Flackern über dem Fluss; es war, als würden die Wellen ihn in die Länge ziehen, und er wurde größer und größer. Dann riss er sich plötzlich los und wurde von der Strömung davongetragen.

Entsetzt beobachtete ich, wie er zwischen meinen steif gewordenen Beinen hindurchschwamm. Ich hob den Blick. Vater war verschwunden. Ich geriet in Panik. Dann hörte ich von weitem seine Stimme.

– Mein Sohn! Mein Sohn!, rief er mich.

Ich drehte mich um.

Vater stand zehn Schritte hinter mir und hielt einen runden grünlichen Stein in Händen. – Ich habe ihn gefunden! Gelobt sei der Herr!, rief er und hob den Stein über seinen Kopf. Seine Kleider waren vollkommen trocken. Wahrlich, was der Glauben nicht alles vermag!

Wir gingen zurück ans Ufer. Der Stein wog schwer und war nicht leicht zu tragen. Der Tradition folgend mussten wir uns abwechseln: Vater machte hundert Schritte mit dem Stein, dann gab er ihn mir. Ich trug ihn zwanzig und gab ihn ihm zurück. Vater zählte die Schritte genau. Es war ermüdend und wir kamen auch nur sehr langsam voran ... Neidisch folgten meine Blicke den Autos, die an uns vorbeisausten und aus denen uns erstaunte Blicke zugeworfen wurden.

Plötzlich begann Vater, aus voller Kehle zu singen: – Leicht ist meine Bürde, Herr, weil ich auf deinen Pfaden wandle.

Leicht? Meine Arme wurden schwer, ich blieb zurück, stolperte, doch Hovav schien meine körperliche Schwäche nicht zu bemerken.

– Hab Vertrauen! Denk an das Kraut!, riet er mir und setzte sein Lied mit frischer Kraft fort: – Bereit ist mein Herz, Herr, bereit ist es, ich werde singen und dich rühmen! Ich hingegen konnte kaum noch einen Fuß vor den anderen setzen ...

Der Weg erschien mir unendlich weit. Unmerklich war es dunkel geworden. Die Wohnblocks zeichneten sich am Ende des Feldes ab, von gelben Lichtern durchlöchert wie Käse. Ich war an der Grenze meiner Kräfte, als mir mein Vater den Stein wieder zuschob. Ich ließ ihn fallen und setzte mich auf eine zerbrochene Kloschüssel am Fuße eines Müllberges. Es hätte mich nicht gewundert, wenn meine Zunge zwischen meinen Knien gehangen wäre.

– Tu das nicht, mein Sohn!, hörte ich eine Stimme über

meinem Kopf. – Zwing mich nicht dazu, dir den Schädel mit diesem heiligen Stein zu zertrümmern.

Ich wusste, dass er es tun würde, und ich konnte ihn nicht aufhalten ... Ich begann zu weinen. Hovav blieb gleichgültig. Seine Silhouette ragte finster vor mir auf wie ein Symbol der unerbittlichen Vorsehung. In diesem Moment vernahm ich gedämpftes Kichern ... Ich hob den Kopf, und vor meinen Augen offenbarte sich ein wundersamer Anblick. Kleine Engelchen waren auf den Zweigen der nahen Pappel gelandet, sie schaukelten auf ihren Ästen und lachten. Ein zarter, goldener Schein umhüllte sie. Und ich bemerkte etwas noch Wundersameres: Ihre Flügelchen waren aus Krautblättern! Die Engelchen flogen in einem Schwarm zu mir herab: Zwei fassten mich unter den Achseln, zwei packten mich an den Kleidern, und weitere vier hoben den Stein an. Die übrigen begannen mit ihren zarten, grünen Flügeln durch die Luft zu flattern. Sie zwinkerten mir übermütig zu und reckten den Daumen in die Höhe: – Du schaffst es, Junge! Gib alles, Kleiner!

Eine Flut von Energie strömte in mich ein. Der Stein war mir leicht wie eine Feder. Und aus meinem Mund ergossen sich ungewöhnliche Worte: – Siehe, Gott ist mein Helfer!, rief ich aus. – Gott trägt meine Seele! Und ich begann, mit dem Stein nach Hause zu laufen.

– Halleluja, halleluja!, rief mein Vater hinter mir drein.

Ich rannte die ganze Strecke durch, während sich die Engelchen abwechselten, mir mit dem Stein zu helfen. Hovav bemerkte sie offensichtlich nicht – es war ihm nicht gegeben –, aber er hatte eine Ahnung, dass höhere Mächte im Spiel waren, und war tief beeindruckt. Weil der Segen das Gesetz beschämte. Und auch jetzt, nach so vielen Jahren, spüre ich in Augenblicken des Trübsinns den frischen

Windhauch der Krautflügel und höre das zarte Lachen der kleinen Boten. Und in meinem Herzen erschallen die Worte Judits: »Denn deine Macht stützt sich nicht auf die große Zahl, deine Herrschaft braucht keine starken Männer, sondern du bist der Gott der Schwachen und der Helfer der Geringen; du bist der Beistand der Armen, der Beschützer der Verachteten und der Retter der Hoffnungslosen.«

Zu Hause ließ uns Vater sofort vor dem Bottich knien, und so verharrten wir, schweigend, vielleicht eine halbe Stunde lang. Danach aßen und schliefen wir, wie es sich für anständige Menschen gehörte.

Am Morgen des dritten Tages wird das Kraut gewaschen und hernach mit einer Lösung aus Wasser und Salz übergossen. Das gehörte ebenfalls zu Mutters Pflichten. Inzwischen sammelte sich mein Vater, er las im Buch der Bücher, ging in Gedanken versunken von Zimmer zu Zimmer, weil ihm nach dem Mittagessen die wichtigste Aufgabe bevorstand ... Mein Bruder und ich liefen geschäftig in der Küche hin und her und halfen, wo wir konnten. Mutter entfernte die oberen Blätter der Krautköpfe und den ganzen Strunk, dann schnitt sie sie drei bis vier Zentimeter tief über Kreuz ein. Die Lake wurde bereitet, sechshundert Gramm oder drei Teetassen Salz auf zehn Liter Wasser. Danach wird umgerührt. Und es ist ein großer Fehler, nicht zu warten, bis sich das Salz vollständig aufgelöst hat. Wir hatten es nicht eilig. Meine Mutter rührte ruhig in der Lake, und sie sah dabei ein bisschen abwesend aus, traurig vielleicht. Sie hatte den Kopf an die Schulter geschmiegt wie eine Taube, und es hatte den Anschein, als trieb sie in einem Boot über das Meer ihrer Erinnerungen. Manchmal ließ sie auch uns rühren, aber dann stritten wir uns immer, wer dran war ... Wir aßen nur zu dritt zu Mittag, für Hovav war das ein Tag völliger Enthaltsamkeit. Er war bereits in einem Stadium, dass man nur noch schwer mit ihm in Kontakt treten konnte. Seine Kleider knisterten trocken bei jeder Bewegung. Von Zeit zu Zeit zog sich sein Mund wie mechanisch auseinander, und er preßte ein einziges Wort zwischen seinen Zähne hervor: – Krrraut! Krrraut!

Ich erinnere mich, nach dem Wunder mit dem Stein wurde ich für würdig befunden, einen nächsten Schritt zu tun. Man ließ mich in der Ecke der Küche kauern und trug mir auf, still zu sein. Meine Mutter und mein Bruder gingen aus dem Haus und machten einen Spaziergang. Ich war allein mit dem Vater und dem Kraut. Die bleiche Herbstsonne trieb in der faden Salzlake des städtischen Himmels. Die leicht schiefen Wände des Zimmers erschufen eine seltsame Perspektive; mir war, als hätte sich das Gravitationszentrum verschoben, sodass nach und nach alle Gegenstände zu Boden fallen würden. Einzig mein Vater saß unverrückbar auf dem Stuhl und fixierte das Kraut mit starrem Blick. Ich war Zeuge, wie er mit aller Anstrengung versuchte, seine Gesichtsmuskeln zu beherrschen und die Energie in sich aufzusaugen, die bei der Exaltation frei geworden war. Jetzt war sein Blick klar und entschlossen, zwischen ihm und dem Kraut war eine unsichtbare Verbindung entstanden – es konnte beginnen. Es gibt Leute, die nichts weiter tun, als die Krautköpfe in den Bottich zu stopfen, wie es gerade kommt, und die sich einbilden, die Arbeit sei damit erledigt. Falsch! Auf diese Weise wird das Kraut seiner Seele beraubt und verwandelt sich in eine träge, tote Masse, aus der nichts Gutes entstehen kann. Das System meines Vaters war kompliziert, aber es tat seine Wirkung. Hovav betrachtete jeden Krautkopf für sich, um seine geheimnisvolle Einzigartigkeit zu würdigen. Es wird mir immer ein Rätsel bleiben, aber er hatte die Gabe, gedanklich ihre Blätter aufzufalten und bis in ihr verborgenes Inneres vorzudringen ... Er nahm den Krautkopf einfach in die Hand, drehte ihn vor seinen Augen hin und her, und der Krautkopf erschloss sich ihm restlos mit der Hingabe einer verliebten Jungfrau. Dann taufte er ihn. Alle Krautköpfe im Bottich hatten einen Namen. Vater schichtete sie mit dem Strunk nach oben auf: Amos, Elija, Thomas, Boas, Maria, Tamar, Enoch, Gog ... Manchmal packte es ihn: Er holte sie heraus und ordnete sie von neuem. Ich konnte die Logik dieser Folgen nicht begreifen. Vielleicht gab es auch keine. Es war ein Instinkt. Ich will nur anmerken, dass Vater streng darauf achtete, dass wir die umgekehrte Reihenfolge beibehielten, wenn wir das Kraut zum Essen aus dem Bottich nahmen ...

Immer noch hallt seine Stimme in meinen Ohren: – Ich taufe euch mit Salz und Wasser! Seid gesegnet! Möget ihr am Ende der Tage zum ewigen Leben wiedergeboren werden! Ich kann mich an keinen feierlicheren Moment erinnern! Vater goss die Salzlake über die verstummten Krautköpfe, er schöpfte mit einer kleinen silbernen Kanne aus dem Eimer und wiederholte unermüdlich: – Ich taufe euch! Ich taufe euch!

Wir befanden uns in der »kalten Kammer«, Vater hatte diesen kleinen Raum speziell für das Kraut ausgebaut. Drinnen war es trocken und dunkel, die Temperatur war konstant niedrig. Das Kraut müsse unter Leuten leben, meinte er. Wenn du es im Keller oder auf dem Balkon alleine lässt, fühlt es sich einsam und wird bitter. Der kleine Raum war für uns alle so etwas wie das Allerheiligste. Der

Boden war mit rötlicher Erde bestreut, die Vater aus seiner Heimat mitgebracht hatte. Man ging nie mit Schuhen hinein, und an bestimmten Tagen des Monats war es Mutter verboten, seine Schwelle zu überschreiten. Prinzipiell hatte nur Vater das Recht, im Bottich zu rühren, weil er als einziger über die Ordnung Bescheid wusste, nach der die Krautköpfe aufgereiht waren. Wenn er mal nicht da war, hinterließ er in jedem Fall eine Notiz, welcher Kopf an der Reihe war. Es kam auch vor, dass Vater nicht da war und Mutter nicht durfte, dann fiel mir die Ehre zu, den markierten Krautkopf herauszunehmen. Ich muss zugeben, dass ich mich ein bißchen fürchtete ... Drinnen drangen unheilvolle Geräusche aus dem Bottich – ein Gluckern, Zirpen und Seufzen ... Ich hob den schweren Deckel an: Die Krautköpfe schimmerten weich und gelblich unter dem Krautsaft, in der Mitte ragte der Stein auf wie eine Insel. Der Krautkopf war mit einem kleinen, blauen Fähnchen gekennzeichnet. Plötzlich erfaßte mich wildes Entsetzen, als ob sich da unten ein Ekel von Fisch mit spitzen Zähnen verbarg. Ich starrte angespannt in den Bottich, aber außer Krautköpfen war nichts zu sehen. Von Zeit zu Zeit war das dumpfe Plätschern einer aufsteigenden Blase zu hören. Ich schloß die Augen und griff hinein ... Der Krautkopf war nass und glitschig wie ein Neugeborenes. Vater sagte oft, das Kraut habe ein menschliches Schicksal: Jedes Jahr würde es in riesigen Mengen geboren, aber nur eine geringe Zahl Auserwählter gelange in die Bottiche von Gerechten, wie er einer war. Die übrigen teilten das Schicksal der Ausgestoßenen – sie verfaulten oder würden zu Schweinefutter. Die Wandlung des Krautes in Sauerkraut galt ihm als eine Auferstehung. Deshalb weigerte er sich auch, diesen Prozess als eine gewöhnliche chemische Reaktion zu betrachten. Hovav behauptete, es handle sich vor allem um eine mentale Anstrengung, eine geistige Ruhmestat, zu der wir alle beitragen müssten. Und wir trugen bei – aufopferungsvoll, mit unserem ganzen Wesen!

Sofort nachdem er das Kraut eingelegt hatte, begann Hovav, sich uns zu widmen ... Ich, meine Mutter und mein Bruder legten uns im großen Schlafzimmer ins Bett, und Vater breitete die dicke Daunendecke über uns. Die Bettlaken waren gerade gewechselt worden, sie dufteten nach Frische, das Bett war weich, und doch war ich voller Unruhe. Ich suchte Mutters Hand. Mein Bruder auf der anderen Seite schniefte.

– Mut, mein Sohn!, flüsterte sie und drückte meine Hand.

Währenddessen verdunkelte Hovav das Zimmer, zündete eine Kerze an und befestigte sie auf dem Rahmen des Bettes. Dann tauchte er einen Strauß Storchschnäbel in die Reste der Salzlake und begann, unsere Köpfe zu besprengen. – Ich taufe euch mit Salz und Wasser!, murmelt er vor sich hin. – Auf dass ihr reif werdet wie Krautköpfe, auf dass ihr reift und am Ende der Tage wiedergeboren werdet ... Und jetzt schlaft ein!, befahl er uns ohne weitere Umschweife und ließ sich nieder.

Vorsichtig leckte ich die salzigen Tropfen von meinen Lippen. Vaters bleiches Gesicht zeichnete sich schemenhaft hinter der dünnen, stillen Flamme ab. Seine Gestalt verschmolz mit der Dunkelheit. Seine Augen, zu beiden Seiten der Flamme, verschluckten das Licht wie bodenlose Abgründe.

– Ich beginne zu zählen, war seine mächtige Stimme zu vernehmen, – eins, zwei, drei, vier ... Ich spürte, wie ich ganz steif wurde, als würden sich meine Gliedmaßen von mir entfernen. Der Wille erlosch. Das Bewusstsein erlosch. Die Flamme meiner Lebensenergie wurde kleiner, wurde dünn wie ein Streichholz. – Zehn, sagte Vater und blies die Kerze aus. Wir schliefen.

Mehr als zwanzig Tage verbrachten wir in dieser Lage, eingewickelt wie Seidenraupen in ihrem Kokon. In der Zwischenzeit füllte Vater das Kraut um, wachte über uns und betete. Am Anfang, bis ich etwa fünf Jahre alt war, war ich sicher, tot zu sein – ins Nichts geschleudert, in Atome zerlegt. Vaters Stimme belebte mich wieder, und jedesmal war ich davon überzeugt, als ein neuer Mensch aufzuwachen. Allmählich begann ich aber, mich an meine Vorleben zu erinnern, und stellte fest, dass ich im Großen und Ganzen derselbe geblieben war. Auch wenn ich mich in geistiger Hinsicht natürlich verändert hatte – so wie Sauerkraut unvergleichlich höher steht als rohes Kraut, so hatte auch ich eine neue, höhere Stufe in meiner Entwicklung erreicht. Ehre sei Gott dem Herrn! Ich erinnere mich, ich lag trunken vom Schlaf da, mit schweren Gliedmaßen, benommen, und mein Inneres erfüllte ein seltenes Gefühl von Reife, so als wenn meine Seele die Bühne einer magischen Verwandlung geworden wäre. Ich wollte nicht aufstehen und flüchtete vor dem Tageslicht unter die Bettdecke. Hovav saß mir gegenüber, und zum ersten Mal seit vielen Tagen lächelte er. Er sah erschöpft aus, aber nicht besiegt. – Freut euch, meine Kinder!, rief er aus. – Ich bringe euch eine gute Nachricht. Das Kraut ist fertig!

Und das Leben ging wieder seinen gewohnten Gang ... Mutter nahm ihre Arbeit im Haushalt auf, Vater ging wieder seinem Beruf nach, und mein Bruder und ich waren damit beschäftigt, den verpassten Lernstoff aufzuholen.

Was gar nicht leicht war, denn obwohl wir uns geistig erhöht fühlten, waren wir vom langen Schlafen stumpf geworden und das Lernen machte uns Probleme. Aber das kümmerte unsere Eltern nur wenig. Es war nichts gegen die Freude, dass das Kraut auch heuer wieder etwas geworden war, dass der Segen uns nicht übergangen hatte und Gott über unseren Bottich wachte. Jeden Abend versammelten wir uns um den Tisch, Hovav, meine Mutter, ich und mein Bruder, kauten Kraut, bis wir satt waren, und rühmten den Herrn. Denn er ist gut und seine Gnade ewig. Halleluja!

Wahrscheinlich hätte dieses gottgefällige Leben noch viele Jahre angedauert, wenn da nicht jener absurde Zwischenfall gewesen wäre. Ich war soeben vierzehn geworden, und auf meiner Stirn hatten sich kleine, pralle Pickel breitgemacht. Die Säfte in meinem Körper kochten und brodelten. Nachdem er das Kraut eingelegt hatte, deckte Vater uns zu, besprengte uns mit der Lake und begann mit dem Countdown. Ich schlief selig und reifte innerlich, als mein Bewusstsein sich zu rühren begann. Ich spürte, dass es noch zu früh war, und wehrte mich dagegen. Aber allmählich wurde ich leichter und trieb hinauf an die Oberfläche des Daseins ... Es ist mir bis heute ein Rätsel, wie ich aufgewacht bin, vielleicht hatte es mit der Pubertät zu tun. Plötzlich stellte ich fest, dass ich mit offenen Augen dalag und gebannt dem Dröhnen des Donners lauschte. Ich musste dringend pinkeln. Ich merkte sofort, dass etwas nicht in Ordnung war. Im Zimmer war es dunkel, die Vorhänge waren zugezogen. Draußen rauschte der Regen. Mein Bruder schlief auf der einen Seite, auf der anderen schnarchte meine Mutter leise vor sich hin. Ich stand vorsichtig auf und schob den Vorhang ein wenig zur Seite. Es war Nacht. Der Sturm tobte, Blitze zuckten. Ich pinkelte in den Blumentopf in der Ecke. Dann vernahm ich meines Vaters Stimme. Eine Mischung aus Murmeln und Totenmesse. Ich schlüpfte schnell unter die Bettdecke, kniff die Augen zusammen und hielt die Luft an. Ich hörte Schritte. Die Tür öffnete sich. Unter den Lidern hervor sah ich, dass Hovav neben dem Bett stand und uns mit starrem Blick beobachtete.

– Krautköpfe, raunte er mit einer leisen Note von Zärtlichkeit und ging wieder aus dem Zimmer.

Ich musste wieder einschlafen. Stunden lag ich mit geschlossenen Augen da, ohne mich zu bewegen, aber der Schlaf wollte einfach nicht wiederkehren. Der Sturm tobte weiter, eine tiefe Verzweiflung erfasste mich. Ich hatte keine Ahnung, wie viele Tage vergangen waren, und nicht, wie viele noch bevorstanden. Einer, zwei, zehn? ... Ich musste ihn um Vergebung bitten, entschied ich schließlich. Ich musste büßen! Also stand ich auf und schlich auf Zehenspitzen in den Flur hinaus. In meinem langen weißen Nachthemd glich ich einem Gespenst ... Vater stand in seinem strengen Gehrock vor dem Bottich. Sein Gesicht war gerötet vor Anstrengung, sein Blick schweifte in frommer Verzückung umher. Neben dem Bottich stand ein Plastikeimer, in den Krautsaft rann. Zwischen meinem Vater und dem Bottich machte ich ein Wesen aus, den spezifischen Merkmalen nach war es eine Frau. Sie hatte keine Kleidung am Körper außer einem goldglänzenden dünnen Schal, der über ihrem Oberschenkel lag ... Sie stützte sich mit den Ellenbogen auf den Bottich, ein Fuß stand auf dem dreibeinigen Hocker. Ihre Haut glänzte zart rosa, wie frischer Krautsaft, den man vor Weihnachten zapft. Ihr Haar war blond und lockig. Die Augen – rund und blau, der Mund – rot. Vaters Hose war aufgeknöpft, sein Becken schmiegte sich dicht an das Hinterteil der Frau, seine Hände lagen auf ihren Hüften. Die beiden schaukelten im Takt. Die Frau gab kurze, schrille Geräusche von sich, fast wie eine Gummiente. Dann bemerkte ich, dass sich am Fuß des Bottichs eine kleine Pfütze gebildet hatte …

– Papa, der Eimer läuft über!, kam es mir über die Lippen.

Ich werde den Anblick nie vergessen. Wellen von Überraschung, Verzweiflung und Zorn liefen über sein Gesicht. Ich war gelähmt vor Schreck, sodass ich vergaß, auf die Knie zu fallen und um Gnade zu bitten, wie ich es vorgehabt hatte. Ich stand dumm im Korridor herum und starrte ihn an. Er bewegte sich aus Trägheit weiter, doch das Quietschen erstarb. Die Frau blickte mich starr an. Schnell hob sie ihren Schal mit einem nicht allzu natürlichen »Ach!« auf, wickelte ihn sich um ihren Körper und hüpfte hinaus.

Das war das Ende. Ein Schrei tiefen Schmerzes durchdrang die Plattenbauwände. Mein Vater trat mit aller Kraft gegen den Eimer, der Krautsaft ergoss sich über den Fußboden und rann mir vor die bloßen Füße. Dann packte Vater den Bottich mit seinen sehnigen Händen und kippte ihn um. Er knöpfte seine Hose zu, griff sich Spazierstock und Hut und rannte aus dem Haus, wüste Flüche ausstoßend. Ich rannte ihm hinterher: – Wohin gehst du, Papa?!

– Das ewige Leben suchen!, hallte es durchs Treppenhaus. Ewiges Leben! Das waren seine letzten Worte. Aus dem Küchenfenster sah ich, wie er im bläulichen Schimmer der Blitze ins Freie stürzte. Er sprang mit Riesenschritten über die Pfützen und entfernte sich, bis er eins wurde mit der Nacht.

Ich ging mit Tränen in den Augen zurück in den Korridor. Der umgestürzte Bottich lag klaffend da wie eine ausgeweidete Wöchnerin. Die mit so großer Weitsicht und Liebe ausgewählten Krautköpfe waren über den Boden gekullert, aus ihrem friedlichen Schlaf gerissen, nackt, bleich und tot ... Ohne zu überlegen, begann ich, sie einzusammeln und in den Bottich zurückzulegen, aber meine Kräfte reichten nicht aus. Ich holte einen Lappen aus dem Bad und begann, den Boden zu wischen. Die Krautköpfe stapelte ich in der Ecke. Ich warf einen Blick ins Schlafzimmer, mein Bruder und meine Mutter dümpelten in friedlichem Schlaf dahin. Ich wagte es nicht, mich wieder zwischen sie zu legen, sondern rollte mich unter den Gewichten der alten Wanduhr auf der Küchenbank zusammen. Der helle Klang des Uhrwerks erklang in gleichmäßigen, langen Intervallen im Dunkeln, so als würden die Köpfe von Nägeln abgerissen.

Die folgenden Tage verbrachte ich in einem sonderbaren Zustand, in einer Art hoffnungslosen Wartens. Tief in meinem Herzen wusste ich, dass Hovav nicht zurückkehren würde. Und trotzdem wurden meine Knie beim leisesten Geräusch, das ich aus dem Treppenhaus vernahm, weich. Wie viele Male habe ich mich ihm in Gedanken zu Füßen geworfen! Ich umarmte sie, küsste sie, bat um Vergebung, schwor, dass ich niemandem, unter keinen Umständen, selbst wenn man mich lebendig häutete, sagen würde, was ich gesehen hatte. Vergeblich ... Im Kühlschrank fand ich etwas zu essen: Ich kaute darauf herum, ohne den Geschmack dessen, was ich aß, wahrzunehmen. Ich hing stundenlang am Fenster und starrte in die freudlose Landschaft hinaus. Nie habe ich mich einsamer gefühlt, obwohl im Zimmer nebenan die mir am nächsten stehenden Menschen schliefen! Ich nahm all meinen Mut zusammen für das, was mir noch bevorstehen mochte ... Das Kraut begann zu stinken, ich war gezwungen, es vor den Augen des ganzen Blocks wegzuwerfen. Auf der Straße traf ich einen Freund aus der Schule. Er half mir, den Bottich aufzustellen. Wieder wischte ich den Korridor. Erst dann entschloß ich mich, sie zu wecken ...

Der Bottich mochte schwer sein, aber um wieviel schwerer wog die Last, die sich auf mein jugendliches Gewissen legte! Ich erinnere mich, wie meine Mutter mit Mühe die Augen öffnete und gähnte. Wahrscheinlich sagte ihr ihre innere Uhr, dass die Zeit noch nicht gekommen war. Mein Bruder setzte sich im Bett auf und sah sich besorgt um. – Wo ist Vater?

Ich sagte nur: – Er ist nicht da.

Er riß den Mund auf. Die Schläfrigkeit meiner Mutter war im Nu verflogen. – Was ist passiert?

Ich wollte nicht lügen, aber ich fühlte mich auch noch nicht bereit, die Wahrheit zu sagen. Ich hatte ausreichend Grund zu der Annahme, dass sich im Tun meines Vaters ein Sinn verbarg, der über das Offensichtliche hinausging. Ich hatte kein Recht, über Dinge zu sprechen, von denen ich nichts verstand. Ich hatte schon genug angerichtet. Ich sagte also, dass ich gegen meinen Willen aufgewacht war und aufgestanden sei, um nach Vater zu suchen, doch es sei niemand zu Hause gewesen.

Mutter starrte in den leeren Bottich und begann bitter zu schluchzen, als hätte sie auf einmal erkannt, dass sie ihn nie wiedersehen würde. Sie breitete die Arme aus und rief: – Mein Mann, mein Mann, warum hast du uns verlassen?!

Seit damals sind viele Jahre vergangen, doch das Echo ihres Rufes hallt gleichsam immer noch in den Wänden des Bottichs ... Hovav verschwand für immer aus unserem Leben. Er löste sich in Luft auf. Nur von Zeit zu Zeit ließ er uns Geld zukommen – durch Menschen, die wir nicht kannten, manchmal sogar Ausländer, die ohne Vorwarnung erschienen.

Es klingelte an der Tür. Meine Mutter fragte, wer da sei, weil sie Türspione hasste. – Ich bringe Nachricht von Hovav, erklang eine leise, erschöpfte Stimme aus dem Treppenhaus.

Ich weiß nicht, wieso, doch immer, wenn diese Fremden auftauchten, war das Wetter schlecht. Ihre Hüte waren nass, aus ihren Kleidern wehte einem Kälte entgegen, und ihre Schuhe hinterließen schlammige Spuren. Sie brachten nie Nachrichten. Nur Bargeld. Und sie wollten eine Quittung über den Erhalt der Summe, wahrscheinlich als Beleg gegenüber Hovav. Ich kann nicht behaupten, dass er sonderlich großzügig war. Vielmehr war er eher streng in Bezug auf unsere Bedürfnisse, die er gleichsam antizipierte. Und wir waren so erzogen, dass wir nicht viel brauchten.

Meine Mutter versuchte hartnäckig, Kontakt zu meinem Vater aufzunehmen. Sie füllte Dutzende von Seiten mit ihrer winzigen und engen Handschrift, aber die Kuriere weigerten sich kategorisch, ihre Briefe entgegenzunehmen. Offensichtlich waren sie instruiert ... Dann begann Mutter zu reden. Mit gleichmäßiger leiser Stimme, so als wendete sie sich an Hovav selbst, begann sie ihre wohlgeordnete Rede. Sie informierte ihn in aller Kürze über unsere Lage – materiell und gesundheitlich, über unsere Erfolge, also auch Misserfolge in der Schule. Dann machte sie sich daran, die Gründe für das Geschehene zu erörtern. Nie habe ich gehört, dass sie sich beklagt oder ihn wegen irgendetwas beschuldigt hätte, sie suchte die Schuld bei sich, bei uns.

– So zurückhaltend und wohlerzogen du bist, klagte sie, – konntest du mir wahrscheinlich nie offen sagen, was dich an mir oder an meinem Lebenswandel gestört hat. Und solche Dinge hat es mit Sicherheit gegeben, denn nach dem Sündenfall kann sich niemand mehr vollkommen nennen. Ich nehme an, dass dir meine Unvollkommenheit im Laufe der Jahre unerträglich geworden ist, dass du aus Angst geflüchtet bist, mir etwas noch Schlimmeres anzutun, wenn der Brunnen der Bitternis am Ende überfließt. Ich bitte dich nur um eines, im Gedenken an all die Jahre, die wir miteinander verbracht haben: Sag mir, warum! Womit habe ich dich enttäuscht?

Es zerriss mir förmlich das Herz, wenn ich, hinter der Tür, diese Worte mit anhörte. Aber was konnte ich tun? Je mehr Zeit verging, desto mehr entfernte sich die Erinnerung von der Wahrheit. Was hatte ich eigentlich gesehen? Wer war dieser blauäugige, goldgelockte Krautkopf, der in einen dünnen Schal gehüllt barfuß aus unserer Wohnung stürmte? Woher war sie gekommen? Wohnte sie in unserem Block? Oder im Nachbarhaus? Ich begann mir die Bewohner genauer anzusehen. Aber ich traf nur auf bedrückte, graue Gesichter, die verrieten, welche Dramen sich in ihren Därmen abspielten. Natürlich freute mich das, weil es meine Hoffnungen nährte. Sie war nicht von dieser Welt! Sie hatte nichts gemein mit der niederträchtigen Wirklichkeit, die uns umgab. Sonst hätte Hovav sie wohl kaum zum Bottich vorgelassen. Nein, sie war ein Engel, der ihm zur Hilfe geeilt war. Genau, der gute

Krautengel, nicht die dreckige Schlampe, die in der Bude nebenan Zigaretten verkaufte. Auch die war blond, eher blondiert, mit wässrigen, schlammigen Augen. Verbraucht, schlaff und kantig, eine Ausgeburt der Hölle. Jedesmal, wenn ich an ihrer Drecksbude vorbei musste, verspürte ich eine unbegreifliche Unruhe, ein Entsetzen fast – es kam vor, dass ich danach nicht richtig sprechen konnte, sondern nur vor mich hin stammelte. Früher, inraueren, gerechteren Zeiten, hätte man sie mit Sicherheit gesteinigt, und die Steine, gesegnet von gerechtem Zorn, hätte man auf die Krautköpfe in die Familienbottiche gelegt. Heutzutage konnte man nichts tun als Beschwerden zu schreiben. Allein Mutter schrieb über vierzig Beschwerden an die Gemeinde, in denen sie die schädliche Wirkung der betreffenden Person auf die soziale Gesundheit im wörtlichen wie im übertragenen Sinne hervorhob. Doch niemand machte sich die Mühe, ihr auch nur zu antworten, geschweige denn diese Quelle der Gefahr zu entfernen. Aber der Herr weiß, was zu tun ist. Eines schönen Tages verbreitete sich im Block wie ein Lauffeuer die Nachricht, dass Angelinka (der Name, was für ein Hohn!) tot in ihrer Bude aufgefunden worden sei. Ihr Kopf sei mit einem schweren Gegenstand zerschmettert worden. Ware und Geld fehlten – wahrscheinlich hatte jemand, der noch verzweifelter war als sie selbst, der Hand Gottes als Waffe gedient.

Meine Mutter wurde aufs Polizeirevier beordert, um eine Aussage zu machen. Sie tat das mit außergewöhnlicher Würde, ohne ihre Feindseligkeit hinter einer Maske von falschem Mitgefühl zu verbergen, und weiter behelligte sie niemand mehr. Ich kann mich erinnern, sie kam nach Hause, trällerte heiter und leicht vor sich hin und pries den Herrn. Ich freute mich mit ihr, so wenig ich meinem Nächsten auch Böses wünschte, aber es war immerhin eine vertrackte Situation und eine Belastung für meine zarte jugendliche Psyche.

Jedes Jahr, Anfang November, brachte meine Mutter den Bottich auf den Balkon hinaus, reinigte ihn gründlich mit Soda, kochendem Wasser und Weihrauch – und wartete. Die tiefe Öffnung gähnte in den Himmel. Etwas in dem Bottich begann zu vibrieren, wie eine unsichtbare Zunge – unhörbar, aber mächtig, mit dunklem Timbre, wie aus einem Mutterleib, das die Fassreifen zu sprengen drohte. Es war ein Aufruf zur Rückkehr. Aber Hovav hörte nicht. Oder wollte nicht hören. Vielleicht war er zu weit weg?

Wir wagten es natürlich nie, ohne ihn Sauerkraut anzusetzen. Einige Male kauften wir welches auf dem Markt. Aus den schmutzigen Kunststoffkanistern, die die Bauern aus den umliegenden Dörfern auf den Dächern ihrer Moskwitschs herankarrten. Doch wie bitter war dieses Kraut! Seine zähen, leblosen Blätter fühlten sich zwischen unseren Zähnen an wie alte Froschhäute. Wir kauten und wir weinten. Bis wir am Ende überhaupt aufhörten, Kraut zu essen – saures wie frisches. Stattdessen begann meine Mutter Gemüse einzulegen. Ja, *einlegen.* Kraut wird *angesetzt,* was in jeder Hinsicht eine epische Handlung ist, voller Elan, Kraft und Phantasie, die den Geist beflügelt. Gemüse kann man eben nur *einlegen* – eine knifflige, langweilige Beschäftigung, die in hohem Maße der Natur des weiblichen Verstandes entspricht. Es wird kleingeschnitten, sortiert und nach einem willkürlichen Schema zusammengeworfen: eine Schicht Karotten, eine Schicht Tomatenpaprika, eine Schicht Sellerie, eine Schicht Karotten (niemals Kraut!) und so weiter. Danach wird es verschlossen – in einem Einmachglas. Wichtig ist dabei nur, dass die Einmachgläser luftdicht verschlossen sind, denn sonst, Gott bewahre, ist alles beim Teufel. Schichten, verschließen, schichten. Von einem Höhenflug des Geistes kann da keine Rede sein!

In die Einmachgläser meiner Mutter drang nie Luft. Sie standen anmutig und schön im Regal aufgereiht. Um die Wahrheit zu sagen, ihr Inhalt war ziemlich schmackhaft. Ich hatte keine Ahnung, wer sie in diese Kunst eingewiesen hatte. Vielleicht hatte sie die Gabe schon immer in sich getragen, so wie Hovav das Wissen über das Kraut in sich trug. Allmählich entwickelte sie eine echte Leidenschaft für eingemachtes Gemüse. Jedes Jahr machte sie mehr und mehr, wobei sie längst mehr machte, als für unsere Bedürfnisse nötig war. Sie stapelte die Einmachgläser in dem dunklen Kämmerchen, in dem bis vor kurzem einzig Hovavs Bottich gethront hatte. Eine Wand nach der anderen wurde mit Regalen versehen, die vom Boden bis zur Decke reichten. Aber auch das war nicht genug. Eines Tages ließ meine Mutter irgendwelche Leute kommen – schwarz und sehnig wie die Teufel, mit Gurten über den Schultern, die den Bottich zu dem übrigen Plunder in den Keller hinunter trugen.

Weder wusch sie ihn jemals wieder, noch behandelte sie ihn mit Weihrauch!

Im Herbst füllte sich die Küche mit Geschirr und Deckeln, die funkelten wie billige Jahrmarktdekoration. Es roch nach Essig. Mutter saß in ihrem ewig gleichen dunklen Kleid, mit einer weißen Spitzenhaube auf dem Kopf, unerschütterlich zwischen Haufen von klein geschnittenem Gemüse, und stopfte es in die Einmachgläser. Es war, als verberge sich darin eine Erbitterung und der Wunsch nach Vergeltung. In ihren geröteten Händen steckte eine Kraft, von der ich bis zu diesem Augenblick nichts geahnt hatte. Das erschreckte mich, aber gleichzeitig beruhigte es mich auch. Sie hatte sich selbst gefunden, was immer sie sonst verloren hatte. Jetzt konnte ich ihr endlich erzählen, was ich gesehen hatte. Mutter hörte aufmerksam zu, danach lächelte sie gequält, so als zögen vor ihren Augen die Jahre des gemeinsamen Lebens mit dem Mann vorbei, den sie noch immer ihren Ehemann nannte. – Du hast Recht, mein Sohn, seufzte sie, als sie ihre Hand auf meinen Kopf legte. – Es war ein Engel. Sie sprach nie wieder darüber.

Gerade einmal zwei Monate, nachdem wir den Bottich in den Keller geschafft hatten, stand ein Gesandter Hovavs vor der Tür. Es war eine stockfinstere Nacht im Januar, draußen tobte ein Schneesturm, der Verkehr war fast völlig zum Erliegen gekommen. Es war ein Mann, den wir noch nie gesehen hatten, mit Mütze und Umhang, beides vom Schnee weiß. In seinem Schnurrbart hingen kleine Eiskügelchen, aus seinem Mund dampfte es. Mutter bat ihn sofort in die Küche, goss ihm heißes Wasser ein, holte eingelegtes Gemüse und verbannte mich und meinen Bruder ins Wohnzimmer. Natürlich schlich ich mich sofort zurück und versteckte mich hinter der Tür, aber ich konnte nichts hören. Es war, als würden sie nur dasitzen und auf einen Punkt starren. Oder vielleicht auch auf mehrere Punkte ... Wenig später ging der Unbekannte wieder, meine Mutter begleitete ihn bis zur Tür. – Wirklich, wunderbares Gemüse!, sagte er mit einer leicht rauchigen Stimme zum Abschied.

Danach schlug die Tür zu, und Mutter drehte sich zu uns um. Offenbar hatte sie uns etwas Wichtiges mitzuteilen, doch sie schien nicht zu wissen, wie sie es uns sagen sollte. Auf dem Tisch in der Küche stand neben einem leeren Teller ein großes Einmachglas voll mit grünen Banknoten. – Hovav ist gestorben, sagte sie schließlich mit tonloser, leiser Stimme.

Verreckt hätte es besser getroffen. Wenn man der trockenen Nacherzählung der Ereignisse glaubte, die zu seinem traurigen Ende geführt hatten. Irgendwie war es Vater gelungen, auf der weit entfernten Insel Nantucket zu landen, wo er auf dem Walfänger *Packwood* anheuerte, der zu einer Expedition im Stillen Ozean in See stach. Ganze sieben Jahre hatte Hovav die Meere kreuz und quer befahren. Er war ein guter Seemann und ein geschickter Harpunist geworden. Bei der letzten Ausfahrt aber war sein Boot auf einen gigantischen Wal gestoßen, der es in seiner Wut mit einem einzigen Flossenschlag zu Kleinholz verarbeitete. Alle zwölf Männer an Bord waren ums Leben gekommen, von Vater war nur ein Bein übrig. Das war alles.

Mag sein, er hatte das ewige Leben nicht gefunden, aber auf jeden Fall hatte er ein sehr sparsames Leben geführt. Und er hatte dafür gesorgt, dass ein Betrag den Weg zu uns fand, der sich sehen lassen konnte. Meine Mutter verteilte das Geld ohne jede Rührung auf einige Jahre im Voraus. Ich brauchte ohnehin etwas anderes. Etwas, was weder in dem Einmachglas mit dem Geld noch in den Einmachgläsern mit dem Gemüse zu finden war. Die Gestalt des Krautengels hatte sich mir tief eingeprägt. Die goldenen Locken, die blauen Augen, die leicht schaukelnden rosa Brüste. Es kam mir vor, als hätte sich in ihr das knusprige Wesen des Krautes selbst verkörpert, das sich den Auserwählten in Augenblicken der Hingabe und Erleuchtung offenbarte.

Ob es sich eines Tages auch mir offenbaren würde?

Ich will nicht verheimlichen, dass meine Entschlossenheit, in Hovavs Fußstapfen zu treten, wuchs, je mehr ich zum Mann wurde. Mir schien, ich würde nie seine selige Reife erlangen, sondern roh wie ein auf dem Feld vergessener Krautkopf vertrocknen, wenn ich es jetzt nicht tat, wenn ich es nicht zumindest versuchte ... Ich war bereits Student im ersten Semester an der Universität für Volks- und Weltwirtschaft, aber ich lebte immer noch mit meiner Mutter und meinem Bruder zusammen. Ich glaubte, dass mir diese Ausbildung dabei helfen würde, das Kapital zu vermehren, das uns von Hovav hinterlassen worden war. Noch mehr hoffte ich jedoch, seinem Geist eine Freude zu machen, indem ich die Familientradition wiederauferstehen ließ. Ich stellte mir vor, wie ich mit einer großen Schüssel voll mit bernsteinfarbenen Krautköpfen die Wohnung betrete und munter verkünde: – Ich habe gute Nachrichten! Das Kraut ist fertig!

Ich war gezwungen, alles heimlich und allein zu tun, weil mir etwas sagte, dass meine Mutter ein solches Unternehmen nicht gutheißen würde. Ich sah auch keinen Sinn darin, meinen Bruder, der sich sichtlich von unserer gemeinsamen Vergangenheit distanziert hatte, in meine Pläne einzuweihen; alles deutete darauf hin, dass er früher oder später in der Masse der Uneingeweihten untergehen würde. Die ganze Zeit hindurch wiederholte ich für mich: – Siehe, Gott ist mein Helfer! Gott trägt meine Seele! Ich wusch den Bottich, fand einen Stein, kaufte Kraut und lagerte es im Keller. Ich vermischte Salz und Wasser, ich tat die Krautköpfe in den Bottich und taufte sie, wie ich es bei Vater gesehen hatte. Ich sagte zu meiner Mutter, ich würde für einen Monat wegen eines Praktikums weg sein, und zog in den Keller. Ich hatte mir eine Höhle zwischen dem alten Plunder hergerichtet. Spät am Abend schlich ich zum 24-7-Shop, um meine Nahrungsvorräte aufzufüllen. Wasser war kein Problem – im gemeinsamen Keller gab es einen Wasserhahn. Ich fühlte mich wie ein blinder Passagier, versteckt im Laderaum eines Ozeandampfers. Von Zeit zu Zeit erfaßte mich panische Angst, dass meine Mutter oder mein Bruder mich entdecken könnten. Aber niemand kam. Abgesehen von den Nachbarn, die von Zeit zu Zeit in den Keller mussten, um ihr Kraut umzufüllen. Das träge Schlurfen ihrer alten, abgetretenen Schuhe, die für gewöhnlich vor den Eingangstüren herumstanden, erinnerte mich daran, was Hovav einst gesagt hatte: »Wie die Leute, so ihr Kraut.« Darin lag eine tiefe Wahrheit. Diese trägen, schlaffen Schritte, schwer von Unwissenheit und Gleichgültigkeit, führten auf geradem Weg in die Finsternis.

Ich verbrachte lange, ermüdende Stunden allein mit dem Kraut. Ich sprach mit ihm, ich las ihm vor, ich füllte es um. Ich redete ihm gut zu, auf dass es gelinge. – Schau mal, Kraut, klagte ich, – ich bin dein Freund. Verrate mich nicht, ich bitte dich! Gott ist mein Zeuge, dass ich dich achte. Ich achte dich wirklich!

Die Luft im Keller war schlecht, es bildeten sich Gase, die mir nicht zu bekommen schienen. Ich fühlte mich schwach, mein Kopf tat mir weh, ich war schläfrig. Ich wurde von Visionen heimgesucht, die ich leider nicht zu beschreiben in der Lage bin, weil jedes Gesicht die Erinnerung an das vorhergegangene sofort auslöschte. Mit Sicherheit weiß ich nur eines: Die Gestalt, nach der ich mich mit Körper und Geist sehnte, war nicht unter ihnen. Sie erschien mir nicht – weder im Traum noch in der Wirklichkeit.

Ich markierte die Tage mit Kerben auf dem Bottich. Es waren schon einundzwanzig. Unbeirrt füllte ich das Kraut um, ohne dem weißgrauen Schleim Beachtung zu schenken, der aus dem Schlauch floß ... Nur noch ein bisschen, sagte ich mir. Die Luft war zum Schneiden. Ich war gezwungen, jeden Abend für eine halbe Stunde ins Freie zu gehen, um nicht zu kollabieren. Ich schaute nach oben, in den bodenlosen Steinguttopf der Nacht, und rief den Himmel um Hilfe an. Aber das Wunder ließ auf sich warten. Von dem Krautengel keine Spur, kein Zeichen. Ich war allein. Ausgestoßen. Verflucht. Am siebenundzwanzigsten Tag beschloss ich nachzusehen ... Ich nahm meinen ganzen Mut zusammen und hob den Deckel an. Der Gestank machte mich schwindlig. Ich wandte mich ab und holte tief Luft. Ich schaute hinein. Ein weißlich grauer Schimmel lag wie verschrumpelte Haut über den Krautköpfen. Ich unterdrückte meine Abscheu und faßte hinein. Ich ertastete etwas Schleimiges und Weiches, wie eine Qualle ... Ich zog es heraus, und was ich da in Händen hielt, war der Kopf meines Vaters, der die Zähne bleckte. Sein Gesicht, grünlich, verfault, voll Schleim, verzerrte sich in einer höhnischen Grimasse. – Mein Sohn, lispelte er, – ich bringe dir eine schlechte Nachricht, mein Sohn. Aus dem Kraut ist nichts geworden. Kch, kch, kch ...

Ich schrie auf und warf den Kopf auf den Boden. Er zerfloss zu Brei. Es war ein gewöhnlicher Krautkopf.

Taumelnd stieg ich vom Keller hinauf und ließ mich auf die Bank vor dem Haus fallen. Draußen schneite es. – Ich habe meinen Vater vertrieben, deshalb wurde mir das Los Hams zuteil!, flüsterte ich traurig. – Nun bin ich auf immer verflucht! Ich bereue, Gott, und nehme das Urteil an. Denn dein Gericht ist gerecht. Amen.

Ich spürte, dass sich jemand neben mich gesetzt hatte. Es war mein Bruder. Mir wurde bewusst, wie groß er geworden war. Sein Mantel war ihm inzwischen zu kurz, die Pickel, die einst meine Stirn geschmückt hatten, schmückten jetzt seine. – Ich muss dir etwas sagen, Bruder, begann er, seine Stimme war im Stimmbruch. Ich bekam eine Gänsehaut, weil ich dachte, dass er vielleicht mein Versteck im Keller entdeckt hatte und Zeuge meiner Schande geworden war. Er zog einen Handschuh aus und legte seine Hand auf meine. Sie war heiß. – Ich habe Angelinka getötet.

Ich traute meinen Ohren nicht …

– Was?!

– Ich habe Angelinka umgebracht, wiederholte er ausdruckslos. – Ich habe ihr die Rübe mit einem von Vaters Steinen zu Brei geschlagen, dann habe ich das Geld und die Zigaretten genommen, damit man denkt, es war einer dieser heruntergekommenen Typen. Ich wollte mich nicht bereichern, deshalb habe ich alles in einen Schacht geworfen. Ich wollte, dass du es weißt, weil es mich belastet. Und weil es nicht gerecht ist, dass nur ich diese Last trage.

– Warum, mein Bruder? Ich konnte es nicht verstehen. – Warum gerade du? Warum hast du es nicht Gott überlassen, der

– Weil ich alles wusste!, unterbrach er mich. – Ein Freund aus dem Block hat es mir gesagt. Alle hätten gewusst, dass Angelinka zu Vater hinaufging, wenn er das Kraut ansetzte … Sie war ein Teufel!

– Nein!!!, schrie ich aus vollem Hals. – Nichts hast du begriffen, nichts, du Unglücklicher! Ich war wach und habe alles gesehen! Ich schwöre, es war ein Engel! Ich hob feierlich die Hand, so als stünde ich vor dem Gericht der

Himmelsmächte (was in gewisser Weise durchaus den Tatsachen entsprach), und erzählte ihm bis ins kleinste Detail, was ich in jener schrecklichen Nacht gesehen hatte. Er hörte schweigend zu. Und immer noch schneite es. Es war der erste Schnee im November. – Wie konntest du diesen niederträchtigen Gerüchten nur Glauben schenken?, tadelte ich ihn. Ich zeigte auf die von Lichtern durchbrochenen Betonwände ringsum. – Verstehst du denn nicht, dass diese Leute, die nichts als ein paar löchrige Bauernschuhe besitzen, uns immer beneidet und gehasst haben? Das ist eine Verhöhnung von Vaters Andenken!

Mein Bruder nickte mechanisch und schnaufte, woraus ich schloss, dass er von meinen Worten nicht restlos überzeugt war. Es war, als trage er jenen Krautstein weiterhin mit sich herum. Und ich begriff, dass von jetzt an jeder von uns mit seiner Bürde leben würde. Weder konnte er mein Los übernehmen, noch konnte ich ihm helfen, den Stein zu tragen. Bis wir uns am Ende der Tage wieder trafen, sei es im Himmel oder auf Erden, und Hovav entscheiden würde, wer Recht gehabt hatte. Aber bis dahin war noch Zeit ...

Wir schauten beinahe gleichzeitig auf. Der verglaste Balkon in der vorletzten Etage leuchtete im Schneesturm wie ein rettendes Schiff, das vom Himmel herabgelassen worden war. Das war unsere Küche. Mutter stand am Fenster, und ich konnte nicht sagen, ob sie zu uns herunter schaute oder in der Dämmerung einfach ihren Blick schweifen ließ. – Los, mein Bruder stupste mich, – lass uns zu Abend essen!

AUF DER INSEL DER KOPROPHAGEN

Im Jahre 1998 ließ eine wissenschaftliche Entdeckung mit ungeahnten praktischen Anwendungsmöglichkeiten das zivilisierte Europa erleichtert aufatmen. Es schien, als wäre das lästige Problem der Hilfsleistungen für den Osten zum Vorteil beider Seiten endgültig gelöst. Zweifellos war eine neue Ära in den zwischenstaatlichen Beziehungen angebrochen – eine Ära frei von kleinkrämerischen Erwägungen, eine Ära des Humanismus und der reinen Gesinnung ...

Als Professor Gustav Schmeichel 1989 auf Betreiben der lokalen Geistlichen das *Vereinigte Europäische Zentrum für Diätetik* in Baden-Müller verlassen musste, hätte wohl kaum jemand vermutet, dass dieser Mann zehn Jahre später aus den Tiefen der französischen Provinz als Prometheus wieder auftauchen würde. In den achtziger Jahren galten die Experimente von Gustav Schmeichel in den Augen der meisten Menschen als bestialisch und abstoßend. Und in dem Professor selbst sah man, nicht zuletzt wegen seiner deutschen Abstammung, einen alptraumhaften Wiedergänger Dr. Mengeles, der aus der Asche des Dritten Reichs auferstanden war. Eigentlich hatte sich Gustav Schmeichel auf ein anderes Gebiet der Wissenschaft kapriziert. Er interessierte sich vor allem für die Verwertbarkeit der Endprodukte des menschlichen Stoffwechsels – so als hätte er die schwere moralische und materielle Verantwortung vorausgesehen, die nach Ende des Kalten Krieges auf den Schultern der zivilisierten Welt lastete ...

Zu jener Zeit hatte Gustav Schmeichel drei freiwillige Helfer – vietnamesische Emigranten, die wegen kleinerer Straftaten verurteilt worden waren. Oberflächlich betrachtet zwang er sie, das zu tun, was Pier Paolo Pasolini seine Helden in seinem unsterblichen Werk »Die 120 Tage von Sodom« aus ästhetischen Gründen zu tun gezwungen hatte. Mit anderen Worten: Er ließ sie Scheiße fressen. Freilich aus streng wissenschaftlichen Gründen. Aus Baden-Müller vertrieben, hatte sich Gustav Schmeichel in Südfrankreich niedergelassen. Er hatte ein kleines, verlassenes Gut am Fuße der Pyrenäen gemietet, wo er sich ganz seinen Forschungen widmete. Bis 1992 war der Professor aufgrund des Mangels an finanziellen Mitteln und Freiwilligen gezwungen, sich auf die Theorie zu beschränken. Erst Ende 1992 gelang es ihm, unter Vermittlung der unorthodoxen Wohltätigkeitsstiftung *Via Dolorosa* zehn Albaner, die kurz vor ihrer Abschiebung standen, zur Teilnahme an seinem Experiment zu bewegen. Durch ein ausgeklügeltes System von Operationen glückte es Professor Schmeichel, den Prozess des Stoffwechsels an die Besonderheiten der ursprünglichen Nahrungssubstanz anzupassen, in diesem Fall die Exkremente selbst. 1996 waren bereits drei der zehn Albaner in der Lage, sie in ihrem natürlichen Zustand zu konsumieren, ohne dass auf lange Sicht eine wesentliche Gefährdung für Gesundheit oder Psyche bestand. Die nächsten zwei Jahre seines Lebens widmete der Professor der Vervollkommnung seiner »direkten Methode«, wobei sich die menschlichen Ausscheidungen für diesen Zweck als am geeignetsten erwiesen, weil sie in ihrer Zusammensetzung und ihrer Herkunft nach der menschlichen Natur am nächsten sind. Noch Mitte 1997 ließ Gustav Schmeichel seine Entdeckung in Genf patentieren und machte sie der breiten Öffentlichkeit durch eine Reihe von Publikationen in der angesehenen Fachzeitschrift »Science Observer« zugänglich. Ende des Jahres erkannte ihm die vom *Karolinischen Medizinischen Institut* in Stockholm ernannte Kommission den Nobelpreis für wissenschaftliche Erfolge im Bereich der Physiologie und des Kampfes gegen den Hunger zu.

Soviel zu dem Gelehrten Gustav Schmeichel.

Politiker und Financiers begriffen den großen Nutzwert von Schmeichels »direkter Methode« sofort. Sie würde die Probleme der hungrigen und grollenden Länder im Osten, die nunmehr seit zehn Jahren wie ein Mühlstein am Hals des zivilisierten Europa hingen, für immer lösen. Es ergab sich aber eine delikate diplomatische Frage: Wie sollte man den östlichen Regierungen die gute Nachricht überbringen, ohne ihren Nationalstolz zu verletzen?

Zwei Jahre waren dieser schwierigen Causa gewidmet. Endlich, im Jahre 2001, nach langem diplomatischem Hin und Her, wurde die *Europäische Konvention über die humanitäre Absicherung Osteuropas* unterzeichnet. Die Geistlichkeit schmollte vergeblich. Der Fortschritt hatte gesiegt.

Der erste Tanker mit Scheiße, die *San Sebastian* (Fassungsvermögen 240 000 Tonnen!), stach am 17. November in Marseille feierlich in See, Ziel Odessa. Im Winter 2003 wurde die erste transeuropäische Pipeline zur Direktlieferung des Rohstoffes eröffnet. Das gesamte Aufkommen zum Transfer der Scheiße wuchs stabil mit nicht weniger als zehn Prozent pro Jahr. Die Nettomasse der realisierten Produktion betrug 2001 850 000 Tonnen und 2005 gar über

10 000 000 Tonnen. Den Prognosen der Experten zufolge würde sie 2010 20 000 000 Tonnen übersteigen!

Die Scheiße floss in Strömen nach Osten. Das erforderte 2004 auf Initiative britischer Abgeordneter eine Korrektur in Paragraph 19 der Konvention. Das Wort »unentgeltlich« im Text wurde gegen die vage, aber folgenschwere Phrase »zu minimalen Preisen« ersetzt. Man befürchtete, dass eine unentgeltliche Hilfe die Menschen im Osten sittlich verderben könnte. Außerdem wurde es notwendig, die Ansprüche des schwarzen Kontinents abzuwehren. Die renitenten Völker Afrikas wollten sich nicht damit abfinden, dass man irgendwo etwas einfach so verteilte, und fühlten sich von neuem übergangen und gekränkt. Dunkelhäutige Studenten blockierten die Kreuzungen europäischer Hauptstädte mit Transparenten wie »Die Weißen scheißen nicht für Afrika!« und ähnlichen patriotischen Losungen.

Inzwischen lebte man in Osteuropa ein sorgenfreies Leben. Die Wohlhabenderen emigrierten, versteht sich. Der Rest befreite sich zunehmend und mit wachsendem Enthusiasmus von den schleimigen Vorurteilen der Vergangenheit und strömte in Massen an den Stellen zusammen, die von der *Internationalen Gesellschaft Gustav Schmeichel* eingerichtet worden waren, um sich gegen eine bescheidene Gebühr der metabolischen Therapie zu unterziehen. Nachdem der erste Hunger gestillt war, begannen die Leute allmählich, ein Gefühl für die Feinheiten der Exkrementennahrung zu entwickeln. Verschiedene Geschmäcker bildeten sich heraus. Die neue Art der Ernährung eröffnete ungeahnte Vorteile. So fielen etwa keine Ausscheidungen mehr an, es blieben nur flüchtige Gase zurück. Die Leute hörten auf, aufs Klo zu gehen, und das erhob sie in ihren Augen irgendwie gegenüber den anderen und entschädigte sie für den Umstand, dass sie deren Scheiße aßen. »Immerhin müssen wir uns dafür nicht plagen«, scherzte ein bekannter Humorist, verschmitzt über sein Glas Bier hinweg lächelnd. Tausende Tonnen Toilettenpapier wurden eingespart, was es wiederum erlaubte, eine Menge wertvoller Bücher zu drucken. Überhaupt, nachdem das Problem des täglichen Brotes erfolgreich gelöst war, begannen die Menschen sehr viel mehr Zeit für ihre kulturellen Bedürfnisse aufzuwenden. Eine große Zahl widmete sich ihren künstlerischen Neigungen, andere der Philosophie, und es waren nicht wenige, die sich mit Naturwissenschaften beschäftigten. In kürzester Zeit wurden auf diesen Feldern nie da gewesene Fortschritte erzielt. Unzählige Talente tauchten auf – Schriftsteller, Dichter, Maler, Künstler, Philosophen, Wissenschaftler ... Die folgenden Zahlen für das Jahr 2006, ermittelt aus den Archiven des *Europäischen Statistischen Instituts* in Köln, sagen wohl mehr als genug: 70 % aller gedruckten Bücher in Europa wurden im Osten verlegt, 65 % ihrer Autoren waren Osteuropäer. Von 730 Festivals, die der Kunst gewidmet waren, fanden 650 in Osteuropa statt und von 1245 wissenschaftlichen Konferenzen ganze 1090. Allein im Zeitraum von 2003 bis 2005 stieg die Zahl der Hochschulen in Osteuropa um das Dreifache, die der Theater um das Fünffache. Von den Niederungen der alltäglichen Existenz befreit, widmeten sich die Menschen im Osten mit Elan ihrer Selbstverwirklichung. Sie wendeten viel Zeit und Kraft auf, um ihre physische Form zu verbessern. Scheiße ist diätetische Nahrung und reich an Vitaminen, aber in Verbindung mit Sport und ausgedehnten Spaziergängen im Freien zeigt sie einfach verblüffende

Resultate ... Heute heben sich Osteuropäer nicht nur durch ihren hoch entwickelten Verstand und ihre guten Manieren ab, sondern auch durch ein beneidenswertes Äußeres. Die Beziehungen zueinander sind herzlich, frei von feindlicher Gesinnung und niederen Gelüsten. Die am weitesten verbreitete Form der Begrüßung ist ein Kuss auf den Mund.

Soviel zu Osteuropa.

Anfänglich hatte die Bevölkerung im Westen die Idee ihrer Regierungen mit Argwohn und unverhohlenem Spott aufgenommen. In der Presse erschienen in dieser Frage trotz maximaler Diskretion der offiziellen Politik unzählige mehr oder weniger scharfsinnige und witzige Kommentare. Aber infolge einer breiten Aufklärungskampagne und einiger kleiner steuerlicher Erleichterungen nutzte die Bevölkerung die Strukturen der speziell für den Fall gegründeten *Regionalen Kanalisationszentren* (RKZ) in Massen. Tätigkeiten im Zusammenhang mit der Aufbewahrung, Konservierung und dem Transport der Exkremente waren bald zu einem eigenen Industriezweig geworden, der einer ganzen sozialen Schicht Lebensunterhalt gab. Der Druck der Einwanderer aus dem Osten hatte entschieden abgenommen. Das Leben in der zivilisierten Welt war noch sicherer und ruhiger geworden. Im Bewusstsein der Westeuropäer festigte sich die Überzeugung, dass sich ihre Verpflichtung gegenüber der Menschheit darin erschöpfte, sich vollzufressen und zu scheißen. Im Jahre 2002 fielen pro Kopf 30 kg Rohstoff an – lächerlich, wenn man die Kapazitäten eines kleinbürgerlichen Magens in Betracht zieht ... Aber innerhalb von nur zwei Jahren wuchs diese

Menge auf 300 kg an, das sind zehn Mal soviel! Immer mehr Politiker stellten die Frage, ob es nicht an der Zeit wäre, die Lieferungen einzuschränken. Aber in den Klauseln der internationalen Vereinbarungen gab es keine fixierten Quoten, und so fand sich der Westen gefangen in der Falle seiner eigenen Großzügigkeit. Die metabolische Transformation war ein irreversibler Prozess, ein Schritt zurück, davon konnte gar keine Rede sein. Hungrig, betrogen und in rasender Wut würden Osteuropäer in Scharen über die Grenzen hereinbrechen und diese schöne, heile Welt zerstören. Die Formel zum Überleben war einfach: Scheißen und nochmals scheißen! Das erforderte, noch mehr zu essen. Für die Möglichkeiten des reichen Westens war das aber kein Problem ... Die RKZ hatten alle sozialen Gruppen fest im Griff, eine allgemeine Ausscheidungspflicht wurde eingeführt. Diese Wendung der Dinge missfiel den Leuten im Westen natürlich zunehmend, aber was sollte man tun? Ihr Komfort und ihre Bequemlichkeit standen auf dem Spiel. Sie stopften sich bis zum Platzen voll und wurden dicker und dicker. Ihr Abscheu vor ihren eigenen Körpern wuchs. Warum leben wir? Was ist der Sinn unseres Lebens? Die Antwort auf solche Fragen drängte sich förmlich auf ... Für einen großen Teil der Intellektuellen bedeutete dies eine emotionale Zerreißprobe – viele begingen Selbstmord, um der fatalen Vorsehung des Schicksals zu entgehen. Andere nahmen es mit Gelassenheit und einem Lächeln hin. Die breiten Massen stellten sich solche unbequemen Fragen freilich überhaupt nicht. Sie aßen einfach regelmäßig. Und die Scheiße floss nach Osten, gleichmäßig und unaufhaltsam. Bald verschwanden die imposanten Türme mittelalterlicher Burgen und die spitzen Glockentürme der Kathedralen in einem gelben, geschmacklosen Nebel des Vergessens. Burgen und Museen versanken in Staub und Spinnweben. Buchhandlungen verwandelten sich in Wurstbuden und Kinos und Theater in öffentliche Schnellimbisse. Es gab mehr und mehr Lebensmittelgeschäfte: in Paris 5869, in Berlin rund 5700, in London 5380, in Mailand etwa 5100 usw. Eine ähnliche Tendenz zeigten Selbstbedienungsrestaurants auf Kosten der gehobenen Gastronomie. Von 250 703 Titeln, die im Jahre 2006 in Westeuropa auf dem Buchmarkt erschienen (um 80 % weniger als 1998!), waren mehr als zwei Drittel dem Kulinarischen gewidmet. Zum bevorzugten Genre der Maler dieser Epoche wurde das Stillleben – mit Wild, Ferkel, Fisch, mit Früchten etc.

Langweilig und monoton ist das Leben in der zivilisierten Welt geworden. In Großstädten laufen niedergeschlagene, behäbige Dicke mit Chips, Eis und Schokolade ziellos durch die Straßen. Und an den Fassaden prangen die Reklametafeln der RKZ im Neonlicht ... Und unweit davon öffnet das nächste Meeresfrüchtelokal die Türen für seine Gäste ... Manchmal sind die RKZ in den Restaurants selbst installiert. Manchmal umgekehrt. Unbemerkt verwandelte sich die zivilisierte Welt in eine gigantische Ausscheidungsmaschinerie. Im Jahre 2010 bedachte niemand mehr, nicht einmal der Osten, diesen Teil der Welt mit jener prätentiösen Bezeichnung. Sie kicherten verächtlich und zeigten mit dem Finger nach Westen, von wo nur gieriges Schmatzen und das nasale Dröhnen von Siphons über die Grenzen drang. Die Scheißmaschinerie lief wie geschmiert.

DER UNABHÄNGIGKEITSTAG

Ich möchte die verehrte Kommission vorwarnen, dass meine Teilnahme an dieser Befragung vollkommen inoffiziell ist. Jeder Versuch, den hier vorgelegten Fakten juristischen oder dokumentarischen Wert zuzuschreiben, wird auf meinen erbitterten Widerstand stoßen. Ich erkläre öffentlich, dass ich einzig und allein aus patriotischen Erwägungen hier vor Ihnen stehe. Weil ich finde, dass die öffentliche Meinung meinem Volk gegenüber nicht gerecht ist und einen Schatten auf die bevorstehenden historischen Ereignisse wirft. Wir, die Bulgaren, erwarten diesen außergewöhnlichen Augenblick seit mehr als zwanzig Jahren! Und jetzt, wo ich bebend und voller Ehrfurcht die Schwelle unseres gemeinsamen europäischen Hauses überschreite, ist nichts beleidigender als die Andeutungen und Gerüchte, die uns auf diesem langen und mühsamen Weg auf Schritt und Tritt begleitet haben. Ich kann nicht leugnen, dass die Natur Ihrer Vermutungen beunruhigend ist, deswegen werde ich mich bemühen, soweit es in meiner Macht steht, etwas zur Klärung des Problems beizutragen.

Litten wir in Bulgarien Hunger? Ich verstehe Ihre Verwirrung und vermute, dass sie auf die widersprüchlichen Informationen zurückzuführen ist, über die Sie verfügen. Wenn wir uns die Programme der elektronischen Medien anschauen, die unter der Kontrolle der damaligen Regierung standen, müssen wir den Eindruck gewinnen, dass sich die Verhältnisse auf einem befriedigenden Niveau befanden. Es gab natürlich einige Schwierigkeiten bei der

Versorgung, aber die waren unbedeutend und im Prozess ihrer Überwindung. Genau das Gegenteil wird in der unabhängigen Presse behauptet. Dort werden die Dinge in den schwärzesten Farben gemalt. Ich habe nicht die Absicht zu verallgemeinern; zu jener Zeit war ich elf Jahre alt, ich kann nur erzählen, wie sich meine Familie durchs Leben geschlagen hat. Weil der Hunger unsichtbare Schranken zwischen den Menschen errichtet. Die Familien schließen sich in ihren Schneckenhäusern ein, hören auf, miteinander zu verkehren, entfremden sich. Jeder verdächtigt den anderen, er würde geheime Vorräte besitzen, er würde sich heimlich in den Wänden seiner Wohnung den Bauch vollschlagen und Schadenfreude über das fremde Unglück empfinden. Sogar Familienmitglieder trauen einander nicht mehr über den Weg! ...

Wenn ich in Gedanken zu jenen lehrreichen und leiderfüllten Tagen zurückkehre, erinnere ich mich deutlich daran, wie die Waren aus den Geschäften zu verschwinden begannen: zuerst eine nach der anderen, später alle auf einmal, so als hätte sie ein Sturm aus den Regalen gefegt. Meine Eltern unternahmen lange, ermüdende Wanderungen von dort nach da in der Hoffnung, irgendwo eine vergessene Konserve zu entdecken oder eine Packung Nudeln, aber meist kehrten sie mit leeren Händen zurück. Sie lächelten verlegen und holten das nächste Einmachglas mit Wintervorräten vom Regal herunter. Es waren nicht mehr viele übrig. Zu jener Zeit aßen wir vor allem eingelegtes Gemüse in verschiedenen Varianten, wovon unsere Mägen knurrten und sich Gase bildeten. Wir gingen umher wie Ballons. Ich kann nicht sagen, wie das bei anderen Leuten war. Es ist möglich, dass manche vorausschauender gewesen waren als wir – dass sie mehr hatten, eine größere Vielfalt vor allem. Wenn ich mir jedoch die falben, verkrampften Gesichter meiner Mitschüler so ansah, hatte ich nicht das Gefühl, dass sie sich sehr viel anders ernährten. Einmal brachte Vater einen Hund mit. Er hatte ihn von zwei kleinen Zigeunern an einer Haltestelle mit den letzten Resten seines Gehalts gekauft. Vater war kein grausamer Mensch, und der Hund blieb den ganzen Nachmittag auf dem Balkon, halbtot vor Kälte und Hunger. Mein Vater saß in der Küche und beobachtete ihn durch die Glastür. Vater war noch jung, noch keine vierzig Jahre alt, er hatte ein langes, müdes Gesicht und schwarze, glatte Haare, die ihm in die Augen fielen. Ich denke, dass er hoffte, der Hund würde von selbst verrecken. Dann kam Großvater mit seinen zerrupften Pantoffeln über den Boden geschlurft.

– Wann essen wir zu Abend? fragte er und starrte Vater spöttisch an.

Mein Vater verzog die Lippen, aber er schwieg. In letzter Zeit reizte Großvater ihn oft, er suchte Streit mit ihm, so als wäre er persönlich an der Katastrophe schuld. Und er ließ keine Gelegenheit aus, ihn daran zu erinnern, dass zu seiner Zeit niemand gehungert habe. (Weißt du, wie viel ein Ćevapčići gekostet hat!?) Damals war Großvater achtundsiebzig, weiß geworden und schwerfällig, wie aus klebrigem Schlamm gegossen. Manchmal kam es mir so vor, als wären er und ich aus verschiedener Materie gemacht, als wäre er widerstandsfähiger und angepasster als wir. Ich war davon überzeugt, dass er uns überleben und über unseren vor Hunger eingefallenen Körpern triumphieren würde. Weil er offensichtlich über irgendwelche anderen Quellen verfügte, aus denen er Lebenskraft schöpfte, die für uns vollkommen unzugänglich waren …

Sein Schicksal vorausahnend warf sich der Hund winselnd von einem zum anderen Ende des Balkons. Meine Mutter schob mich aus der Küche und schloss die Tür. Ich hörte keinen Mucks. Zum Abendessen gab es Sauerkraut mit Fleisch. Es schmeckte gut.

In der darauffolgenden Woche brachte Vater eine Krähe mit nachhause. Er hatte sie auf der Wiese hinter dem Block mit einer eigenhändig gebauten Schleuder geschossen.

– Sie ist ganz schön groß, was? sagte er stolz, als er sie auf den Tisch legte.

– Ja, ganz schön groß ..., schnaufte Großvater verächtlich. – Was es früher für Krähen gab!

Die beiden sahen einander starren Blicks an.

– Diese Zeiten sind vorbei ..., zischte Vater feindselig.

– Nein! – Großvater klopfte mit seinem unförmigen Finger an die Tischkante. – Sie sind noch lange nicht vorbei!

Danach brach er in ein grobes, tiefes Gelächter aus, als hätte er einen Scherz gemacht, und verließ die Küche. Mutter seufzte und begann, sich der Krähe zu widmen.

Bald verschwanden die Tiere in der näheren Umgebung völlig. Hunde, Katzen, Tauben, Krähen ... Sogar die Spatzen! Vater streifte vergeblich durch die Straßen und Parks, die Schleuder immer schussbereit. Als letztes verschwanden die Haustiere: das Bologneser Hündchen der Nachbarn, der appetitliche Dackel aus dem ersten Stock, der sabbernde Setter Mary ... In unserem Block gab es davon zumindest zehn Stück! Ihre Stimmen verstummten eine nach der anderen, und im Treppenhaus machte sich beklemmende Stille breit. Oft sah ich ihre Herrchen, wie sie im Hof aus Gewohnheit spazierengingen, mit blassen Gesichtern. Aus ihren Taschen hingen leere Leinen.

Anfang Februar kamen Gerüchte in Umlauf, dass wir humanitäre Hilfe aus dem Ausland erhalten würden. Ich erinnere mich daran, wie wir jeden Abend vor dem Fernseher hockten und die appetitliche Nachrichtensprecherin in Erwartung der großen Neuigkeit gleichsam verschlangen. Wir stellten uns vor, wie die Lastwagen vor dem Block anhalten und lächelnde Angestellte der UNO beginnen würden, Pakete mit Nahrung zu verteilen. Unsere Schwächlichkeit und der Mangel an nationaler Würde machten Großvater rasend. Seiner Meinung nach gab es mehr als genug Nahrung im Land, die Spekulanten hätten sie nur versteckt. Etwa dasselbe behauptete auch die sympathische Moderatorin. Großvater triumphierte. Natürlich verblasste angesichts solcher Mengen versteckter Nahrung die Hoffnung, Hilfe zu bekommen, und bald hörten wir auf, uns mit dieser verlockenden Möglichkeit zu trösten. Vielleicht war es ja auch gut so. Schließlich gab es noch bedürftigere Völker, die nicht einmal über versteckte Reserven verfügten. Manchmal stellte ich mir die Spekulanten wie fleißige Ameisen vor, die in den üppigen, wolkenlosen Tagen hin und her flitzten, jeden Brösel aufsammelten und ihn in ihre geheimen Vorratskammern schafften. Aber dieses Mal waren sie offenbar zu eifrig gewesen ... Die Nahrung war so gut versteckt, dass selbst die Spekulanten sie nicht wieder finden konnten.

Jeden Abend versammelten wir uns um die kläglichen Reste der Wintervorräte und kauten langsam, sehr langsam, wie es uns die Experten aus dem Gesundheitsministerium empfohlen hatten. Vater und Mutter schwiegen schuldbewusst. Großvater warf mit Sarkasmen um sich. Das war seine Stunde, sein kleiner Festtag. Angesichts der Armut von heute erzählte er nur zu gern von der guten alten Zeit; er ging zurück, zurück in seinen Erinnerungen und öffnete die Tür der Vergangenheit immer weiter. Seine Stimme wurde ein wenig schrill, während er in endlosen Listen Nahrungsmittel aufzählte, von denen wir nicht einmal träumen konnten. Berge von Brot und schneeweißer Schafkäse. Riesige Laibe Hartkäse. Butter, Eier, Würstchen … (Mein Gott!) Und natürlich – die allgegenwärtigen Ćevapčići, wie sie appetitlich auf dem Grill brutzelten, lang wie eine Elle. Ja, er hatte das Talent eines Dichters, wenn es ums Essen ging! Geschickt machte er kleine Pausen, damit wir uns alles besser vorstellen konnten, damit wir das Aroma in uns aufsaugen konnten … Er ließ die Tür weit offen, bis unsere Münder vor Speichel überliefen. Dann schlug er sie uns vor der Nase zu. Er stand vom Tisch auf und zog sich verächtlich schnaufend in sein Zimmer zurück.

Ich konnte nicht glauben, dass der Vorrat an Einmachgläsern irgendwann einmal zu Ende gehen würde. Sie waren unser unabänderliches Schicksal und unsere einzige Rettung. Davon bekam man zwar üble Blähungen, aber sie füllten den Magen. Besser als nichts. Aber eines Abends sagte Mutter einfach:

– Das ist das letzte …

Wir aßen seinen Inhalt sofort auf. In drei Tagen war Nationalfeiertag. Man erwartete allgemein, dass die Regierung aus diesem Anlass ein wenig Nahrung verteilen würde. Man kann sagen, was man will, aber der Nationalfeiertag ist ein großes Ereignis für unser Volk! Am 3. März 1878 haben wir uns von den Türken befreit. Die türkische Fremdherrschaft hatte ganze fünf Jahrhunderte gedauert! Während dieser Zeit hatten wir keine Rechte, jetzt war das anders. Wir sind unsere eigenen Herren, wir verfolgen eine eigene Außen- und Innenpolitik. Bulgarien ist ein souveräner Staat.

Am Vorabend des Feiertags erschien der Regierungssprecher auf dem Bildschirm und verlas eine kurze Grußbotschaft. Er sprach über das schwere historische Schicksal unseres Volkes und seine Ausdauer, die inzwischen sprichwörtlich geworden war. Er rief uns auf, uns bis zur nächsten Ernte in Geduld zu üben. Die Gelehrten hätten versprochen, dass es ein fruchtbares Jahr sein würde.

Bis zur neuen Ernte waren es ja nur noch drei Monate ...

In jener Nacht tat ich kein Auge zu. Ich versuchte, die bittere Tatsache zu verdauen, dass es nichts mehr zu essen gab und so bald auch nicht mehr geben würde. Die Vorräte waren aufgebraucht. Ende. Meinem Magen entrangen sich klägliche Geräusche. Ich drehte mich im Dunkeln hin und her und haderte mit dem Schicksal, dass ich nicht fünfzig Jahre früher geboren worden war, in dem von Überfluss geprägten und gerechten Jahrhundert meines Großvaters. Meine Eltern schliefen ebenfalls nicht. Ihre Stimmen waren durch die Wand zu hören. Ich hatte keine Vorstellung davon, worüber sie sprachen, sie waren ziemlich erregt. Sie begannen sich zu streiten, dann wurde es still. Ich spürte, dass sie wach waren. Mir schien, als weinte einer von ihnen. Ich wollte das nicht hören, doch das Geräusch sickerte durch die Wand. Plötzlich begriff ich, dass das kein Weinen war. Es war ein Lachen! Ein leises, hysterisches Kichern. Mich erfasste Panik, ich begann zu zittern und zog mir die Decke über den Kopf. Das Lachen hielt lange an.

Am nächsten Morgen sahen wir alle irgendwie anders aus, außer Großvater. Er nicht! Er saß in seinem Zimmer, als wäre nichts gewesen, und lauschte der Marschmusik im staatlichen Radioprogramm. Ich erinnere mich, wie Vater mit langsamen, entschiedenen Schritten zu ihm ging. Er war bleich, seine Lippen hatten einen bleiernen Schimmer, als hätte er Metallspäne zum Frühstück gegessen. Seine Augen waren fiebrig. Mutter hantierte wie verrückt in der Küche. Sie war in eine unerklärliche Euphorie verfallen: Sie ordnete die Töpfe, wischte den Boden, schrubbte den Herd ... Von Zeit zu Zeit warf sie etwas um, das dann mit einem Knall auf dem Boden zerschellte. Ich schlich mich in den Flur, um zu hören, was Vater und Großvater redeten.

– ... du wirst sagen, dass es Heuchelei ist, hörte ich Vater sagen. – Das interessiert mich nicht. Ich will, dass du mir verzeihst. Du musst mir verzeihen!

– Früher, begann Großvater röchelnd, gab es an den Feiertagen Flaggen. Von jedem Balkon hing eine Flagge, erinnerst du dich? Keiner erinnert sich mehr an diese Dinge ... Deshalb sind wir in dieser Lage. Nur deshalb!

– Es reicht! unterbrach ihn Vater und schaltete das Radio aus. – Ich bin gekommen, um dich um Vergebung zu bitten ...

– Schau an, er erinnert sich also! murmelte Großvater. – Da wird mir richtig warm ums Herz. Es gibt keinen Grund ...

– Wir werden bald Hungers sterben, sagte Vater kühl.

– Nun, daran bin ich doch nicht schuld? explodierte Großvater. – Habe ich uns etwa in diese Lage gebracht? ...

– Diese Diskussion haben wir schon viele Male geführt, entgegnete mein Vater irgendwie müde. – Jeder hat seine Meinung in dieser Frage. Aber jetzt ... ich bin nicht gekommen, um mit dir zu streiten. Ich wollte mich nur bei dir entschuldigen. Es gibt immer ... Keiner ist ohne Sünde.

Auch du nicht. Aber ich bin dir nicht mehr böse. Wegen nichts! Ich will, dass auch du mir verzeihst. Schade, dass es so gekommen ist ...

– Schau dich an! ..., zischte der Alte. – Schau dich nur an! Was für ein Arschkriecher du bist!

– Wie auch immer ..., fügte mein Vater hinzu. – Besser wir verzeihen einander.

– Du hast es aber sehr eilig! unterbrach ihn Großvater. – Ich habe noch nicht vor zu sterben! Das wäre das Einfachste. Wir müssen kämpfen!

– Man kann nichts tun!

– Man kann! protestierte Großvater eifrig. – Die Spekulanten müssen aufgeknüpft werden, das Land muss durch Zusammenschluss wachsen!

– Ich fürchte, das ist nicht möglich ...

– Nein, du kennst mich nicht! stellte sich der Alte stur.

– Du täuschst dich! unterbrach ihn Vater. – Die Zeiten sind andere ...

– Du bist also gekommen, um mich zu ärgern?! rief Großvater zornig. – Um dich über mich lustig zu machen, über meine Ideen zu triumphieren! Ich weiß schon, was du dir ausgedacht hast. Du willst mich umbringen, um dir mein Zimmer unter den Nagel zu reißen!

– Was für einen Unsinn du redest! rief mein Vater aus. – Was geht mich deine verlauste Höhle an! Wir sterben hier vor Hunger! Wir krepieren!

– Und ganz zu Recht, wenn du mich fragst, zischte der Alte. – Wer hat denn die Landwirtschaft ruiniert, na?

– Wer sie ruiniert hat?!

– Leute wie du!

Es folgte eine lange Pause. Ich hörte, wie mein Vater nervös auf und ab schritt. Ich hatte Angst, er könnte die

Tür aufreißen und mich ertappen. Aus der Küche war hysterisches Klappern zu hören. Ich lauschte weiter.

– Also gut, erklärte sich mein Vater einverstanden. – Es hat keinen Sinn. Ich akzeptiere deine Vorwürfe, obwohl ich, wie du im Übrigen auch, nichts mit der Landwirtschaft zu tun habe. Aber vielleicht hat sich genau diese Gleichgültigkeit in einem so schicksalhaften Moment für die Landwirtschaft als fatal erwiesen. Wer weiß. Bitteschön, ich bekenne meine Schuld. Wirst du mir verzeihen?

– Neeein! antwortete Großvater mit tiefer Befriedigung. – Alles würde ich dir verzeihen, mein Sohn, nur nicht deinen Leichtsinn gegenüber der bulgarischen Provinz. Du hast auf den Traum eines ganzen Volkes geschissen! Dafür kann es keine Vergebung geben …

Mein Vater blieb wie angewurzelt stehen. Seine Stimme bebte:

– Du wirst uns also mit so viel Bitterkeit im Herzen verlassen … willst du das?

– Was!? Ich werde nirgendwohin gehen! – Großvater sprang wie von der Tarantel gestochen auf, die Federn des alten Sessels ächzten traurig. – Was hast du vor, du Ausgeburt? Sag es!

– Wir sind gereizt. Wir haben alle Hunger …

– Ja, ich habe auch Hunger. Na und?

– Das ist alles! sagte Vater scharf.

Seine Schritte näherten sich der Tür. Ich sprang zur Seite und versteckte mich eilends in meinem Zimmer. Ich kroch unter die Bettdecke. Hier war es warm und gemütlich, aber eine beunruhigende Vorahnung ließ mich nicht zur Ruhe kommen. Was mochten sie vorhaben? Mein Magen verkrampfte sich vor Entsetzen, und Säure schoss in meinen Mund. Ich spuckte aus. Ich starrte auf den schmalen Spalt unter der Tür. Mir schien, als würde sich dort eine große Lache ausbreiten ... Blut! Es war still und finster. Hinter dem Fenster senkten sich unförmige graue Wolken über die Stadt und erstarrten wie eine Kruste aus Eis. Ich stand vorsichtig auf und schlich erneut hinaus auf den Flur. Meine Eltern stritten in der Küche.

– Er will mir nicht vergeben ..., berichtete mein Vater niedergeschlagen. – Alles andere würde er mir verzeihen, sagt er, nur das nicht!

– Dann zum Teufel mit ihm!, sagte Mutter.

– Ich wollte, dass es zivilisiert abgeht ..., murmelte er.

– Es kann nicht zivilisiert abgehen! Es geht nicht!, unterbrach sie ihn. – Wenn es um die Wurst geht, um das eigene Fleisch und Blut ...

– Musst du dich unbedingt so ausdrücken?, explodierte Vater.

– Das wird ohne viel Gerede erledigt!, wies sie ihn zurecht. – Ruck, zuck!

Mein zärtliches Mütterchen! Ich erinnere mich bis heute an sie: Sie hatte begonnen, einer Hexe zu ähneln – klapperdürr, dünne, hängende Brüste und große Zähne, die in der Lage waren, alles, was sich ihr in den Weg stellte, zu zermalmen. Später, in den Jahren der Prosperität, nahm sie wieder zu und wurde sogar ziemlich hübsch; sie ließ sich ihre Zähne richten, die sie offenbar an jenen Hungerwinter erinnerten. Ihr Schatten freilich blieb immer hager und bedrohlich. Das mag manche Menschen erschrecken, aber in Wahrheit leiden viele Bulgaren an diesem Defekt. Die Gelehrten können es nicht lassen, ihn zu erforschen, ohne dass sie bis heute eine befriedigende Erklärung gefunden hätten.

Ein rasendes Klappern schreckte mich auf. Jemand

wühlte in den Schubladen und kippte wahllos auf dem Tisch aus, was sich darin befand.

– ... das geht nicht, hörte ich meinen Vater sagen. – Es ist zu stumpf.

Danach sagte Mutter irgendetwas, und Vater explodierte:

– Verschwinde mit diesem Korkenzieher! – Und er warf ihn in eine Ecke.

Sie suchten hektisch ... Meine Mutter meldete sich wieder zu Wort:

– Nimm die Axt ...

– Es reicht!, schrie er. – Hör auf, dich einzumischen! Ich bin der, der entscheidet. Der Alte gehört mir! Hast du das verstanden?

– Wir werden vor Hunger verreckt sein, bis du soweit bist!

Genauso sagte sie es, nicht anders! Ihre Worte stießen mich vor die Stirn und warfen mich aus dem Gespräch. Ich fühlte mich wie ein abgeschabtes Abziehbild. Ich lehnte mich mit dem Rücken an die Wand und sagte mir: »Sie werden es tun!« Ich hatte nicht alles verstanden, aber ich spürte, wie sie sich gegenseitig scharf machten, wie sie brutaler und böser wurden. Ich musste etwas tun, um diese schreckliche Untat zu verhindern. Ich stürzte in Großvaters Zimmer ...

Ich traf ihn in seinem Sessel an, erstarrt, mit offenem Mund und umherirrendem Blick. Er schien völlig abwesend. So als wäre er in der Vergangenheit gefangen, inmitten von Bergen von Köstlichkeiten. Das Radio spielte immer noch Märsche.

– Großvater! Großvater!, flüsterte ich fiebrig und zog ihn am Ärmel. – Du musst fliehen!

– Was ist los!?, schrak er auf. – Komsomolze!

Ich hasste es, wenn er mich so nannte, aber im Moment war es mir egal.

– Flieh, Großvater! Flieh!, wiederholte ich hektisch.

Seine Finger bohrten sich in meine Schulter wie Krallen. Ein stickiger Hauch von Verfaultem schlug mir entgegen. Die Wörter flatterten aus seinem Rachen wie Fledermäuse.

– Was redest du da für einen Unsinn, mein Junge?

Offenbar hatte er beschlossen, alle Kosenamen an mir auszuprobieren, die ihm einfielen: Komsomolze, junger Mann, mein Junge, junger Herr, mein Sohn und so weiter.

– Sie wollen ... sie haben gesagt ... sie würden dich aufessen, sagte ich stotternd vor Entsetzen.

Seine Därme plätscherten wie eine Toilettenspülung. Ein scharfes Lachen schlug mir entgegen und mit dem Lachen jede Menge Speichel.

– Ho-ho-ho! Ihr wollt mich essen, was? Ist das alles, was euch einfällt, ihr verfluchten Spinner?

– Nein! Nein!, schluchzte ich hysterisch. – Das würde ich nie tun, ich schwöre!

Aus der Küche kam ein langgezogenes Heulen. Großvater schenkte ihm keine Beachtung. Er setzte mich auf seine Knie und schlang seine knochige Hand um meine Taille. Es war absurd: Ich war kein Kind mehr, meine Füße berührten den Boden. Seine trockene, raue Handfläche strich mir über den Kopf.

– Soll ich dir eine Geschichte erzählen, mein Junge?, flüsterte er mir ins Ohr.

– Dazu ist keine Zeit!, erzitterte ich erschrocken.

– Die Zeit ist auf unserer Seite, Kleiner ..., grinste er.

Dann geschah etwas Seltsames. Großvater schloss die Augen. Seine Falten froren ein. Ich spürte, wie mich seine Hand nach unten drückte, so als würde er mich in eine kleine Kiste mit Spielzeug stopfen wollen. Ohne Eile beugte er wie ein Lastenträger den Rücken und nahm das Gewicht auf ... Ein schwaches Knistern erfüllte die Luft, so als hätte er sich einen riesigen Felsen aufgeladen. Plötzlich wurde es kühl. Das Zimmer bedeckte sich mit einem leichten, farblosen Staub, der das Licht dämpfte und allen Lärm erstickte. Und dann begriff ich mit Entsetzen: Großvater hatte die Zeit angehalten!

Ohne die Augen zu öffnen, begann er mit gleichmäßiger, kalter Stimme:

– Es war einmal ...

Unter seinen Augenlidern drang ein roter Streifen Licht hervor.

– ... dieser König war sehr böse und dumm, fuhr er unerschütterlich fort. – Aber noch böser und dümmer war seine Frau. Und sie nahmen sich vor, alle alten Menschen im Königreich auszulöschen ...

Ich wollte ihn gern unterbrechen und ihm sagen, dass ich diese Geschichte schon gehört hatte. Mindestens dreihundertmal! Es war seine Lieblingsgeschichte – eigentlich die einzige, die er mir je erzählt hatte. Aber die Zeit war stehengeblieben. Mein Herz schlug schwach, wie das Herz eines kleinen Vogels, und die Wörter schwammen in meinem Mund mit dem Bauch nach oben.

– ... angeblich waren sie zu nichts zu gebrauchen, dafür würden sie viel essen und schlecht riechen. Gesagt, getan. Sie schickten Ausrufer, die verkünden sollten, dass sie jedem, der seine betagten Eltern nicht bis zum Ende der Woche ins Schloss gebracht hatte, den Kopf abschneiden würden … – Großvater plapperte ausdruckslos vor sich hin.

Ich war gezwungen, die ganze alte Geschichte vom guten Sohn über mich ergehen zu lassen, der seinen Vater auf dem Dachboden versteckt und sich um ihn kümmert und ihn ich weiß nicht wie viele Jahre bedient. Und wie dann später im Land eine nie dagewesene Hungersnot ausbricht, weil die Jungen keine Ahnung haben und die Landwirtschaft ruinieren. Und wie der Alte und niemand sonst weiß, was zu tun ist, um zu überleben. Wie der Sohn zu dem dummen König und seiner dummen Frau geht, die bereits ihre eigene Scheiße fressen. Ho-ho! Und er sagt ihnen, dass er das Land retten könnte, wenn sie ihm versprechen, den Alten zu verschonen. Und was sollten sie anderes tun – sie versprechen es ihm … Dann geht der Alte auf den Platz hinaus, holt eine Liste hervor und liest die Namen der Reichen vor, die Tonnen von Weizen für den Winter in den Vorratskammern versteckt haben. Und das Volk hat nur darauf gewartet – es schlägt die Reichen in die Flucht und nimmt sich den Weizen. Danach erhängen sie den Tyrannen und sein dämliches Frauchen vor dem Schloss, und den Alten stellen sie an die Spitze des Staates. Und er lebt noch Tausende von Jahren und führt mit weisem Ratschluss sein Volk von Generation zu Generation.

Mir fiel auf, dass es jedes Mal mehr Jahre waren als zuvor, wenn Großvater zu dieser Stelle gelangte. Anfangs regierte der Alte nur hundert Jahre – das gewöhnliche Mandat in Märchen. Im Laufe der Zeit aber dehnte sich seine Regentschaft immer weiter aus, bis sie schließlich eine ganze Epoche umfasste. Tausend Jahre. Zweitausend, dreitausend! Aber auch das reichte nicht mehr! Jetzt folgte aus Großvaters Worten, dass der Alte noch am Leben war, gesund war und die Angelegenheiten des Volkes immer noch mit fester Hand führte ... Und wer es nicht glaubte, der brauchte nur in jenes ferne Land zu gehen, er würde es mit eigenen Augen gesehen haben. Alle waren satt und glücklich, überall hingen Portraits des Alten, das Land gehörte allen gemeinsam. Und niemand dachte auch nur daran, unzufrieden zu sein ...

Dann stürzte mein Vater herein. Sein Oberkörper war entblößt – sein magerer Körper glänzte vor Schweiß. Seine Adern traten deutlich hervor, wie rote und blaue Drähte. Er hielt einen kleinen Teller mit einer dampfenden Tasse in der Hand.

Großvater ächzte kaum merklich. Er richtete sich auf, quietschend wie eine alte, verrostete Feder. Die Zeit rollte wieder den Abhang des Lebens hinunter.

– Ich bringe dir Tee ..., sagte Vater mit bitterem Ausdruck, den Kopf zum Fenster gedreht.

Die Tasse zitterte in seiner Hand.

– Tu es nicht, Papa!

Er drehte sich abrupt zu mir um.

– Was tust du hier?! Verschwinde sofort! Hau ab, hörst du?! Sofort!!!

Die Finger des Alten verkrampften sich. Er zog mich in seine trockene Umarmung und drückte mich noch fester. Mein Atem stockte.

– Lass ihn los!, sagte mein Vater finster.

– Warum?, röchelte Großvater. – Wir trinken doch Tee?

Die Tasse schaukelte, etwas von dem Tee lief über in den Unterteller.

– Sehr schlau ..., fuhr Großvater fort, er bebte vor Zorn. – Du Feigling! Du hättest wohl gern, dass alles glatt und sauber über die Bühne geht, nicht wahr? Ohne dass du etwas spürst! Schlag dir das aus dem Kopf! Du musst durch Blut und den Schmerz gehen, wenn du an den Kochtopf willst. Ich verspreche dir, du wirst das ganze Grauen mit mir zusammen erleben ... Es wird dir nicht erspart bleiben!

Grelles Licht überschwemmte mein Gehirn, als wäre ein Vorhang auseinander gerissen. Ich spürte, ich würde das Bewusstsein verlieren. Es war mir nur recht. Das Bild vor meinen Augen faltete sich zusammen und wurde langsam schwarz. Für einen Augenblick verlor ich die Verbindung zur Wirklichkeit. Dann hörte ich Vaters Stimme wieder, gespannt wie ein Seil, an dem ein ganzes Gebirge hing ...

– Und wie? Wie genau wollt ihr mich denn zubereiten?, fragte Großvater gehässig.

– Sprich nicht so vor dem Kind! – Mein Vater wurde laut.

– Werde ich ihm den Appetit verderben?

– Ruhe!

Plötzlich sah ich ihn, nur einen Schritt von mir entfernt. Die Hand, in der er die Tasse hielt, berührte fast mein Gesicht. Die Knöchel seiner Finger waren weiß geworden. Am liebsten hätte ich ihm die verfluchte Tasse entrissen und sie auf einen Zug ausgetrunken. Aber Großvater hielt mich weiter in seiner knöchernen Umarmung. Sein Bart scheuerte an meiner Wange.

– Ich will, dass du mir etwas versprichst, mein Sohn!, nuschelte er gespielt.

Mein Vater nickte eiskalt.

– Versprich mir, dass du meine alten Hoden in Ruhe lässt! Respektiere wenigstens meine Eier ...

Ich sah, wie die Tasse zitterte. Mir schien, er würde ihm

den Tee jeden Augenblick ins Gesicht schütten. Damals war mir nicht ganz klar, was Großvater sagen wollte, heute weiß ich es besser. Das waren harte Worte! Vater war darauf offensichtlich nicht vorbereitet.

Ohne seinen Griff zu lockern, beugte Großvater sich vor und spuckte geräuschvoll in die Tasse.

– Trink selbst!

Mein Kopf füllte sich erneut mit Licht. Vater schaute in die Tasse und starrte verblüfft auf die an der Oberfläche schwimmende Substanz.

Ich wollte mich losreißen, aber Großvater zog mich grob an sich. Seine Schulter knackte trocken.

– Hör zu, mein Sohn, sagte er, ohne meiner ohnmächtigen Gegenwehr Beachtung zu schenken. – Ich schätze deine Sorge um die Ernährung deiner Familie. Du handelst wie ein Mann ... Aber du begehst einen kapitalen Fehler, einen großen Fehler! Ich weiß nicht, wer dir diesen Floh ins Ohr gesetzt hat ... na ja, ich kann es mir vorstellen ... Nun, wie auch immer. Wichtig ist, dass du begreifst, ich bin dein Vater. Dein Erzeuger. Einmalig, einzigartig! Lass uns vernünftig sein. Sieh dieses Kind. Auch ich habe Hunger – glaube nicht, ich hätte keinen Hunger. Weißt du, wie viele verfluchte Eizellen es im Bauch deiner Frau gibt? ... Und wie viele Samenzellen in deinen Hoden?! Du weißt, worauf ich hinaus will? Du kannst noch tausend Kinder haben. Aber wie willst du einen Vater machen? Wie willst du einen Vater zeugen?!

– Was? Was schlägst du da vor?, stammelte mein Vater benommen.

Ich werde seinen Blick nie vergessen. Ich werde ihn ihm nie verzeihen! Er hat doch tatsächlich gezögert! Ich habe es ganz deutlich gesehen, es stand ihm ins Gesicht geschrieben ... So als versuchte er, sich all diese ungeborenen Kinder in seinen Hoden vorzustellen ...

Großvater streichelte mir über den Kopf.

– Schau nur, wie zart und saftig er ist. – Er schmatze vernehmlich. – Und du willst an meinen alten Knochen nagen! Denk an deine Zähne, mein Sohn ... Ihr werdet eben einen anderen kleinen Jungen machen. Was ist schon dabei! Ihr seid noch jung. Zwei kleine Jungen werdet ihr euch machen!

Seine Hände wanderten langsam an meine Kehle. Mich schauderte! Vater stand nur einen Schritt von mir entfernt und rührte sich nicht.

– Er ist unsere Rettung, fuhr Großvater flüsternd fort. – Bis zur neuen Ernte, was? Ich kann es tun ... Was sagst du? Soll ich es tun? Es wird schnell gehen. Halt still, Junge!

Seine Hand legte sich um meinen Hals. Ich holte Luft, und mit letzten Kräften bohrte ich meine Zähne in das zähe, runzlige Fleisch. Er ächzte auf und stieß mich von sich. Mein Mund füllte sich mit Blut – salzig, fett wie Harz. Ich war frei! Ich stürzte zur Tür.

Ich stieß mit meiner Mutter zusammen, die gerade halbnackt, mit offenem Haar und blass im Gesicht wie eine chthonische Gottheit ins Zimmer stürzte. Ihre nackten Fußsohlen donnerten über den Fußboden. In der einen Hand hielt sie eine lange Grillgabel, in der anderen schwang sie eine schwere gußeiserne Pfanne. Sie blieb wie angewurzelt mitten im Zimmer stehen und maß mit flammendem, zornigem Blick die beiden Männer. Es fällt mir schwer, das Geräusch zu beschreiben, das sich aus ihrem Hals presste – eine Mischung aus dünnem Bellen und krankhaftem Wiehern. Dann begann sie wie rasend, mit der Gabel auf die Pfanne zu schlagen. Ich presste mich voll Entsetzen an die Wand. Mein Vater schauderte und machte eine Handbewegung, als zerreiße er eine Spinnwebe, in die er gelaufen war.

– Was tust du da?!, rief er verblüfft.

Mutter sagte kein Wort. Sie zeigte mit der Gabel auf den Alten und knurrte. Großvater zwinkerte erschrocken. Sein ganzer Hochmut war dahin. Vor mir saß jetzt eine hohle Ruine, in der die Würmer der Zeit an den letzten Überresten von Leben nagten. Mein Herz war erfüllt mit Mitleid für den alten Mann, auch wenn er mich so schmählich verraten hatte.

– Es gibt keine andere Möglichkeit, mein Alter ..., seufzte Vater. – Ich will dir nicht wehtun. Glaub mir! Ich will nicht, dass du leidest. Da, trink. Du wirst nichts spüren. Du wirst einschlafen ...

Mutter schlug mit der Gabel gegen die Pfanne, ihr Unterkiefer kämpferisch nach vorne geschoben.

– Rrrrrrrr! ....

Mein Vater wurde etwas konfus und beeilte sich, uns aus dem Zimmer zu bugsieren. Er drehte sich um und raunte uns zu:

– Zehn Minuten!

Wir werden ihn essen!, dachte ich fieberhaft, während wir im Flur herumhingen und warteten. Wir werden Großvater essen! Wir werden ... Natürlich würde ich keinen Bissen anrühren! Es war, als wäre jeder Zweifel ausgeschlossen. Und trotzdem, würden sie mich zwingen, es zu tun? Und wurde das nicht alles für die Fortdauer meines armseligen Lebens veranstaltet? Hatte ich ein Recht, mich zu weigern? Würde ich nicht am Ende kapitulieren vor dem nährreichen Eintopf ... Ich dachte an seine wundersame Fähigkeit, die Zeit anzuhalten. Ich wünschte mir, er würde von neuem den Rücken beugen und die Lücke schließen, durch die die verfluchte Zeit in unsere Welt einströmte. Aber Großvater hatte seine Macht eingebüßt. Er war verbraucht, gebrochen vom Ansturm der Jahre – es war ihm nicht mehr möglich, sie aufzuhalten. Ich vernahm ihr dumpfes Dröhnen. Und ich sah, wie die Zeit über ihn hinging und ihn mit ihren trüben Fluten davontrug wie einen einsamen Baumstamm im Tal der Geschichte.

Mir war, als hörte ich Lachen hinter der Tür. Mutter und Vater waren bereit, sie hielten ihre absurden Waffen fest umklammert. Ich wollte nicht sehen, was weiter passieren würde, doch ich wusste, dass ich nicht das Recht hatte, mich genau jetzt davonzumachen. Ich hockte mich an die Wand und umfasste meinen Kopf. Plötzlich war ein stumpfer Schlag zu hören. Ich spürte ihn – direkt durch den Boden. Der ganze Block kam ins Schwanken. Ein dünner Spalt lief quer über die Wand. Vielleicht war es nur eine Halluzination ... Es war, als würde der Schlag tief aus dem Erdinneren kommen und ganze Schichten zum Einsturz bringen; sein Echo kam zurück wie ein mächtiges Donnern, das den Zorn des feurigen Schoßes mit sich brachte. Das Geräusch drang durch meine Füße in mich ein und erfasste meinen ganzen Körper, es brachte jeden noch so kleinen Knochen zum Vibrieren. Ich hatte das Gefühl, ich würde auseinanderbrechen. Ich sah, wie meine Eltern ins Zimmer stürzten ... Kalte Luft schlug mir entgegen. Das Fenster war weit offen. Das Zimmer war leer.

Mutter lehnte sich hinaus und sagte ausdruckslos:

– Ende.

– Was sollen wir jetzt tun?, schluchzte mein Vater. – Was haben wir getan!?

– Er hat nicht gelitten, bemerkte sie trocken. – Wir müssen ihn heraufholen …

– Was redest du da?, rief mein Vater erschrocken aus. – Und die Nachbarn?

– Die Nachbarn?

– Es ist nicht möglich, dass sie es nicht gesehen haben! Sicher werden sie die Polizei gerufen haben …, sagte Vater verwirrt. – Ich weiß nicht. Er ist tot.

– Ja, und?, sagte sie herausfordernd. – Wen interessiert das schon? Bald werden wir alle tot sein! Die gesellschaftliche Ordnung ist schon seit Langem zerfallen. Die Leute sind nur zu erschöpft, um es auszunutzen … Sie haben doch keine Kraft, etwas außerhalb ihrer Schneckenhäuser zu unternehmen!

Diese Worte haben sich mir eingeprägt.

– Das ist nur eine Leiche, schloss sie voll Überzeugung. – Los, lass ihn uns holen!

Sie gingen an mir vorbei wie Zombies, ohne mich zu bemerken. Die Tür schlug hinter ihnen zu.

Im Zimmer war es kalt. Mir schien, dass es größer geworden war. Es wirkte irgendwie unheilvoll und steril. Die Dinge sahen aus, als wären sie ausgehöhlt, sie waren farblos und erweckten das Gefühl von Leere. Der Wind warf die weißen Vorhänge hin und her. Unter dem Fenster lag der zerrupfte Pantoffel Großvaters, ein Beweis für seinen letzten, fatalen Schritt. Ich stellte ihn mir vor, wie er da unten auf dem Asphalt lag, aufgeplatzt wie eine Papiertüte, die Gebäude rundherum – bespritzt mit Blut. Ich setzte mich mit dem Rücken zum Fenster in den leeren Sessel. Der Luftzug blätterte die Seiten einer Zeitung um, die neben dem Bett lag. Die Tasse stand unberührt auf dem Tisch. An der Oberfläche schwamm noch seine gelbliche Spucke.

Von unten war ein unterdrückter Schrei zu hören. Ich überwand meinen Abscheu und streckte vorsichtig den Kopf hinaus. Ich hatte das unangenehme Gefühl, das ganze Fenster könnte aus der Wand brechen und mit mir ins Leere stürzen ...

Unten war niemand zu sehen. Nicht einmal ein kleiner Fleck!

Meine Mutter und mein Vater gingen vor dem Block ziellos auf und ab: Sie durchsuchten die spärlichen Büsche, schauten zwischen die altersschwachen Autos, die hier geparkt waren, unter die Parkbank, hinter die Mülleimer ... Mir fiel auf, dass die Fenster in den benachbarten Gebäuden dicht geschlossen waren, auf den Balkonen war keine Menschenseele zu sehen. Ich erinnere mich, wie mein Vater sich in dieser Arena von eisiger Gleichgültigkeit aufrichtete, den Blick über die erstarrten Fassaden gleiten ließ und aus vollem Hals schrie:

– Heeeey, gebt ihn mir zurück! Er gehört mir! Gebt ihn mir zurüüüück!!!

Seine Stimme hallte zwischen den toten Wänden wider. Ich beobachtete aufmerksam die Fenster. Nichts. Nicht einmal die Vorhänge zitterten.

– Verfluchte Diebe!, rief Mutter heiser.

Beide ließen sich auf die Bank vor dem Eingang fallen und lehnten sich aneinander. Da begriff ich, jemand hatte Großvaters Leiche gestohlen! Jemand war schneller und hungriger gewesen. In diesem Augenblick empfand ich tiefe Erleichterung. Wir würden Großvater nicht essen müssen! Ich war gerettet!

Ich erinnere mich, wie sie sich an diesem grauen Spätnachmittag in die Wohnung zurückschleppten – wie geprügelte Hunde. Sie stellten sich vor mich hin, schwankend vor Schwäche, und fixierten mich mit schweren, schuldbewussten Blicken. Da fielen mir die unheilvollen Worte Großvaters wieder ein: »Ihr werdet euch einen anderen kleinen Jungen machen! Zwei kleine Jungen werdet ihr euch machen!!«

Ihre unbarmherzige Logik war jetzt noch unerschütterlicher. Es gab keine andere Wahl. Die beiden oder ich! Sie waren das, was mich hervorgebracht hatte. Ich war nur ein Trieb, ein Ableger, dazu verurteilt, ohne Erinnerung zu verwelken, ohne Nachkommenschaft ... Nächstes Jahr würde ein anderer kommen. Nie in meinem Leben habe ich mich unbedeutender gefühlt, austauschbarer und nutzloser! Damals erkannte ich zum ersten Mal die Quelle und den Grund der enormen Macht, die sie über mich hatten. Und ich weiß, dass ich alles, alles in diesem Leben, einschließlich der Tatsache, dass ich jetzt vor Ihnen spreche, ihrer unumschränkten Gnade verdanke! Weil sie dieses göttliche Recht besaßen, ein Erbe noch aus den Tagen der Schöpfung, aber es ablehnten, davon Gebrauch zu machen. Sie verzichteten darauf, sie verschmähten das alte Gesetz, um einen neuen Weg einzuschlagen.

Ich sah zu, wie sie sich schweigsam vorbereiteten – Rucksäcke, warme Kleidung, hohe Stiefel, Mützen, Handschuhe. Danach schnallten sie sich Waffen um. Mich überkam ein undeutliches Gefühl, als hätte ich einer solchen Szene schon einmal beigewohnt. Es war seltsam. Vater legte mir eine Hand auf die Schulter und sagte:

– Mein Sohn, wir gehen Nahrung suchen. Du bleibst hier und wirst niemandem die Tür öffnen! Absolut niemandem! Du wirst auf uns warten, bis wir zurückkommen.

Ich war mir sicher, dass ich sie nie wieder sehen würde. Aber erst später, inmitten der Dunkelheit und der Stille des Hungers, erkannte ich die Tiefe der Einsamkeit, die auf mich wartete. Mutter umarmte mich fest.

– Du wirst nicht aufgeben!, flüsterte sie mir ins Ohr.

Ihre trockenen Lippen kratzten an meiner Stirn.

– Wir müssen uns unbemerkt hinausschleichen, waren die letzten Worte meines Vaters.

Das Schloss schnappte ein. Ich war in der verlassenen Wohnung begraben.

Die nächsten Stunden verbrachte ich in völliger Lethargie. Alle Vorhänge waren zugezogen. Ich lag vor dem Fernseher und glotzte vor mich hin. Es war wie ein einziger endloser Film, die Figuren waren die immergleichen, die Handlungen gingen ineinander über, die Grenzen waren verwischt … Von Zeit zu Zeit stand ich auf, um Wasser zu trinken – sie hatten mir aufgetragen, viel Flüssigkeit zu mir zu nehmen. Ich spürte, wie sie sich in meinem Magen sammelte, kühl und schwer wie Quecksilber. Ich warf mich wieder aufs Sofa, in meinem Inneren plätscherte es. Oft schlummerte ich ein, ich sah allerlei Dinge, aber alles entglitt mir, und bald fand ich mich aufs Neue vor dem Fernseher wieder. Ich war nicht mehr willkommen im Land der Träume! Vor mir lag das unermessliche, öde Universum des Todes, das sich langsam ausdehnte und an den Ufern meiner kleinen Insel nagte … Und dann kam er aus dem Totenreich zurück und stand in der Ecke des Zimmers – riesig und aufgequollen wie eine zerkochte Knackwurst. Seine Kleider hingen in Fetzen, von seinem Körper stieg dichter Dampf auf. Er hatte keine Haare, sein Kopf war mit Blasen übersät, seine Augen weit aufgerissen und leer.

– Großvater!, raunte ich entsetzt. – Bist du es, Großvater?

Ich wusste, dass er es war! Seine bloßen Füße machten patschende Geräusche wie rohe Koteletts. Ich spürte die Wärme, die sich mir näherte. Großvater beugte sich über mich und hielt mir seine dampfende Hand unter die Nase.

– Iss!, befahl er heiser.

Ich presste die Lippen zusammen und drehte mich weg.

Hinter meinem Rücken war lautes Schmatzen zu hören. Ich spähte über die Schulter und sah, wie er ein großes Stück von seinem Arm abbiss. Der Geruch von gekochtem Fleisch machte mich wahnsinnig. Ich bemühte mich vergeblich, mir einzureden, dass es nur ein Alptraum war. Großvater stand vor mir, schmerzlich real, und kaute an sich herum.

– Es ist genug da, mein Junge!, sagte er und streckte erneut den Arm aus.

Durch die Wunde sah man den gelblichen Knochen. Ich schreckte zurück, aber Großvater grinste und nahm noch einen Bissen. Seine Nägel waren abgefallen.

– Dummer Junge!, knurrte er mit vollem Mund.

Ich sah, wie er fortging, gebeugt und dampfend, die Wände wichen vor ihm zurück, und das Zimmer dehnte sich. Der angenagte Arm hing neben dem Oberschenkel wie eine Zange aus Metall. Ich sah ihm nach, während er sich in der endlosen Weite des Nichts verlor …

Ich lag da, lauschte auf den verstummenden Rhythmus meiner Organe, als ich ein verdächtiges Klicken vernahm. Es kam von der Tür. Durch die Vorhänge fielen ein paar Strahlen schmutzigen Lichts. Ich hatte längst das Gefühl für Zeit verloren. Der Fernseher lief noch immer, ein Durcheinander aus Gestalten und Sätzen. Sie müssen mich gewittert haben! Ich hatte keine Kraft, um irgendetwas zu unternehmen. Ich hörte, wie sich die Wohnungstür öffnete. Ich stellte mir einige kräftige Männer mit blutunterlaufenen Augen vor. Ich wusste, dass es sinnlos war, um Gnade zu betteln. Sie würden mich verspeisen wie einen gebratenen Fisch!

Ich sah sie durch einen Schleier von Tränen ... Zwei verwischte Silhouetten. Ich erkannte die Stimme meiner Mutter. Sie klang erschrocken. Sie hoben mich auf, wischten mein Gesicht ab. Ich hörte meinen Vater sagen:

– Ganz ruhig, gib ihm etwas zu essen ...

Zu essen.

Sie fütterten mich mit einer weißen Substanz ... Es schmeckte ähnlich wie Brot ... leicht süßlich, und es zerschmolz auf meiner Zunge, wobei es eine seltsame Wärme hinterließ, die sich von meinem Mund aus allmählich im ganzen Körper ausbreitete. Ich schluckte, ich nahm noch eine Handvoll. Ich hätte Berge davon essen können. Ich kam nicht einmal auf den Gedanken, zu fragen, was es war ... Ich stopfte mich voll. Wäre es Nahrung gewesen wie jede andere, wäre ich wohl an einer Darmverschlingung krepiert. Aber das hier war anders. Ja. Als würde es direkt vom Organismus aufgenommen, ohne Umweg über den Magen. Ich hatte nie etwas Vergleichbares gegessen!

Leider verfüge ich über keine Proben von dieser gesegneten Substanz. Aus alter Gewohnheit versuchte meine Mutter, einen Vorrat davon anzulegen, aber sie scheiterte. Schon am zweiten Tag begann es zu verfaulen, in den Einmachgläsern schwammen fette Würmer, und wir waren gezwungen, sie wegzuwerfen. So dass wir keine Beweise haben. Und trotzdem, ganze vierzig Tage ernährte ich mich ausschließlich von dieser Substanz – ich sah, wie meine Eltern sich jeden Abend für den Weg bereitmachten und aus dem Haus gingen, um am nächsten Tag mit vollen Rucksäcken zurückzukommen. Ich habe keine Ahnung, wie viele Menschen diese ungewöhnliche Erscheinung genutzt haben. Ob es überhaupt jemand anders bemerkt hat ... Weder die Zeitungen noch das Fernsehen haben etwas über ein solches Phänomen vermeldet. Andererseits waren die Ausmaße dieser Erscheinung so groß, dass es unwahrscheinlich erscheint, dass sie unentdeckt geblieben sein soll. Ich nehme an, es werden im Lauf der Zeit noch andere Zeugen auftauchen. Wenn nicht, wäre das schade.

Ich habe mich oft gefragt – warum ausgerechnet sie? Meine Eltern! Womit hatten sie diese Wohltat verdient? Ich weiß es nicht. Vielleicht war es einfach nur Glück. Ich denke nicht, dass sie auserwählt waren. Darin liegt keine Logik. Sie haben mir erzählt, dass plötzlich ein starker Wind aufkam. Die beiden versteckten sich in einem Graben und schliefen fast sofort ein, entkräftet von Hunger. Sie wachten erst im Morgengrauen auf, zähneklappernd, aneinandergekuschelt wie zwei kleine Kinder. Das Feld war mit Raureif bedeckt. Die kühle Sonne stieg sanft über den Hügeln auf. Der Wind hatte die Wolken weggefegt. In der Ferne flimmerte die Silhouette der Stadt, durchbrochen von einigen Schornsteinen. Die beiden sahen sich vergeblich um, doch die Welt schien vollkommen unbewohnt. Und erst dann kamen sie auf den Gedanken, zu ihren Füßen zu schauen ... Zwischen den funkelnden Fäden gefrorener Spinnweben entdeckten sie irgendwelche weißen Bällchen. Sie dachten zuerst, es seien Pilze. Sie sammelten etwas davon ein, sie waren weich und klebrig wie Teig. Schließlich wagten sie es und probierten davon. Und sofort begriffen sie, dass dies die reinste Nahrung war, die sie je gekostet hatten! Sie aßen und weinten vor Glück. Das ganze Feld war voll davon. Erst gegen Mittag stellten sie fest, dass die Bällchen schnell zu schmelzen anfingen und sich auflösten, aber ihre Rucksäcke waren bereits voll.

Mutter und Vater schwören, dass niemand außer ihnen auf dem Feld war. Und doch ist das Feld sehr groß ... Ich habe mich immer gefragt, warum sie ihre Entdeckung nicht mit anderen teilten – Nachbarn oder Verwandten. Sie antworteten mir, dass auch ihnen niemand etwas gesagt habe. Sie hoben nicht ohne Grund hervor, dass das Feld dort lag, am Rande der Stadt, die ganze Zeit über – es hätte ausgereicht, morgens früh hinauszugehen und die Nahrung einzusammeln. Man kann also nicht behaupten, dass sie dazu berufen waren, der Bevölkerung ein Geheimnis zu offenbaren. Weil es überhaupt kein Geheimnis gab. Alles lag offen zutage! Es waren also auch keine Propheten nötig. Nicht weniger erstaunlich war ihr Verhältnis zu dem Nahrungsmittel selbst. Sie zeigten nie sonderliches Interesse für seine Herkunft, obwohl sie verschiedene Varianten der Zubereitung ausprobierten – gekocht, gebacken, gedünstet ... Es schmeckte immer herrlich und reichte genau für uns drei. Aber ich habe nie gehört, dass sie jemandem für diesen Überfluss gedankt hätten.

So endete unsere Hungerzeit. Im Frühjahr bekam unser Land jenen sehnlich erwarteten Kredit von siebenhundert Millionen Dollar, und die Dinge begannen langsam, sich zu normalisieren. Die Waren kehrten in die Geschäfte zurück ... Dann folgte eine reiche Ernte, und im Herbst hungerte niemand mehr. Natürlich hinterließ das Erlebte tiefe Spuren in der Psyche der Menschen. Nicht zufällig spricht keiner gern über diesen Abschnitt seines Lebens.

Wenn möglich streicht man es ganz aus dem Gedächtnis. Zumindest bei meinen Eltern ist es so. Wie Sie wissen, weigern sich Menschen ihrer Generation kategorisch, der internationalen Gemeinschaft dabei zu helfen, die Wahrheit festzustellen.

Oft muss ich an Großvater denken ... Etwas lässt mich daran zweifeln, dass er tot ist. In dem Durcheinander damals hatten wir nicht mit einberechnet, dass wir nur im ersten Stock wohnten. Ein Sprung aus solcher Höhe ist selten tödlich, nicht wahr? Mir scheint wahrscheinlicher, dass er sich nur totgestellt hat. Warum nicht? Im nächsten Jahr bekamen wir eine rätselhafte Postkarte ohne Text aus Nordkorea. Es kann auch ein Irrtum sein. Ich habe keine Ahnung, wie er dorthin gelangt sein könnte. Und trotzdem gefällt mir dieser Gedanke. Für jeden muss es einen Platz unter der Sonne geben.

Heute gehören wir, die Bulgaren, zu den jüngsten Nationen in der Welt ... Angesichts der hoffnungslosen Überalterung Europas sollte dies ein unbestreitbarer Vorteil für unsere Mitgliedschaft in dieser segensreichen Gemeinschaft sein. Leider denken viele Menschen noch anders. Sie sind erschrocken über die Unklarheit, die einige Fragen zu unserer jüngsten Geschichte aufwirft. Manchmal stoßen spielende Kinder in der Nähe von Wohnblöcken auf verdächtige Überreste – Kiefer, Wirbel, Knochen ... Das kommt schon vor, wenn auch nicht jeden Tag. Die Kinder lieben es, sich Schmuck daraus zu machen, sie tragen sie um den Hals, sie tauschen sie ... Das ruft gewisse Besorgnis in der zivilisierten Welt hervor. Aber es beweist gar nichts. Wo Menschen leben, bleibt immer etwas zurück, nicht wahr?

SAUBERE ARBEIT

– Guten Tag! – Ein strahlendes Lächeln brachte das Gesicht des polierten Glatzkopfs zum Leuchten. – Meister Proper, angenehm.

– Wie bitte? – Kamelija zog die Augenbrauen hoch.

Er überkreuzte die Arme vor der Brust und ließ seine Muskeln spielen.

– Meister Proper putzt so gründlich, daß man sich drin spiegeln kann!

Putzt so *sauber*, Dummkopf! korrigierte sie ihn in Gedanken.

Er war schätzungsweise eins neunzig groß, trug T-Shirt, Jeans und Turnschuhe, trotz des Schnees draußen. Zu seinen Füßen stand ein großer roter Eimer, voll mit Putzmitteln, Bürsten und Schwämmen. Die Ähnlichkeit mit dem Helden der populären Fernsehwerbung war tatsächlich verblüffend.

– Der große Weihnachtsputz steht bevor! Aber Sie sind nicht allein im Kampf um ein saubereres Heim. In Meister Proper haben Sie einen treuen, verlässlichen und vor allem kompromisslosen Verbündeten – er hob flink den Eimer in die Höhe. – Wenn Sie eine Flasche kaufen, erhalten Sie ein vollständiges Set mit allen Produkten unserer Firma!

– Was?

Obwohl sie nur eine unklare Vorstellung von der Bedeutung des Wortes »Set« hatte, konnte Kamelija nicht anders, das Fremdwort aus der großen, weiten Konsumwelt nötigte ihr Respekt ab.

– Ein vollständiges Set! Und das ist noch längst nicht alles. Dazu gibt es diesen einzigartigen Mulitfunktionseimer mit 25 Liter Fassungsvermögen – er klopfte vielsagend auf den Rand. – Aber auch das ist noch nicht alles! Meister Proper selbst wird Ihnen zu Diensten sein. Küche, Bad und Flur – alles spiegelblank, es dauert 'paar Minuten nur.

Was ihnen nicht alles einfällt, um ihre Waren vor Weihnachten loszuwerden! Es schien ihr absurd, jemand Fremden bei sich zu Hause Hausarbeit verrichten zu lassen. Und außerdem, sie hatte schon geputzt. Auf der anderen Seite empfand sie Mitleid mit diesem großen Mann in der Blüte seiner Jahre, der offenbar gezwungen war, seinen Lebensunterhalt auf diese Art zu verdienen.

– Und, ist Ihnen nicht kalt ... so? – Sie starrte auf das Blechschildchen an seiner Brust: Nikola, Nummer, Firmenzeichen.

– Die Arbeit hält mich warm, gnädige Frau. Lassen Sie mich Ihnen ein Beispiel für die Magie der Reinheit geben! Das sind Putzmittel einer neuen Generation. Ein neues Qualitätsniveau von Sauberkeit! Die Demonstration dauert nur zehn Minuten.

Ihr Blick glitt über den blanken Schädel. Vielleicht sollte sie ihm eine der Mützen ihres Mannes schenken. Was sie ihm wohl bezahlten? Bestimmt nur Almosen ...

– Okay, sagte sie und löste die Sicherheitskette. – Aber ich fürchte, hier gibt es nichts zu demonstrieren.

Sie sagte es mit einem Anflug von Stolz.

– Ja, man sieht, da ist drübergewischt worden ... – Meister Proper inspizierte die Küche.

– Drübergewischt? – Kamelija fühlte sich gekränkt. – Ich habe den ganzen Morgen wie verrückt geschrubbt!

– Sie sagen es selbst! – Sein breites Gesicht strahlte. – Den ganzen Morgen! Mit unserer neuesten Serie ist das nicht mehr nötig.

Meister Proper wirbelte herum, holte die Putzmittel aus dem Eimer, füllte ihn mit Wasser und streifte sich ein Paar Plastikhandschuhe in Rosa über ... Kamelija lehnte im Türrahmen und beobachtete ihn. Munter und voller Zuversicht summte er die Melodie aus der Werbung ... *putzt so gründlich, dass man sich drin spiegeln kann* ... Es war ihr fast ein wenig peinlich. Man konnte sagen, was man wollte, Männer taten so etwas nicht. Er sprühte etwas von dem Putzmittel auf eine Fliese, tauchte die Bürste in den Eimer, ging in die Hocke und begann zu schrubben. Es schäumte.

– Es muss nur ein wenig einwirken, sagte er, wobei er demonstrativ auf seine Uhr starrte. – Genau zwei Minuten ... fertig! – Er hockte sich wieder hin, schrubbte, wischte den Schaum weg und bat Kamelija, näher zu kommen. – Ich möchte, dass Sie das sehen ...

Der kleine Schwamm verschwand in seiner Faust, ein dünner Strahl grauer Flüssigkeit tropfte in den Eimer.

– Es war noch mehr drin, nicht wahr? Und jetzt treten Sie bitte einen Schritt zurück, so ... Sehen Sie sich diese Fliese an, und sehen Sie sich die anderen an! Sehen Sie den Unterschied?

Sie musste zuzugeben, dass es einen Unterschied gab ... Die frisch geputzte Fliese leuchtete und blitzte und glänzte.

– Das sind zwei vollständig unterschiedliche Konzeptionen von Sauberkeit! kommentierte Meister Proper zufrieden.

– Was wollen Sie damit sagen?

– Nichts, gar nichts! Machen Sie sich keine Vorwürfe! Ich habe Hunderte ordentlicher Hausfrauen gesehen, die mir, genau wie Sie, dieselbe Frage gestellt haben. Das ist die natürlichste menschliche Reaktion auf den neuen Meister Proper!

Er sah nicht mehr komisch aus, auch nicht armselig, sondern bedrohlich, wie ein Aufseher im Frauengefängnis. Sie stellte sich alle diese ordentlichen Hausfrauen vor, in Reih und Glied, den Blick beschämt zu Boden gesenkt. Meister Proper schreitet mit Feldwebelschritten vor ihnen auf und ab und schreit: »Aber jetzt wisst ihr es! Ich will es nicht mehr hören: *Oh, das wusste ich nicht.* Oder: *Ich hatte ja keine Ahnung.* Nun kennt ihr die Wahrheit: Es gibt auch eine andere Sauberkeit. Kompromisslos, absolut, sauber!«

Saubere Sauberkeit!?, wunderte sich Kamelija. Meister Proper hielt die Putzmittelflasche hoch wie eine Bibel. Es war, als würde er ihr damit auf den Kopf schlagen, wenn sie nicht sofort die Gelegenheit ergriff und zuschlug.

– Werden Sie denn nicht fertig putzen? fragte sie leise beunruhigt, nachdem sie artig bezahlt hatte.

– Gute Frau, ich bin für Promotion zuständig, nicht fürs Putzen! – Er zog sich die Handschuhe mit einem klatschenden Geräusch aus.

– Aber Sie sind doch Meister Proper! Küche, Bad und Flur ... war das nicht so?

– Sie haben ihn soeben gekauft, er gehört Ihnen. Ich bedaure, der Wagen wartet. Schönen Tag noch!

Kamelija ging in die Küche zurück und starrte die Fliese an, die unter den anderen hervorstach und ihr ins Gesicht schrie: faules Miststück, du Drecksschlampe! Zum Teufel! Sie passte überhaupt nicht zu den anderen. Sie war wie ein Fenster, durch das das Licht einer anderen Welt ins Finstere strömte. Sonnig, glänzend und sauber sauber. Am liebsten hätte sie etwas darüber gelegt. Es abgedeckt, es zugemacht ... Aber sie wusste, dass das nichts helfen würde. Nicht, nachdem sie dieses Licht gesehen hatte.

Sie zog sich die Gummihandschuhe über, sprühte etwas Putzmittel auf die Fliesen ringsum und griff sich die Bürste. So ... du schrubbst, wartest, schrubbst wieder, wischst weg, am Ende drückst du den Schwamm aus. Sie begann zu trällern. *Meister Proper putzt so sauber, dass man sich drin spiegeln kann ...* Der helle Fleck wurde langsam größer, er wuchs über den Rand der Fliese hinaus. Aber es ging weder schnell noch sonderlich leicht. Ihre Arme begannen zu schmerzen. In der glänzenden Oberfläche der Fliesen spiegelte sich ihre gebeugte Gestalt, ihr Gesicht verzerrt, die Brüste schaukelnd, ihr Haar völlig aufgelöst. Sie schrubbte mit einer fanatischen Beharrlichkeit. Ob die eine Flasche reichen würde? Nach der Küche war immerhin das Bad dran, und nach dem Bad der Flur. Wer A sagt, muß auch B sagen usw., Fliese für Fliese.

Es war schon dunkel geworden, als es an der Tür klingelte. Kamelija saß auf dem Boden im Flur. Die Putzmittelflasche lag leer neben ihr wie ein Dildo. Sie konnte immer noch nicht glauben, daß sie fertig war. Sie war mit ihren Kräften am Ende, aber innerlich erfüllte sie eine tiefe Befriedigung. Die Fliesen strahlten. Sauber sauber ...

Es klingelte erneut, dann rief eine tiefe Stimme ihren Namen: *Kaami!* Als würde ihr Mann ein Tier anlocken. Sie rührte sich nicht. Kurz darauf hörte sie, wie er es noch einmal mit dem Schlüssel versuchte, doch ihrer steckte von innen.

– Verdammt!

Er klingelte wieder, ungeduldiger jetzt und zorniger. Kamelija betrachtete die Fliesen: Sie waren durchscheinend geworden, wie Bergkristall. Es schien ihr, als würde unter jeder von ihnen ein Licht brennen.

– Mach auf, du Kamel! – Dimo hämmerte gegen die Tür.

Nein, sie würde ihm nicht aufmachen. Vor ihrem geistigen Auge sah sie seine riesigen Schuhe, die auf und ab liefen und schlammige Spuren auf ihren Fliesen hinterließen. Sie sah, wie das Leuchten nachließ. Danach noch mehr Füße, noch mehr Schuhe, immer mehr und immer mehr Schmutz. Grobe Stimmen, Lachen. Gäste ... Das Leuchten ging verloren, es erlosch.

Nein, sie würde niemanden hereinlassen! Ihre Wohnung war ihr Tempel.

Das Hämmern brach ab. Ihr Mann fluchte, dann hörte sie, wie er sich entfernte. Es wurde wieder still. Es war still und hell. Aber nicht für lange ... Vor der Tür waren wieder Schritte zu hören, es klingelte noch ein paar Mal hilflos, dann das Summen eines Bohrers, danach ein leises Geräusch wie von einer Feile. Das Schloss klickte und die Tür stand einen Spaltbreit offen. Dimo stürzte in den Korridor.

– Warum machst du denn nicht auf!? Bist du verrückt geworden? Weißt du, was der Schlüsseldienst kostet, am Freitag vor Weihnachten?

Dann starrte er erschrocken in ihr Gesicht.

– Was ist mit dir?

– Zieh deine verfluchten Schuhe aus!, zischte sie.

ONKELS UNSCHULDIGE HÄNDE

Es haftete irgendeine Krankheit an den Händen unseres alten Onkels ... eine seltsame Krankheit. Auf den ersten Blick – nichts. Sie sahen sogar übertrieben gut aus: weiß, fleischig, glatt, so als würden sie in Watte aufbewahrt. Dieses aristokratische Aussehen (lassen wir die grobe Form der Handflächen außer Acht) war vor allem der Tatsache zu verdanken, dass Onkel in seinem Leben nie gearbeitet hatte. Den ganzen Tag hing er in der Kneipe vor dem Block herum und plauderte mit den Tagedieben aus dem Viertel. Man sollte annehmen, dass sie ihm diesen Spitznamen gegeben hatten, weil er der Älteste in der Gruppe war. Etwas über vierzig. Aber die Wahrheit ist, sie nannten ihn schon von klein auf so. Er sah jedenfalls gesetzter aus als seine Altersgenossen. Im Lauf der Zeit gesellte sich zu dieser unzweifelhaften Tugend auch noch jene edle Gravität hinzu, die Tagedieben im mittleren Alter eignet. Aber wirklich bemerkenswert war, dass Onkel in all diesen Jahren nicht ein einziges Mal in Versuchung geraten war, sich seine unschuldigen weißen Hände an fremdem Eigentum schmutzig zu machen. Eine Versuchung, der sich viele in seiner Situation hingegeben hätten, aus Langeweile oder aus Geldmangel. Nicht unser Onkel! Eine kleine Rente, die er aufgrund irgendeiner Erbschaft aus Amerika erhielt, bewahrte ihn vor den Fallen des lasterhaften Lebens. Trotzdem, es scheint, dass es Gott nicht recht ist, wenn jemand seine Arme einfach so durch die Luft schwenkt, ohne ein Ziel vor Augen ...

Die Krankheit an Onkels Händen war, wie ich bereits erwähnt habe, sehr eigenartig. Es war wohl kaum eine Krankheit im eigentlichen Sinne des Wortes, wenn die Folgen, daran besteht kein Zweifel, auch sehr quälend waren. Man konnte aber auch nicht behaupten, dass es eine besondere Gabe war, obwohl sie gewissermaßen so etwas wie ein Phänomen war. Offenbar verzärtelt von der anhaltenden Untätigkeit, hatten seine Hände eine ungewöhnliche Sensibilität entwickelt. Eine seltene Form von Magnetismus, der sich in bestimmten Situationen mit besonderer Stärke offenbarte. Das waren keine billigen Demonstrationen mit Gabeln, Messern und Löffelchen, wie man sie von Scharlatanen kennt. Es war eine unbeschreibliche, geheimnisvolle und intime Anziehung ..., die von gerundetem weiblichem Fleisch ausging.

Wenn Onkel sich gerade in der Nähe einer Frau befand, befiel seine unschuldigen, gut gepflegten Händen ein teuflisches Jucken. Die Hand glitt gegen seinen Willen vor und schmiegte sich fest an den Hintern der Frau. Klatsch! Er hatte keinen Einfluss darauf. Wie viele Male hatte er sich geschworen, nicht hinzulangen, und doch ... Sah er einen Hintern – klatsch! Es war wie ein Magnet, der seine Hand anzog. Und manchmal auch beide Hände. Klatsch! Klatsch! Ihm war kein Vorwurf zu machen, er wollte das nicht. Aber er konnte auch nicht widerstehen, keine Chance. Dabei verhielt sich die Anziehung direkt proportional zur Masse, wie in der Physik. Um gerade diesen gesetzmäßigen Aspekt zu unterstreichen, brachte Onkel unzählige wissenschaftliche Beispiele bei. Einmal gelang es ihm sogar, die dicke Pepa dazu zu bringen, das Biofeld ihres Arsches messen zu lassen. Zu jener Zeit wimmelte es von Typen, die gegen zwei Leva mit irgendwelchen Apparaten irgendwelche Biofelder maßen. Pepa setzte sich auf den Apparat, da war er kaputt. Aber alle sahen deutlich, wie der Zeiger ans Ende der Skala gesprungen war, bevor er den Geist aufgab. Onkel triumphierte. Und seitdem sagte er jedesmal, wenn seine Hand gegen seinen Willen ausschlug, in ernstem und kompetentem Ton:

– Ich registriere nur.

Aber die meisten Frauen, es ist ein Jammer, sind freilich so unverständig, dass sie überhaupt keine Ahnung von den komplizierten Kraftlinien und Magnetkurven haben, die sich unter ihren Hosen und Röcken verbergen, bis sie eine empfindsame Männerhand registriert. Stattdessen verteilen sie Ohrfeigen. Sie kratzen. Sie schreien. Aus diesem Grund ging Onkel selten ohne blaue Flecken, Kratzer und Schwellungen durch die Welt. Obwohl er nichts konnte für seine unschuldigen Hände.

Und jetzt erzähle ich euch, was sich eines Abends im letzten September zutrug. Onkel war auf dem Nachhauseweg von einer Geburtstagsfeier, in die er zufällig hineingeraten war. Die Party war sterbenslangweilig, und es hatte keinen Sinn, noch länger zu bleiben. Es war zwar noch zu früh, um ins Bett zu gehen, aber Onkel stellte sich vor, wie er sich mit einem eiskalten Bier zwischen den Beinen und einer Tüte Chips in seinen ausgeweideten Sessel vor den Fernseher setzen würde. Genau rechtzeitig zur späten Fußballübertragung auf dem Satellitenkanal. Das reinste Vergnügen! Er holperte in einem langen, halbleeren Bus nachhause, und es war, als gäbe es keine Ärsche auf der Welt. Er stand lässig an die Tür gelehnt und zählte zerstreut die Lampen am Straßenrand. Seine Arme hingen schlaff an seinem Körper herunter, als ginge sie das alles nichts an, doch seine Finger lagen leicht gespreizt auf der

Lauer ... Es blieb genau eine Haltestelle, bis er aussteigen würde, als eine allem Anschein nach harmlose Frau sich der Tür näherte. Plötzlich begannen ihn seine Hände höllisch zu jucken. Und ehe er sich's versah, hefteten sie sich mit einem lauten Klatschen an den unerwartet strammen, runden Hintern. In diesem Augenblick öffnete der Bus die Türen. Die Frau drehte sich flüchtig nach ihm um und warf ihm einen gleichmütigen Blick zu.

– Ich registriere nur, zuckte er mit den Schultern und machte Anstalten, seine Hände zurückzuziehen. Aber sie klebten fest. Er war gezwungen, ihr zu folgen.

Die Haltestelle war verlassen, sie lag im bläulichen Licht einer hohen Lampe. Der Bus fuhr schwerfällig in die Dunkelheit. Unser Onkel sah ihm verzweifelt hinterher.

– Tut mir sehr leid, stammelte er verwirrt. – Ich habe damit nichts zu tun ...

– Ich weiß schon, reiner Zufall ..., sagte sie gehässig. – Aber warum nehmen Sie nicht einfach trotzdem Ihre Hände weg?

– Ich kann nicht, jammerte er hilflos.

Das war die reine Wahrheit. Seine Hände lagen starr auf ihrem festen, ausladenden Arsch. Unter anderen Umständen wäre das nicht einmal unangenehm gewesen ... Durch den dünnen Rock spürte er den Rand ihres Slips. Seine Finger reichten bis zu den Rundungen ihrer Oberschenkel. Aber wie auch immer, es wollte ihm nicht recht gelingen, sich daran zu erfreuen. Es war, als wären seine Hände voll Cyanoacrylatkleber.

– Sehr komisch, sagte die Frau immer noch ruhig, packte ohne Rührung seine Hände und versuchte, sie zu entfernen.

– M-m, er schüttelte verneinend den Kopf.

Die Anziehung war zu stark.

Sie schaute finster, aber schließlich zog sie es doch wieder vor zu lachen. Sie war nicht gänzlich uncharmant. Die Haare ein bisschen zerzaust, ihr Gesicht schön und schamlos und mit leichten Sommersprossen. Sie war sicher nicht älter als dreißig.

– Was man sich denken wird, wenn man uns so sieht?

Ihre grauen Augen starrten Onkel an, dann sahen sie sich schnell in der Gegend um. Keine Menschenseele. Hie und da war hinter einer Reihe verzagter herbstlicher Bäume das eine oder andere beleuchtete Fenster zu sehen. Der Abend war kühl. Sie langte in ihr Täschchen, holte eine Packung Zigaretten hervor und bot ihm eine an.

– Ich habe selber, brummte er verlegen. Sie hob fragend die Augenbrauen. Onkel nickte zu seiner linken Jackentasche hin. Ihre Hand streckte sich und fasste hinein.

– Oho! rief sie erstaunt aus, als sie ihm eins nach dem anderen Dinge aus der Tasche zog, die ein Mann wie Onkel eben so brauchte. – Ich könnte Sie ja bequem berauben! Und Sie könnten nicht einmal was dagegen tun! – Mit der anderen Hand langte sie in seine rechte Tasche, aber dort war die Beute dürftig: ein altes, verschimmeltes Präservativ. Sie stieß einen verwunderten Pfiff aus. – Respekt, wie wohlerzogen Sie sind!

Onkel schnaufte beunruhigt. Es wäre ihm nun bald lieber gewesen, wenn alles mit ein paar saftigen Ohrfeigen geendet hätte. Oder zur Not mit einem Tritt in die Allerwertesten ... Plötzlich rückte die Frau abrupt von ihm ab. Seine Handgelenke knackten, aber die Handflächen blieben fest an ihrem Hintern kleben. Sie fluchte und zog dann lang an ihrer Zigarette.

– So eine Klette! – Sie dachte kurz nach und fügte hinzu:

Weißt du, ich kenne jemanden, der uns sicher gerne hilft. Er wohnt hier ganz in der Nähe.

Die Straße schlängelte sich zwischen kleinen Häusern hindurch, die dicht an dicht standen. Die Straßenlampen waren kaputt. Hinter den Bretterzäunen kläfften Hunde. Am Ende eines Hofes brannte ein Feuer. Die Flammen beleckten die rauchgeschwärzten Wände eines riesigen schwarzen Kessels. Es war niemand in der Nähe. Es roch nach nassem Laub.

Sie schritt energisch und temperamentvoll aus, und er schlurfte hinter ihr her, als hinge er an der Leine. Von Zeit zu Zeit drehte sie sich nach ihm um und warf ihm spöttische Blicke zu. Onkel zuckte nur die Schultern. Endlich blieb sie vor einem großen, alten zweistöckigen Haus stehen. Es machte den Eindruck, als würden sich die anderen Häuschen ein wenig von ihm fernhalten. Es sah verfallen aus, nur ein Fenster im Erdgeschoß war erleuchtet. Es schien, als hätte die Frau plötzlich ihre Entschlossenheit verloren, sie verstummte im Schatten des morschen Bretterzauns. Ihre Löckchen kitzelten Onkel in der Nase, ein besonderes Aroma ging von ihnen aus. Übermannt von einem romantischen Anfall, wie er ihn wohl seit hundert Jahren nicht mehr verspürt hatte, beugte er sich herab und flüsterte ihr vor Erregung stotternd ins Ohr:

– Fräu-u-u-lein, Sie ha-a-a-ben einen Wa-a-a-hnsinns-a-a-a-rsch ...

Sie warf nervös den Kopf herum.

Ein seeehr, seeehr großer Mann öffnete ihnen ... Die Glühbirne über der Tür berührte fast seinen Kopf, sie erhellte sein Gesicht mit schmutziggelbem Licht. Er hatte kantige Jochbeine und tief eingefallene, verschattete Augenhöhlen. Die Ränder seines Schädels zeichneten sich unter dem dünnen, wachsartigen Haar deutlich ab.

– Mein Mann, sagte sie schlicht.

Der Riese durchbohrte sie mit einem kalten Blick.

– Angenehm, Žon, brummte er, als schlage er mit seiner Zunge einen Nagel ein. Und er streckte ihm seine lange, sehnige Hand entgegen.

Natürlich hatte unser Onkel keine Möglichkeit, es ihm gleichzutun, wie es die Etikette verlangt. Auf seinem Gesicht erstrahlte ein breites, kindliches Lächeln, so als wollte er sagen: »Hey, großer Bruder!«

– Wir haben ein kleines Problem, Žon, sagte die Frau.

– Los, kommt rein, sagte der Mann und machte Platz.

Onkel zögerte, da bin ich sicher.

– Kommt rein, kommt rein!, forderte er sie auf, als duldete er keinen Widerspruch.

Sie befanden sich in einem geräumigen Zimmer mit hoher Decke, es war schlecht beleuchtet und nicht sonderlich sauber. An dem einen Ende stand ein altes Klavier, der Lack abgeblättert. Die ausgebleichten Tapeten begannen sich an den Ecken abzulösen. Der Boden war uneben. Die Luft roch nach Verdorbenem. Es war irgendwie seltsam, dass eine junge und attraktive Frau hier wohnen sollte ...

Žon untersuchte die Situation gründlich, dann seufzte er tief:

– Das ist schlecht ...

Das mickrige Licht im Zimmer wurde noch düsterer.

– Ich weiß, es klingt dumm, begann Onkel schnell, aber das ist nichts als Physik. Ihre Frau hat ein sehr starkes Biofeld ... – er stockte für eine Sekunde – ... da hinten. Und ich habe wiederum etwas Übernatürliches ... Meine Hände sind unglaublich empfindlich und werden angezogen ... na ja, sie werden eben angezogen, ich kann nichts dafür!

Žon nickte apathisch.

– Glauben Sie mir, fuhr Onkel mit Engagement fort, die meisten Frauen sind so beschaffen. Nur dass das nicht jeder spüren kann. Es kommt auch vor, dass es schwächer ist. Oder stärker, kommt drauf an. Aber Ihre Frau ist einfach ein Phänomen. Sie ist wie ein Magnet! Wie ein Magnet! wiederholte er überzeugt.

– Ja, so ist sie eben, antwortete Žon unerwartet zärtlich.

– Es gibt doch bestimmt eine Möglichkeit, die Dinge wieder in Ordnung zu bringen?, fragte Onkel voll Hoffnung.

– O ja! – Der Riese nickte energisch. – Kommen Sie ...

Žon führte sie über eine knarrende Holztreppe hinunter in den Keller. Der Lehmboden war von Feuchtigkeit aufgeweicht, und ihre Schuhe versanken in klebrigem, dichtem Schlamm. An der niedrigen Decke glommen zwei rauchgeschwärzte Glühbirnen, die massiven Deckenbalken waren in Spinnennetze eingesponnen. Sie befanden sich in einem Raum ohne Fenster, der als Werkstatt eingerichtet war. An den Wänden standen Regale mit Werkzeugen und am anderen Ende – eine riesige Werkbank. Es roch stark nach Terpentin.

– Wartet, ich komme gleich, sagte Žon und ging schnell noch einmal zurück.

Die Treppe knarrte traurig. Über ihren Köpfen waren schwere Schritte zu hören, dann ertönte Musik. Onkel war verblüfft. Instinktiv machte er einen Versuch, sich von dem verfluchten Arsch zu lösen. Die Frau drehte ihm ihr schönes Gesicht zu.

– M-m, schüttelte sie den Kopf und zwinkerte ihm zu, als wären sie Komplizen.

Onkel hatte keine Ahnung von klassischer Musik, aber er begriff plötzlich, dass er sie nicht leiden konnte. Sie war ihm viel zu laut …

– Und jetzt an die Arbeit, brummte der große Žon hinter seinem Rücken. Er packte Onkel um die Taille und schleppte ihn zusammen mit seiner Frau zur Werkbank. Er ließ ihn mit dem Bauch auf die harte Platte fallen und spannte seine Hände in zwei Schraubzwingen, die so beschaffen waren, als wären sie eigens zu diesem Zweck angebracht worden.

– He, w-w-w-as soll das … du Verbrecher!, stammelte Onkel entsetzt.

– Take it easy, mein Alter, easy, du Bastard!, heulte Žon selbstzufrieden und schlug ihm ins Genick.

Der Arsch stand ihm deutlich vor Augen. Rund und groß, im Heiligenschein einer bläulichen Aura, königlich, vollkommen … Und an dem Arsch klebten zwei Hände. Die unschuldigen, gepflegten Hände unseres Onkels.

– Du Schlampe!, stieß er hervor. Aber sie drehte sich nicht einmal um, sondern streckte ihm ihren Hintern nur noch ausdrucksvoller entgegen.

Der große Žon band sich eine braune Gummischürze um und nahm eine rostige Säge von der Wand.

Onkel strampelte verzweifelt mit den Beinen. Die Säge legte sich auf seine nackten Handgelenke und begann, auf den Knochen herumzukratzen. Ritsche-ratsche, ritscheratsche … Sein Blick, gebrochen vor Schmerz und Entsetzen, blieb an einer Ritze zwischen den Brettern hängen. Unter der Werkbank stand eine große Kiste. Sie war voller Hände.

Sie war gegangen und hatte einen Berg schmutziger Teller zurückgelassen. Eine ganze Stunde lebte ich nun schon ohne sie. Bedeutete das, ich würde auch die nächsten Stunden überleben? In der Wohnung herrschte ein Chaos. Sie liebte es ordentlich. Überall randvolle Aschenbecher, Zigaretten- und Streichholzschachteln voller Kippen. Kaffeetassen voller Kippen. Ich würde nicht lüften, um noch eine Weile die Luft atmen zu können, die sie geatmet hatte. Da war ihr Sessel. Der Fleck auf dem Teppichboden stammte von ihr. Und da, ihr Kissen. Lange blonde Haare auf dem rosa Bezug. Der Kleiderschrank stand weit offen, ihre Hälfte war leer. Nicht ganz. Sie hatte zwei Slips und ein rosa-violettes Söckchen vergessen. Zufall oder Absicht?

Ich saß am Fenster und sah zu, wie der Himmel, die weißen Flachdächer ringsum und die Küchenwände die Dämmerung in sich aufsogen. Jede Lade meines Gedächtnisses war voll mit Geschichten, in denen ihr Name vorkam. Ein riesiger Schrank voller Bleilettern. Mein Gehirn druckte fieberhaft eine Geschichte um die andere. Am liebsten hätte ich das Fenster aufgerissen und sie wie Flugblätter verstreut. Ich durfte mich jetzt nicht in Erinnerungen verlieren, bloß keine Erinnerungen!

Ich erinnerte mich an den störrischen Gesichtsausdruck, mit dem sie sich den ganzen letzten Monat geweigert hatte, die Teller zu spülen. An ihre aufgeworfene Lippe. An die Verachtung, mit der sie Staubsauger, Waschmaschine und Putzlappen ignorierte. Noch nie war es hier so schmutzig und unwohnlich gewesen. Sie tat, als bemerke sie nichts, sie behauptete sogar, kurzsichtig zu sein. Ich erinnerte mich an das ungemachte Bett, an die Zeitschrift und die dünne Rauchfahne, die hinter dem aufgeschlagenen Heft aufstieg und sich empor schlängelte. An das weiße Bein, das unter der rosa Decke hervorschaute. Ich fuhr auf sie ab, Teufel eins. In der Spüle stapelten sich die Teller, und ich fuhr auf sie ab. Ich fahre immer noch auf sie ab. Sie gehörte zu jener aussterbenden Spezies, die im Zentrum wohnte. Jeder weiß, wie es im Zentrum inzwischen aussieht. Ich wohnte nicht im Zentrum, hatte nie dort gewohnt, und nur selten verschlug es mich dorthin. Ich erinnerte mich ... Schluß, aus, es reicht! Was für ein stupider Mechanismus, das Gedächtnis, ein richtiger Leierkasten. Und draußen war es schon dunkel, es war Nacht.

Plötzlich blitzte auf dem Dach des benachbarten Wohnblocks eine Taschenlampe auf. Jemand hielt sofort die Hand davor. Seltsam, was hatte der um diese Zeit dort oben zu suchen? Da, schon wieder! Der Strahl erhellte die Nacht wie ein Blitz und erlosch. So ging das ein paar Mal. Ich wusste zwar, dass Mondsüchtige nachts auf Dächern schlafwandelten, hielt es aber für ausgeschlossen, dass sie dazu eine Taschenlampe mitnahmen. Das gelbe Strahlenbündel zeigte jetzt in den Himmel und begann, sich hin und her zu bewegen, als würde es eine Botschaft übermitteln. Dann war es weg und tauchte nicht wieder auf. Ich wartete noch ein Weilchen. Ob es tatsächlich ein Signal gewesen war? Jedenfalls hatte es mich für kurze Zeit auf andere Gedanken gebracht. Mir schien, es war soweit, dass ich ins Bett gehen konnte. Ich tastete mich ins Schlafzimmer. Bloß kein Licht. Ihre verglimmende Anwesenheit lauerte überall, ihre Kippen wurden mir zu Reliquien. Im

Halbdunkel schimmerte die Bettwäsche in ihrem weichen Rosa wie ein Gespenst des fernen Morgens. Ich raffte sie mit einer einzigen Bewegung zusammen – auch sie gehörte ihr. Es sah so aus, als hätte sie sie absichtlich zurückgelassen, damit ich mich noch lang in ihrem Geruch hin und her wälzte. Diese Hexe! Doch ich wollte mich nicht quälen. Ich war schon fertig genug. Ich kramte meinen Schlafsack hervor und wickelte mich darin ein. Das Bett war breit, ich wusste nicht, auf welche Seite ich mich drehen sollte. Mir fiel der Typ mit der Taschenlampe ein. Was er wohl auf dem Dach wollte? Über dem Gedanken musste ich eingeschlafen sein.

Ich wachte sehr früh auf. Das Zimmer war von Licht erfüllt, es knisterte zärtlich auf meinen Lidern. Mein Mund war ausgetrocknet, durstig schmatzte ich. Sofort hatte ich vergessen, was ich geträumt hatte. Ich stand auf und ging zum Fenster. Eine blasse Röte überflutete Flachdächer. Golden schimmernde Federwolken trieben wie golden schimmernde Kähne über den Horizont. Aus Gewohnheit wollte ich mich gerade umdrehen, um mich an ihrem schlafenden Gesicht zu ergötzen, da fiel mir wieder ein, dass ich jetzt allein war, ein verlassener Mann, und ich blieb mit dem Rücken zum Bett stehen. So weit das Auge reichte, ragten von den Dächern Antennen in den Himmel. Ich verspürte das dringende Bedürfnis nach frischer Luft und öffnete das Fenster. Die kühle, klare, stark aufgeladene Luft blieb an den entblößten Teilen meines Körpers kleben, an Gesicht, Hals und Beinen und vor allem an meiner Oberlippe, so als würde ich Milch mit Rahm trinken. Das musste mit dem nahe gelegenen Kraftwerk zu tun haben. Ständig hörte ich sein monotones Summen, sobald ich das Fenster öffnete. Rotweiß gestreifte Schornsteine überragten die Dächer, darunter zwei mächtige stumpfe Kegel, die wie schlummernde Vulkane aussahen. Das unablässige Summen störte mich nicht, es hätte mir sogar gefehlt, wenn es aus irgendeinem Grund plötzlich nicht mehr da gewesen wäre. Sie hatte sich freilich nicht daran gewöhnen können. Sie hatte immer darauf bestanden, die Fenster geschlossen zu halten. Ich konnte sie verstehen; bisher hatte sie immer im Zentrum gewohnt, wo alles anders war und wo es mir wieder nicht gelungen wäre, mich einzuleben ...

Das Zentrum ähnelt heute einer Ruinenstadt im Dschungel. Die Häuser verfallen, die meisten Geschäfte sind geschlossen. Über die holprigen, mit Gras bewachsenen Boulevards fahren selten Autos, nur hin und wieder sieht man einen verirrten Fußgänger. Die Fensterscheiben der großen Gebäude, in denen sich früher einmal alle möglichen Firmen und Ämter befunden haben, sind eingeschlagen. Eine verwahrloste Gegend. Und doch hat der Ort einen gewissen Charme, der die Jugendlichen aus den Wohnkomplexen reizt, sich an freien Tagen hier scharenweise zu versammeln. Die kleinen Seitenstraßen verlieren sich im Grün, hinter wild wuchernden Büschen, Bäumen und dem vielen Unkraut kann man nicht sehen, wo sie enden. Und die Häuser mit den kleinen Türmchen, den Terrassen und Balkons, den kleinen runden Fenstern und schartigen Simsen aus Gips wirken hier geradezu komisch. Auf den Gehsteigen sind alte verrostete Autos abgestellt, in deren sterblichen Überresten sich ein seltsames rötliches Unkraut eingenistet hat. Die schönsten Mädchen wohnen im Zentrum ... Das ist so, aber warum das so ist, weiß ich auch nicht. Man kann sie mit den Mädchen aus unserem Wohnkomplex nicht gut vergleichen; die sind dürr und flach, haben zu große Zähne und Haut wie Sandpapier. Die Mädchen aus dem Zentrum sind dagegen einfach verdammt süß, an ihnen ist alles dran und überhaupt ... Sie tanzen gut, wissen sich anzuziehen und amüsieren sich gern. Oft habe ich mich gefragt, wo sie wohl unter der Woche steckten, was sie dann trieben. Sie hockten wohl zu Hause, telefonierten, nähten, lasen, standen auf dem Balkon und gafften, gingen spazieren – sammelten Kraft fürs Wochenende. Dann waren die Lokale im Zentrum bis zum frühen Morgen geöffnet. Da waren Jungs, Männer. Das war eben ihr Leben.

Anfangs war ich in alle verliebt, später in drei oder vier, zum Schluß nur noch in sie. Warum? ... Die Musik dröhnte, unter den Bäumen tanzte man und tanzte. Ein Draht mit bunten Glühbirnen schlängelte sich durch die Zweige. An der Bar servierte man in beschlagenen hohen Gläsern »Nordlicht«. Sie drehte zerstreut das Glas in ihrer weißen Hand, ihre leuchtend roten Lippen kräuselten sich in freudiger Erwartung. Die Nacht war warm und duftete, ihre silbrig glänzenden Augen schmolzen wie Eiswürfel, und im Halbdunkel seufzten die bauchigen Büsche zärtlich. Direkt über uns ragte ein schmaler, tiefblauer Schacht in den ziegelroten Himmel, in dessen Tiefe bald ein Stern, bald eine Mondsichel schimmerte.

Ich schüttete ihre Kippen auf eine Zeitung, knüllte sie zusammen und warf sie in den Mülleimer. Vielleicht hatte sie es wirklich nicht anders verdient? Sicher war ich mir freilich nicht. Ich stellte mich unter die Dusche. Während der Wasserstrahl auf meinen Kopf trommelte, dachte ich weiter über sie und über mich nach. Es war nicht üblich, ein Mädchen aus dem Zentrum mit nach Hause zu nehmen. Aber das war meine Sache. In unserem Treppenaufgang gab es dreißig Wohnungen, und keiner interessierte sich für den anderen. Es würde wohl kaum jemand bemerkt haben, dass sie hier gewohnt hatte, und ebenso wenig, dass sie gegangen war. Außer mir ... Allein und nackt stand ich im Bad, den verdammten Duschkopf in der Hand.

Es wurde unmerklich dunkel, während ich durch die leeren Zimmer wanderte. Es stank nicht mehr gar so nach Kippen, doch das verstärkte das Gefühl der Leere nur noch. Ich dachte daran, mir eine Zigarette anzuzünden, konnte aber keine finden. Ich starrte in die Dunkelheit vor meinem Fenster. Am Abend musste das Kraftwerk irgendwelche Teilchen ausstoßen, die das Licht komplett verschlangen. Sie waren wohl unschädlich und zerfielen bis zum Morgen, so dass sie keinen störten. Nur dass der Himmel hier immer dunkel war, weder Mond noch Sterne, in der Farbe von zu lange gebranntem Ton. Gegenüber blinkten die roten Lämpchen der Schornsteine. Ich dachte gerade, dass dieser Anblick eigentlich auch schön war, als auf dem benachbarten Dach ein Lichtstrahl aufblitzte und gleich wieder verschwand. Der Mensch mit der Taschenlampe! Was suchte er dort oben? Da, schon wieder! Der Strahl lag nun flach über dem Dach und beleuchtete die Antennen. Ich platzte fast vor Neugier, am liebsten wäre ich hinübergerannt und aufs Dach gestiegen. Aber es war klar, dass er bis dahin längst weg sein würde. Plötzlich leuchtete der Lichtkegel der Taschenlampe direkt in mein Fenster. Unwillkürlich wich ich zurück, obwohl es nur ein Zufall sein konnte. Erneut irrte der gelbe Lichtkegel zwischen den Antennen umher, dann durchstieß er den Himmel und war wieder weg. Ich wartete. Die Dächer versanken in der Dunkelheit. Ich wusste, dass die

Neugier bedeutete, dass sie mir fehlte. Sie war weg. Und es war, als würde mich ein leerer Raum unerbittlich aufsaugen.

Ein durchdringendes Klingeln weckte mich. Der Tag war wie eine grelle Taschenlampe, die mir direkt in die Augen leuchtete. Ich war das Läuten des Telefons nicht mehr gewohnt, sodass ich nicht sofort reagierte. Es klingelte drei-, viermal, bis ich meinen Arsch hochbekam. Ich nahm den Hörer ab, das Rufzeichen hallte weit entfernt in meinem Ohr: Freizeichen, Freizeichen, Freizeichen ... Eine quälende Trauer überkam mich. Gelbe und rosa Wölkchen tanzten über die weißen Latexwände. Ich setzte mich auf. Das Zimmer war vollkommen kahl, nur der Fußboden war mit Müll übersät. Durch die großen Fenster brannte eine große ultraviolette Sonne ins Innere; es gab keine Vorhänge. Die Luft war reglos und trocken. Ich dachte, ich würde mich in eine Salzsäule verwandeln, wenn ich noch ein wenig länger so sitzen blieb. Deshalb beschloß ich abzuwaschen.

Den ganzen Tag über ließ mir der Gedanke an das Licht auf dem Dach keine Ruhe. Ich hatte mir einen kleinen Plan für den Abend zurechtgelegt, und das verlieh mir eine gewisse Frische. Jetzt, da sie mich verlassen hatte, brauchte ich etwas, um die Stunden auszufüllen. Nachdem ich das Geschirr gespült hatte, wischte ich den Küchenboden und saugte in den anderen Zimmern Staub. Es war später Nachmittag, als ich alle Spuren von ihr beseitigt hatte. Auch der Geruch war jetzt ein anderer, genauer gesagt roch es nach nichts. Die Gläser trockneten auf einem Tuch auf dem Tisch. Draußen wurde es dunkel. Ich war ein wenig angespannt, doch sonst recht zufrieden mit dem Tag. Jetzt musste ich nur noch meine Taschenlampe finden ...

Ich spürte die kühle Luft des Abends auf meinem Gesicht und fühlte mich leicht, beinahe glücklich. Die Luft vibrierte kaum merklich. Das weiße Flimmern der Straßenlaternen lag über den schlummernden Autos. Einzig die roten Signallämpchen der Schornsteine leuchteten in der Finsternis über dem Gewölbe der Neonlichter. Hinter den Mülltonnen schoss ein schneidiger Alter im Trainingsanzug hervor. Er trabte stur an mir vorbei, den Blick fanatisch nach vorn gerichtet. Seine Turnschuhe patschten einsam über den feuchten nächtlichen Asphalt. Ich überquerte die Grünfläche zwischen den Wohnblöcken und schlüpfte in den Eingang. Ich rief den Aufzug. Die Anzeige über der Tür war defekt. Ungeduldig spähte ich durch das zerbrochene Fensterchen in den Schacht. Die Stahlseile zischten dumpf im Schacht. Der abwärts fahrende Aufzug presste mir einen Schwall eiskalter Luft ins Gesicht. Wenig später war ich ganz oben.

Das Dach erinnerte an eine Mondlandschaft. Ich ging über den von Hitze und Frost rissigen Teerbelag, wobei ich darauf achtete, nicht über die Kabel zu stolpern, so als wären sie lebendig, wie Greifarme oder Schlangen. Der Strahl der Taschenlampe streifte vor meinen Füßen umher. Die Antennen warfen Schatten, als wären sie gigantische Stechmücken. Das Licht der Straßenlaternen zwischen den Dächern war wie dünner, weißlich grauer Rauch. Die Schornsteine waren wie Dinosaurierhälse, die aus dem Sumpf ragten. Ihre roten Augen funkelten neugierig. Ich war schweißgebadet, zum ersten Mal hatte ich ein Dach bestiegen. Das Summen vom Kraftwerk war hier noch stärker. Es war, als wäre ich seekrank. Das gelbe Lichtbündel irrte vor meinen Füßen herum. Getrieben von Neugier war ich hier herauf gekommen, um eine Entdeckung zu machen – ich wusste selbst nicht, was ich zu entdecken hoffte –, und jetzt war ich verwirrt. Ich suchte das Dach ab, stieß aber auf nichts Besonderes. Die Risse im Teerbelag verzweigten sich und verliefen sich in der Dunkelheit, geheimnisvoll und stumm wie die Linien einer Handfläche. Enttäuscht hob ich den Blick, als ich auf dem Nachbardach plötzlich ein Licht entdeckte. Doch im nächsten Augenblick erlosch es wieder, als hätte es bemerkt, dass ich es gesehen hatte. Sofort machte ich die Taschenlampe aus. Ein paar Sekunden lang stand ich im Finsteren. Ich holte tief Luft und schaltete die Taschenlampe wieder ein. Einen Augenblick später flammte auch drüben ein gelber Punkt auf. Nein, das war keine Halluzination! Und da waren auch noch andere Lichter ...

Auf jedem Dach blinkte eine Lampe – hunderte, tausende flackernder kleiner Lichter. Ganze Sternbilder zeichneten sich vor mir ab. Ich starrte in das trockene, abweisende Firmament über mir und dachte, die Welt stehe Kopf. Die Wolken waren ins Bodenlose hinabgestürzt, der Himmel war rein. Und ich war im Himmel. Mir wurde schwindlig. Mir fiel auf, dass sich ein Licht in meiner Nähe bewegte. Nach oben, nach unten. Plötzlich wurde mir klar, dass das Menschen waren. Das Licht bewegte sich. Sie gaben mir Zeichen! Ein wenig unbeholfen hob ich meine Taschenlampe und imitierte die Bewegung. Es schien, als würden das alle tun. Zur Seite. Und nach oben. Die Garben aus Licht wogten wie Ähren auf einem Feld. Mich ergriff eine unbeschreibliche Erregung. Ich fühlte mich als Mitglied einer Gemeinschaft, nur das hatte jetzt eine Bedeutung. Ich war nicht allein, ich war nicht traurig. Ich wusste nicht, wer als Erster auf ein Dach gestiegen war und seine Taschenlampe geschwenkt hatte, mich interessierte auch gar nicht so sehr, warum er es getan hatte. Es überkam mich der brennende Wunsch, die anderen zu grüßen, ihnen ein Zeichen meiner Existenz zu geben, so wie sie mir eines gegeben hatten. Ich hob die Lampe in die Höhe und beschrieb mit ihr einen Bogen über meinem Kopf. Wie groß aber war meine Begeisterung, als ich sah, dass die anderen meine Bewegung wiederholten. Nein, das war keine Verschwörung. Auch keine Invasion von Außerirdischen. Keine Sekte von Mondsüchtigen. Es war eine Bruderschaft. Eine Bruderschaft von Menschen wie mir, die für ihre Kommunikation die einfachste Sprache gewählt hatten: das Licht.

So verbrachte ich viele Nächte. Ich war glücklich, nichts anderes kümmerte mich. Es kam oft vor, dass ich auf ein Dach stieg, das schon besetzt war. Dann musste ich mir ein anderes suchen – so lauteten die ungeschriebenen Regeln. Gott sei Dank gab es so viele Dächer! Bis eines Tages an alle Hausverwalter eine Weisung erging: »Aus Sicherheitsgründen müssen ab sofort alle Aufgänge zu den Dächern versperrt werden. Zuwiderhandlungen werden strafrechtlich verfolgt.« Die Aufgänge wurden versiegelt, je ein Soldat wurde davor mit Gewehr als Wache abgestellt.

EDITORISCHE ANMERKUNG

Russisches E-Mail (Руска електронна поща) *aus:* Für Fortgeschrittene (Ниво за напреднали), 2002.***

Wie man sich bettet (Вълшебният дюшек) *aus:* Für Fortgeschrittene (Ниво за напреднали), 2002.***

Die Dienstleistung (Услугата) *aus:* Für Fortgeschrittene (Ниво за напреднали), 2002.***

Der Stipendiat (Стипендиантът) *aus:* Für Fortgeschrittene (Ниво за напреднали), 2002.***

Für Fortgeschrittene (Ниво за напреднали) *aus:* Für Fortgeschrittene (Ниво за напреднали), 2002.***

Der Fall Anjuta (Случаят Анюта) *aus:* Auf nach Syrakus! (Пътят към Сиракуза), 1998. **

Ninive (Ниневия) *aus:* Für Fortgeschrittene (Ниво за напреднали), 2002.***

Auf nach Syrakus! (Пътят към Сиракуза) *aus:* Auf nach Syrakus! (Пътят към Сиракуза), 1998.**

Bericht abgeliefert (Рапорт даден) *aus:* Schmutzige Träume (Мръсни сънища), 1994.**

… Kontrolle ist besser (Система за контрол) *aus:* Schmutzige Träume (Мръсни сънища), 1994.**

Keine leichte Beichte (Трудна изповед) *aus:* Der Krautzyklus (Зелевият цикъл), 1997.**

Derrida kommt! (Идването на Дерида) *aus:* Für Fortgeschrittene (Ниво за напреднали), 2002.***

Simić ist tot (Симич е мъртъв) *aus:* Für Fortgeschrittene (Ниво за напреднали), 2002.***

Perlen vor die Säue (Фенки, фенки) *aus:* Vollständiger Kurs für Fortgeschrittene (Пълен курс за напреднали), 2007.

Der Krautzyklus (Зелевият цикъл) *aus:* Mythologie des Übergangs (Митология на прехода), 2006.*

Auf der Insel der Koprophagen (Метаболитните хора) aus: Der Krautzyklus (Зелевият цикъл), 1997.**

Der Unabhängigkeitstag (Денят на независимостта) *aus:* Der Weg nach Syrakus (Пътят към Сиракуза), 1998.**

Saubere Arbeit (Голямото коледно чистене) *aus:* Vollständiger Kurs für Fortgeschrittene (Пълен курс за напреднали), 2007.

Onkels unschuldige Hände (Честните ръце на чичо) *aus:* Der Krautzyklus (Зелевият цикъл), 1997.***

Die anderen Lichter (Други светлини) *aus:* Der andere Tod (Другата смърт), 1992.**

* Neue Fassung, Erstveröffentlichung *in:* Der Krautzyklus (Зелевият цикъл), 1997.

** Ebenfalls veröffentlicht *in:* Mythologie des Übergangs (Митология на прехода), 2006.

*** Ebenfalls veröffentlicht *in:* Vollständiger Kurs für Fortgeschrittene (Пълен курс за напреднали), 2007.

Alek Popov im Residenz Verlag

Alek Popov
Mission: London
Roman

Als neuer Botschafter in London ist Varadin Dimitrov ausersehen, das Image Bulgariens im Westen zu verbessern. Was er an der respektablen Botschaftsadresse in Kensington vorfindet, macht klar, dass viel Arbeit auf ihn wartet. Varadin Dimitrov sucht Hilfe bei einer PR-Agentur, die ihm Zugang zur High Society verspricht – Glanz, Glamour und jede Menge Prominente. Eine davon ist seine Putzfrau, die führt ein Doppelleben und ist darüber hinaus längst tot. Da stimmt doch was gröber nicht …

> Alek Popov gelingt mit *Mission: London* ein fulminantes Romandébut.
> *NZZ*

> Alek Popov kann sich ohne Abstriche mit Erfolgsautoren wie John Irving oder T. C. Boyle messen.
> *Buchkritik*

Alek Popov
Die Hunde fliegen tief
Roman

Eine Schachtel voll Asche, das ist alles, was Ned und Ango, den ungleichen Brüdern aus Bulgarien, von ihrem Vater geblieben ist. 15 Jahre ist das nun her, und der Vater ist längst nur mehr ein Gespenst. Bis sich die Wege der beiden fern der Heimat wieder kreuzen: Ned, der Tunichtgut, hat es bis in die Top-Etagen der Wall Street geschafft, während der smarte Ango im Central Park mit den Hunden reicher Snobs Gassi geht. Doch dann wendet sich das Blatt, und der Geist des Vaters ist plötzlich wieder lebendig. Mehr jedenfalls, als den beiden lieb ist …

> Popov ist der führende Satiriker Bulgariens, ja, mehr als das – er spielt in der ersten Liga jüngerer europäischer Autoren mit.
> *Falter*

> Da haben wir ihn also, den Nachwenderoman, ganz ohne Künstlerflausen … und so flüssig und pointiert erzählt, dass einem der mögliche didaktische Hintergedanke nebensächlich erscheint: dass Kommunismus und Kapitalismus Brüder sind wie Ned und Ango …
> *FAZ*

Dan Lungu im Residenz Verlag

Dan Lungu
Das Hühnerparadies
Roman

Die irrwitzigen Bekenntnisse einer Gruppe von Trunkenbolden, Kauzen und Habenichtsen zeigen, wie man im Schlachthaus des Liberalismus gerupft werden kann – und wie man seine Haut rettet. Zwischen den Gespenstern der Vergangenheit und dem Phantom der Zukunft entsteht eine neue Welt, die ihren eigenen Gesetzen gehorcht. Mit dem *Hühnerparadies* ist Dan Lungu ein Roman gelungen, der durch Humor, Eleganz und Vitalität besticht.

> Zu lachen gibt es – mit einem weinenden Auge – viel … Ein Buch voller Fabulierlust, das Rumäniens Gratwanderung zwischen Vergangenheit und Zukunft auf ebenso witzige wie treffende Weise zur Anschauung bringt.
> *NZZ*

> Lungu spielt mit Klischees und Vorurteilen, führt sie ins Absurde oder Komische. Er seziert die rumänischen Träume vom goldenen Westen und erzählt vom Alltag in der Provinz.
> *Berliner Zeitung*

Dan Lungu
Die rote Babuschka
Roman

Zehn Jahre nach dem Sturz der Ceausescu-Diktatur stehen Neuwahlen an. Eine Rentnerin, die den größten Teil ihres Lebens unter dem Regime der »Volksmacht« verbracht hat, erhält einen Anruf aus Kanada – es ist ihre Tochter: »Wähle ja nicht die Kommunisten.« Dieses Telefonat stürzt sie in eine Identitäts- und Nostalgiekrise … Die Geschichte einer Mitläuferin: amüsant, schräg und faszinierend.

> Lungu hat einen kleinen, klugen Roman über den Widerspruch zwischen Politik und privater Erfahrung vorgelegt. Eine unterhaltsame Geschichte, in der es viel zu lachen gibt ...
> *Literaturen*

> Dan Lungus Roman ist ein subversives Vergnügen.
> *Berliner Zeitung*

autor**in**residenz

Patrik Ouředník
Die Gunst der Stunde, 1855
Roman
1855 ist der Augenblick günstig: ein Tierarzt aus Genua träumt von einer besseren Welt, von der Freiheit und dem Glück des Gemeinschaftslebens. Er macht sich auf nach Brasilien und gründet mit einigen Mitstreitern aus der Alten Welt eine Kolonie. Gemeinsam wollen die Brüder gegen alle Übel dieser Welt kämpfen, vor allem gegen die Ehe. Doch schon bald wird klar, dass die Italiener unter freier Liebe etwas anderes verstehen als die Slowaken, die wiederum den Ungarn nicht über den Weg trauen … Eine Komödie des Scheiterns – und was für eine!

Ob *Die Gunst der Stunde, 1855* dereinst in einem Atemzug mit George Orwells *Animal Farm* oder Joseph Conrads *The Secret Agent* genannt werden wird, soll die Literaturgeschichte entscheiden. Dass der von Michael Stavarič kongenial ins Deutsche übersetzte Roman die Comédie humaine um eine ebenso kluge wie witzige Fußnote bereichert, steht aber schon heute fest.
Der Standard

Ouředníks Gespür für den richtigen Ton, für Komik durch zurückhaltendes Erzählen ist es zu verdanken, dass der Stoff durchaus als Modell gelesen werden darf. In Michael Stavaric Übertragung aus dem Tschechischen ist diese ironische Note auf unaufdringliche Weise präsent …
FAZ

Tanja Maljartschuk
Neunprozentiger Haushaltsessig
Die Beziehungslosigkeit zwischen den Menschen und die Grausamkeit des Moments. Leichtfüßig und im Plauderton kommen diese Geschichten daher, zwischen Wirklichkeit und Absurdität. Eine neue, frische Stimme meldet sich lautstark aus der Ukraine.

Es sind poetische, skurrile manchmal grausame Betrachtungen, wenn Maljartschuk das Leben irgendwo auf dem Land in der Ukraine seziert … Eine literarische Entdeckung.
rbb

Tanja Maljartschuk etabliert sich auf einen Schlag neben ukrainischen Autorinnen wie Oksana Zabuschko oder Natalya Snjadanko. Nur scheint ihr Blick auf die derzeitige ukrainische Gesellschaft noch genauer, noch grausamer – bei allem Humor und aller Skurrilität, die ihren Erzählband auszeichnen … Tanja Maljartschuk – ein Name, den man sich merken sollte.
NDR